雨到黃昏花易落

心水 著

此書送給幼子

黃明仁太平紳士

This book is dedicated to my youngest son

John Wong JP

佛教慈濟基金會北加州分會
Buddhist Tzu Chi Foundation Northwest Region

本書作者心水。

目次

推薦序　先生與我有文緣

——序《雨到黃昏花易落》

林繼宗

我這一輩子最有幸的緣分之一，是與世界華文作家交流協會創會秘書長心水先生結緣。

一

二零一八年九月初，我接到心水先生來函，稱想請我為他的新作撰序，目前已經有九位文友等著我寫序言，請先把新書電子版發給我，我爭取快一些寫你新書的序言。

心水名譽秘書長很快發來剛編好的新書。

二

散文集《雨到黃昏花易落》一書，共收錄了心水先生近年來創作的散文六十八篇，洋洋灑灑十餘萬字。對於一個年逾古稀、長期在海外生活的長者而言，堅持用中文寫作，殊為不易，出版了十幾部書，更加不易！通閱全書，給我感觸最深的有兩點，一是強烈的自傳體色彩，二是濃郁的生活情趣。

我認為，不論歷史如何演變，社會如何發展，作家還是要寫自己最熟悉的人，寫最熟悉的生活。從「我」寫起，向生活輻射，向社會和自然輻射，向世界輻射，這是文學創作的基本原則。《雨到黃昏花易落》同樣遵循了這一規律。

心水祖籍福建廈門翔安，出生並成長於越南，一九七五年後，由於越南出現了嚴重的排華情況，於一九七八年八月一家人被迫逃難，擠上擁擠的貨船，在海上洶湧的波濤中艱難度過了十三天，漂流到印尼一個荒島。經過近半年的坎坷歷程，才以難民身分移居澳洲。當年這段特殊的經歷，給作家留下終生難以磨滅的印象，在作品中也多有提及。例如《食粥佬》寫一九六六年底作家到芽莊市看望文友的經歷，記錄了越戰期間僱傭軍「儂族兵團」的情況。《吳溢源勤奮進修》講述與學生吳溢源（筆名新枝）相處的亦師亦友故事。《新鄉悠悠三十載》回憶作家一九七八年八月搭乘舊貨輪「南極星座」逃離越南，在海上備受煎熬的經歷，更是驚心動魄，扣人心弦。（請閱讀心水獲首獎長篇小說怒海驚魂。）

這些事，一樁樁，一件件，都是作家親身經歷，有切身感受。寫成文章，也就有了強烈的自傳體色彩。作者真實地、細膩地表現了當時人們在嚴酷的環境和艱苦的條件下生存的情況，在真實的敘述中重現歷史活力，使讀者感同身受。

三

文學創作相對於學術研究，作者會在行文中融入更多的個人感受和生活情趣。學術研究需要客觀冷靜地對待世界、歷史和現實，但文學創作卻需要投入情感，要在客觀真實的基礎上，把作者在生活中所得到的情感薰陶，通過作品傳遞給廣大讀者，使他們也受到感染和教育。《雨到黃昏花易落》全書不少文章寫生活中的小故事，在低酌淺唱中展現人生真情與哲理。《閒談養鳥》借飼養寵物的家常瑣事，展示生命追求自由的豁達情感。《榮枯配對》描寫花園裡幾棵果樹由青翠到枯萎的過程，講述生命輪迴、連綿璀璨的道理。《雨到黃昏花易落》描寫作者閒時修剪花草的趣事，表明人生浮沉、處世艱難的慨歎。先生的行文，多姿多彩，確實值得一讀。

四

心水先生（原名黃玉液）旅居墨爾本，是「世界華文作家交流協會」的創會秘書長。他已經出版十一部文學專著，我拜讀了好幾部，都有相當高的品質。他多次榮獲各種獎項，不僅在澳大利亞，而且在全球各地的華人圈和文友群中，有崇高的威望和良好的人緣。

先生不僅本人優秀，還有一個優秀的家庭和家族。他的夫人婉冰女史內外兼修，端莊，睿智，賢慧，還是知名作家詩人，詩歌、散文很有詩情畫意文華神韻。秘書長伉儷相敬如賓，乃天配伴侶，天作之合。秘書長伉儷稱：其最大的福報，是**兒女們孝順**。

五

自從認識以來，先生和我就保持網上的頻繁交流。

由於世界觀、人生觀和價值觀的趨同，我們常常共振共鳴，同心同德。我歷來認為，身為作家，自然應當做到兼聽則明。是非黑白對錯，自己會判斷的。

六

自二零一五年廈門幸會以來，我們的緣分不斷加深，友誼不斷發展，已經成為莫逆之交。但願緣分綿延無邊，友誼長青不老！

每次，當先生獲知我獲獎的消息，總是歡欣鼓舞，褒揚有加。他旋即告知諸位文友，並表示衷心祝賀。

文人並非相輕，而是相親相敬！心水賢伉儷都有博大的胸襟。

先生和夫人對潮汕乃至大陸的作家與詩人們的殷切期望，以及對我的評價與鼓勵，鼓舞人心，將久久激勵著大陸作家、詩人們以及我繼續前進。

再次衷心感謝秘書長！「你的高度評價令我愧不敢當。這是對我長長久久的激勵！」

七

先生的文朋詩友遍佈天涯海角。為文學，為友誼，先生難能可貴啊！幾十年來，先生無私幫助過許多文朋詩友，又從來施恩不記。不少文友曾經撰文稱先生是世界上難得的好人、好作家，和先生交朋友是難得的緣分！

某天，先生忽接一封來自中國新疆的信，信末署名是一位稱先生為「老師」的「楊菊清」，這個帶有鄉土味芳芬的姓名自此深印於心了。先生任雜誌與報社主編時，養成了一個習慣：讀者來信必讀必覆；展讀完楊菊清的信件與文章，驚訝於這位年輕作者的文字水準竟有頗深的造詣，先生趕緊覆函。從此，本來毫無關聯的兩個陌生地方，因為以文會友的因緣就開始了。每收到他的作品時，定代轉去合適的副刊；分投不同國家不同地區的文學園地。當收到報社寄來的剪報或整本雜誌，見到菊清的作品，趕緊將油印的文章或剪下，連同給他的信函一齊郵寄到新疆。

鼓勵以及協助後起之秀的文學青年，乃是先生從臺灣林煥彰恩師處學到的。為了感恩回報林老師經常發表先生在原居地越南及新鄉墨爾本的作品，以及代收稿費並寄剪報等等繁雜工作，先生曾虔誠請教林老師當如何報答老師提攜之恩？得到的回覆是：學他的方法，力所能及地幫助文學青年們。這就是對林老師最大的回報。

師恩不敢忘，從此，先生也就按照林煥彰老師教導，與有緣的文學青年們切磋，彼此在交往中一齊進步。先生變成了他們的師友。楊菊清之後，尚有在湖南農村的張玉平、香港的飄雪、同在墨爾本的吳溢源與青青，等等。

二零一六年五月，先生率領九個國家的十六名作家到中國河北省邯鄲市采風，給該市文友留下和藹可親、淳淳善誘的美好印象。作家韓立軍感受尤深。他感恩已屆七十多歲高齡的黃老師，常年徜徉於各國之間，十分繁忙，卻仍抽出時間為小韓修改作品。難怪韓立軍說：「心水老師是我人生旅途中遇到的貴人，是我文學創作的伯樂和知音，也是我在海外的良師，是在海外堅持弘揚中華文化、愛國愛鄉的知名華文作家暨詩人。」事實上，先生還是許許多多人的貴人，是中華民族優秀的愛國作家與詩人。

八

先生深懷華夏之心。他說，大陸許多中國人跑去日本觀光，將白花花的錢送去換回日本貨，讓鬼子賺到千億萬億美元外匯，再裝備先進武器，將來不還是槍頭對著中國嗎？我極為贊同先生的觀點。據說單單春節鬼子賺到中國人的錢，就足夠建造一艘航空母艦。

九

先生和我有共同的價值觀和文學愛好，彼此有緣成為文友。於是，我們互相學習，互相鼓勵，互相幫助，互相提醒。我們肝膽相照。

我們認同——**人生可能無法改變，但人生觀可以改變；環境雖然無法改變，但心境可以改變；雖然無法調整環境來適應自己，但可以調整心態來適應環境；最大的幸福不是獲得，而是奉獻；最好的財富不是金錢，而是健康；最多的自由不是擁有，而是放下！**

美好的，留在心底；快樂的，與人分享；遺憾的，隨風散去。活在當下，且行且珍惜。

再次衷心祝賀心水兄的大作《雨到黃昏花易落》成功出版！

二零一八年九月廿八日於潮汕。

（林繼宗先生、國際潮人文學藝術協會會長，世界華文作家交流協會學術顧問，廣東潮汕文學院院長，汕頭市作家協會主席。已出版各類文學專著二十一部，共一零二九萬字。先後獲得全國大型徵文活動優秀系列長篇小說一等獎、中國散文精英獎、中國作家協會創作年會一等獎等國際、全國、省部級等各類文學獎九十一項。）

自序　新鄉悠悠四十載

七月廿一日的星期天、小兒子黃明仁太平紳士（John Wong JP）來電相約去力士門市（Richmond）越南餐廳相見。祖孫三代四人其樂融融的享用了河粉後，兒子笑著要我付餐費，也不多想就去埋單。然後全無心理準備的被明仁載到汽車行，到達隨他進入、迎門搶眼紅絲帶掛在大黑布上蓋著的新車。車前豎立本板貼著打印英文大字、中譯是：「此車屬於黃玉液先生所有」。

五年前獲明仁贈送法國標緻牌轎車的往事重現，此次是專售德國奔馳（Mercedes-Benz）的車行，在銷售員協助下打開黑布，銀色轎車猶若要張臂與主人相擁般，兒子將車匙鄭重交給我，完成贈車儀式、內子婉冰與明仁和孫兒永良一齊鼓掌，讓我彷彿飄飛雲端似的如真似幻？

今年父親節收到的這份大禮是歷年來最貴重之物，孝順的明仁在四個月前經已到墨爾本東區奔馳車行（也有譯為**賓士**或**平治**）訂購。那部標緻轎車只開了四萬餘公里，保養良好，至少十年內絕無問題。但兒子的心意非領不可，心中甜滋滋的將新車開回家。

九月二日過了極開心的父親節後，心想縱然是父子，禮尚往來也是應該，可要回贈什麼給事業已略有所成的明仁呢？頗費思量難決，心血來潮想起作家將著作贈送也是禮物；因而在存檔的作品中開始尋找，此書出版將是我第四部散文集、也是第十二冊面世的文學著作。

謹將《雨到黃昏花易落》贈送給孝順的幼子明仁；雖然他不懂讀中文、但必定會請秘書閱後轉達書中篇章扼要內容。拙著面世時將是我們舉家在新鄉墨爾本定居四十週年，當年隨雙親怒海奔逃的稚子明仁今日經已是中年人啦！

因而序文就以「新鄉悠悠四十載」定題，全書收錄了六十八篇拙作、附錄了莊偉傑教授的特寫，連同林繼宗院長的代序與拙序總共是七十一篇文章。

還是按第三部散文集「福山福水故鄉情」的方法，不分類編排，照題目字數的多寡依次序成書。從兩個字的「朋友」開始到八個字的「楊千慧謙雅盈風采」止。劇院演出時通常最後呈現給觀眾們的往往是全劇精華、因而有「壓軸好戲」這句說詞；拙書面世時、楊千慧市長可能已貴為澳洲聯邦國會議員了，屆時將是新書發佈會前來祝賀的最高長官啦！

不按文類排列會有點好處、是讓讀者不必先預知內容，興許更能有意外之喜呢！次序先後與文章優劣無關、對於作者幾乎每篇收錄的文字都是珍品？才會有「敝帚自珍」這句話呢！

拙著中有觀光隨筆、有介紹何與懷博士與我的三位學生在內的人物總共九篇，尚有六篇為文朋詩友的新書撰代序、有新疆的楊菊清、新加坡的郭永秀、美國的洪輔國、南京的張曉陽、李智明、紐西蘭的林慧曾等，書題就略過、為展讀拙著的讀者們留點好奇。

此外都是生活上有感而發的文稿，曾對學生們講過小說可以虛構、但散文與詩作品貴真，作者對人對事有了真實感情敲鍵時始會自然感人。文集其餘文字大都是平易顯淺、無非一時之感，可告慰的是沒有無病呻吟或為賦新詞強作愁之類虛假篇章。

回顧過去四十載、從抵達新鄉時一無所有，為生活打拼夫妻摸黑出門。內子從養老院工作回家、尚要操持家務；週末我卻撰稿或閱讀，到如今兒女早成家立室，有了六位乖巧內外孫兒女，更沒想到的是一路堅持文學創作，才有今天的十二部書冊。內子婉冰也「夫唱婦隨」不但陪我參加各地的國際會議，也業餘撰稿著書立說而成為作家。

今年九月底榮獲雪梨「澳大利亞華人文化團體聯合會」頒授「澳華文化界傑出貢獻獎」，深感意外和高興。證之在新鄉為社區當義工、孜孜不倦四十載如一日的發表文學作品與大量僑團活動文宣，被肯定與認同也就心安理得啦！

衷心感謝雪梨主辦單位跨州頒授這份榮耀，老朽受表揚外更盼後起之秀們積極學習，才不負「澳大利亞華人文化團體聯合會」的厚愛。

書名取自收錄篇章中的〈雨到黃昏花易落〉一文，文題是借用陸游前妻唐婉的釵頭鳳之詞句。

感謝社團諸領導暨友好們、讀者們、文朋詩友們、或於發佈會之日撥冗蒞臨增光、或慷慨解囊贊助經費或購拙著支持。

特別感恩洪門民治黨雷謙光盟長的鼓勵、謝謝黃添福董事長對我創辦的「世界華文作家交流協會」傾力支持。銘感何宏道賢伉儷、自結緣以來的厚愛與贊助。

多謝廣東潮汕林繼宗院長為拙書代序，令拙著增翰墨之香與添無限光彩。

衷心向賢內助婉冰再次鞠躬，感恩長年操持家務照顧我的生活起居，始能每日安心浸沉在鍵盤與熒光幕前。最後、謝謝幼子明仁今年父親節餽贈大禮，是此書緣起、能順利出版，肇因如序文首段。希望天下為人子女者、都能有顆如明仁對父母的孝心，是為序！

二零一八年九月九日於墨爾本無相齋。

二零一八年七月廿一日兒子黃明仁在車行將新車匙交給父親。

朋友

在短暫的人生旅途上，「朋友」是絕不可缺少的一種人際關係，成年前在家靠父母，長大獨立後，出外靠朋友，幾乎是千古不易的道理。

聖人教我們擇友之道，論語經文中孔子曰：「益者三友，損者三友」，並舉出何者為益友？何者為損友？

益友是「友直、友諒、友多聞」；也就是：「正直的人、誠信的人、博學多聞的人」。

損友是「友便辟、友善柔、友便佞」；也就是「慣於逢迎的人、工於獻媚的人、喜歡花言巧語的人。」

從聖人上述的標準來看，試想想我們週邊的朋友，誰好誰不好，大家心中就有了一把尺。若是損友，最好是敬而遠之，用疏遠方法拉開距離，才不至於被利用、被污染。

通常益友必是君子，損友也往往是小人；遠小人而近君子，對自己才不會吃虧。現代社會比古時複雜得多，朋友種類也肯定比古代更繁，究竟現代社會朋友關係有多少類呢？讓我試著算算：

異性相吸，首先會結交「**女友**」或、「**男友**」，最後變成「伴侶」或「愛人」、「夫妻」；關係不好、緣份不夠者，異性朋友有一天就會「形同陌路」分手告終。

物以類聚，愛好文學者交往，因此有了「**文友、詩友**」，以詩、文會友，是文人雅事。喜歡品茶、品酒者，由於獨酌無滋味，於是找到了「**茶友、酒友**」；愛好書畫，互相切磋觀摩，便成了「**書友、畫友**」。

集郵票的人，交往成為「**郵友**」；愛種種棋藝者，便成為「**棋友**」。喜歡唱歌演戲的人，相聚而變為「**歌友、票友**」。

結隊一起去皇冠賭場搏殺者，或打麻將三缺一時，找來的便是「**賭友**」；玩各種球類的人，是「**球友**」。和識或不識者一起組團去觀光，這些臨時組合者就是「**團友**」。

一同吸毒者結交而成為「**道友**」；一起去滾去找妓友妓男者，變成了「**嫖友**」和「**滾友**」。這幾類久而久之自然變成了「**損友**」。此外、喜歡吞雲吐霧臭味相投者是「**煙友**」。

共同出生入死在前線打仗的軍人是「**戰友**」，同隊者也叫「**隊友**」；信仰相同的人成為朋友稱作「**教友**」或「**共修**」。同一公司工作的是「**同事**」；同一學校學習者是「**校友**」，同宿舍者謂之「**室友**」。同拜一師學武術者稱為「**同門**」。

集會結社的志同道合者，稱為「**會友**」、「**社友**」；在泳池認識的人成為「**泳友**」，愛垂釣者相交便是「**釣友**」；影迷們成了「**影友**」。神交而從未會面的人是「**筆友**」或「**網友**」。同病象憐者又同在一間醫院，就成為「**病友**」。交往數十年者成為「**老友**」。

愛跳舞的人必有「**舞伴**」，親戚投緣而成為「**親友**」；師生關係可發展成「**師友**」，此外還有「**諍友**、**傍友**、**良友**、**伴侶**」等。志趣極為相投，成為朋友後還覺得不夠親切，有者便效法三國桃園結義，成為「義兄弟」或「義姐妹」。計算一下，總共有四十六種「朋友」類別之多。（讀者們若想到更多類者，請不吝賜教。）

最為後世人稱頌的友誼，莫過於春秋時期的管仲和鮑叔牙這兩位「推心置腹」的朋友。他們比許多親兄弟、親骨肉的情誼還來得更令人感動。由於他們感人的友誼，使後世因此衍生了「管鮑之交」這句成語。

能成為朋友，也算是一種「緣份」，但大多數人並不太珍惜這份緣；社會上泛泛之交者居多。真誠的友誼，是當朋友遇上危難，不論何時何地何事，都能雪中送炭，主動關懷、協助、幫忙。至於錦上添花，是無法讓對方永誌不忘；這類友情只是過眼雲煙，情誼剎時而淡。

因此，常聽人感嘆：「相識滿天下，知心無幾人」，這是實情。難怪古人會說：「得一知己，死而無憾！」；足見真誠長久的友誼難覓也。

是故，朋友不必太多，能交到幾位「益友」，也就不枉這生了啊！

二零零七年二月九日於墨爾本。

阿才

五月底從歐洲回來後、在不到兩個半月內、前後敲打了十九篇作品，包括五篇散文四首詩和十篇雜文。腦內總想著參加那六天五國觀光團的趣味、歐洲遊記早已提不起興致撰稿了。因為自己沒有徐霞客的才情，又非自助遊，在有限見聞中勉強撰文，貽笑大方外，不如藏拙。

參加此次歐洲旅行團，沒想到果真如坊間調侃般像做「高級難民」那樣辛苦；每天十多小時被趕鴨式的穿梭在歐洲超級公路上。年紀較大者上車睡覺下車尿尿，無非將古早人「走馬看花」變成現代方式的「乘車看花」。每處景點停留一小時或再加半點鐘，上下大巴排隊入門也已花去了些少寸金難買的光陰。映眼的美景能存留多少在腦內，真是說不清呢？

三十餘位團友，來自中國的占了幾近半數；全團約有七成已退休或接近退休的銀髮族俊男美女。那些五十上下的團友，自然被我等視為年輕傢伙了。

在我右邊座位後排、落單的傢伙正經八百的還打著領帶？行程首日我就倚老賣老的對他建議，何不輕鬆點將領帶除下？他有些腆顏的展示著微笑，親切而真誠的讓人好感。

也不知是誰起鬨，在晨間大巴前進時、興許是大家精神飽滿還不想去見周公，就好熱鬧的輪流表演節目。說說笑話、講故事、唱粵曲、哼京劇、民謠和山歌、甚至醫學專題講解。

來自武漢的阿才、居然唱起了他家鄉地道的民謠，歌聲悅耳、感情真摯，想必當年是他的妙音打動了太太芳心？一直想問他、可總是忘了，反正八九不離十吧？倒真忘了是那一位老先生或老太太首先稱呼他「阿才」？這一叫也夠不客氣的，但拉近距離而倍感親切，難得的是他不以為意，總展顏相向。

那次到汶萊觀光才認識阿才，當然因為初識彼此都客客氣氣，沒想到翌年這位重感情的阿才竟然來墨爾本。不巧的是我們外遊、人在美國，無法盡地主之誼。回家後接到他電郵、還抽空專程前往他住宿的酒店、想拿回他寄存酒店接待處、贈送給我的茶葉。雖然沒要到，可那份情意，一直令我好感動。他竟然為著「一面之緣」的我、帶來「手信」，實在沒想到啊！

特別想起介紹阿才，並非因為那一包中國茶葉；也不是他在車上為大家所唱的家鄉民謠。而是從阿才在此次六天歐遊中的表現，讓我刮目；也讓我對本來有關中國人素質差很感失望之餘，由於阿才又重新燃起了希望。

讀者們都已知道，這一團歐洲六日遊，七成團友都是銀髮族；每晚旅遊車到達酒店，笨重的行李箱、團友們都要自理，又拖又拉的從大巴停車處帶回酒店；要命的是歐洲有些兩、三星酒店沒有電梯，我們被安排在二樓或三樓，對著行李箱手足無措，又不能不搬移安頓。

幸好團友中有好幾位如阿才般五十上下的年輕人，都主動或被動的會幫忙我們這些老人家。我與婉冰的行李，每次都是由與我同在墨爾本定居的老朋友沈志敏、或住雪梨的詩人方浪舟幫推幫抬幫拉。由於我是主辦單位的代表，全程負起了義不容辭的「責任」，每次入住或啟程，彷彿是在當「團長」似的，略盡心意的要照顧好團友們。

發現有需要協助的老團友，我就不客氣的點名或出聲要年輕團友們動手協助；而每次都見到阿才主動的拖著、抬著大件行李箱，在上、下樓梯或酒店與大巴之間往返。好幾次見我吃力的拉著大皮箱，不由分說的就搶著幫忙我。

本來他可以在將自己行李搬好入住後、悄悄的關起房門休息了；誰也不會知道誰也無權置啄。果如此的話，那就不是阿才了；向來我是將這句「助人為快樂之本」當成做人守則，見到團友中阿才的表現，恰恰符合了我的德性，才會樂而撰文，對阿才在此次「荷蘭中西文學暨文化研討會」後，我們主辦的六天歐遊觀光團，表揚他在全程旅途中樂於助人精神！

同時應該表揚的還有廈門中醫學院王彥暉院長、楊際嵐會長、世界華文作家交流協會財務沈志敏、詩人方浪舟等，常熱心協助團友們。

至於拙文主角阿才是何方人物呢？竟然是**「武漢中南財經政法大學、新聞與文化傳播學院」院長、胡德才教授是也**。老朽斗膽也學著團友中諸位老學者、老作家們在旅途上，對這位高素質的胡教授親切的稱呼一聲「阿才」！

二零一二年八月十七日於墨爾本。

感動

意外收到一本詩集「最美的祝福」，由游啟慶兄親自帶到舍下；放在信箱中，因外出未能接待。黃昏時游夫人來電話告知，始出去取回；詩集作者著名王周麗雲，定居南澳，對這位作者、可說完全陌生。百思難解為何會想到贈我新著？

隨手翻閱，扉頁內小膠袋中存放著剪報詩作一篇，居然是我三十六年前的作品：〈探親的快鏡頭〉，寫於一九七三年五月。這位筆名云云的詩友，原來是我原居地的讀者，令我感動的是，悠悠幾十年歲月流逝，她仍保存著拙詩的剪報，這首我早已無從記憶的詩作，重讀後真的感慨萬千，忍不住打字輸入電腦，讓「它」重見天日，將投去詩刊再發表。

云云和我生肖相同，少我十二歲；竟然都是「福建中學」（後改名福德，變成女校）的校友，我算是她的學長了。也都是一九七九年獲澳洲人道收容，分別定居於這人間淨土。這些資料都是從獲贈的詩集中發現，過往是一無所知了。當然、她對我這位作者早已神交了幾十春秋，算是我早年忠誠的讀者之一了。

作家或詩人，視其作品流傳廣度及深度，而成正比的有著數之不盡的讀者。但並非所有讀者都喜歡同一位作家或詩人；能啟發人生方向、勵志或載道的文字，是較受一般讀者歡迎。涉及意識形態、社會問題等大道理的雜文，影響大也往往有正、反讀者，或喜之或惡之。

美國最大的中文《世界日報》，每日銷售八十萬份，擁有超過百萬讀者，每天的「論壇」版，百花競香百鳥爭鳴。過去多年、我用「醉詩」筆名所創作的雜文幾乎都在該報先發表，再轉投澳洲、加拿大、紐西蘭等地的週報、月報或網站，因而讀者不少。其中一位未謀面的讀者喜歡拙作，我訪美時無意知悉；原來其女兒是家岳母所居住養老院的經理，結此文緣，這位經理對家岳母也格外照顧，給予多方面協助，很讓我感動。

以文會友，成為作家能廣交各地朋友，這也是我多年來執著創作的動力。每到一地觀光或開會，必有該地的文友接應招待；這份精神財富，足可傲人。那年與黃惠元兄一起深夜到達新加坡機場，本擬乘計程車；出到機場即見詩人郭永秀來接機，意外兼感動。（開會通知早聲明報到的作家要乘公車前往酒店。）

兩度到曼谷，首次半夜抵機場，七十多高齡的老作家陳博文親臨接待，由他公子駕車陪同我入住酒店。亦因此文緣，與陳先生成了忘年交，他的十餘本著作都寄贈予我。年初泰國動亂，心中記掛就打電話去問候，以釋遠念。

幾年前去紐西蘭、作家阿爽正好回香港深親，她特意安排夫君榮基宗兄到酒店帶我們觀光奧克蘭；傾談下，無巧不成書，他原來是婉冰當年鄰居，都在一個胡同內，老街坊談起老王曆的故事，彼此都歡喜無限。奇異網站站主黃游子伉儷也專程導遊並宴請午茶，盛情令我難忘。

年初與婉冰赴雲南采風經香港，素未謀面的詩人飄雪熱情接機，日日前來導遊，那份情意實在濃郁。神交的二位詩人楊永可、楊永超昆仲亦趕來相見，共遊大嶼山，愉快無比。

與云云同在澳洲天空下，至今尚未踫面，有緣的話，或南澳或維州，將來總能相會。收到詩集，更喜見為我保存舊作剪報並轉贈，這份感動令我忍不住敲下這篇文字，感恩感激兼感動，~/(^ ^/)(/^ ^)/~啦！（表情符號代表「謝謝」。）

二零零九年九月四日初春於墨爾本。

附錄舊稿詩作品如下：

探親的快鏡頭

一

動的人頭把烈日
壓出一片陰影
眼睛放射著加倍的亮
期盼照到一張熟悉的臉

二

妻的淚和媽的叮嚀
總得一起吞飲
穿起戎裝的漢子
那塊面像烏雲

三

笑著的聲音都說
有一張定期的出營證
可以把明天　暫時
塗得七彩繽紛

四

在人堆裡尋覓孤獨
到處的離情或歡笑
都不能撼動自己

無人探視的落寞

五

哨子淒厲的嚷著降幕
觀眾和演員不忍也得散去
下個禮拜天再趕早場
不管天陰天晴天雨
（悲劇喜劇恆常滿座
戲院的頭家以及
售票帶票和黃牛們
都喜地歡天的一直狂笑）

一九七三年五月作品、寫於越南堤岸。

協叔

孩子們都叫他協叔、初次見面還有點驚慌和害怕，一家人手足無措的與這個陌生人週旋。他身材不高、肌肉結實皮膚略黑，滿口北方腔調，對於聽慣南方越語的耳朵，一時難於適應。要格外留神才可從他禮貌語音中領悟，熟悉後感到那北方腔另有抑揚頓挫的韻味。

國家統一後、往日解放軍搖身一變都穿上了土黃卡其軍服，這些千里征戰離家多年的共軍，和平後那份思家之情，實不足為外人道。協叔是派到我家附近區公安所駐防的大隊長，軍階是上尉。統領了大隊公安，日夜保衛著地方的安寧。

他比我年輕，以「兄」稱我，而對內子卻叫成「姐」；每到我家、便抱起幾歲的小兒子左親右吻，說是和他的兒子同齡。離家南下，想來兒子如今已忘了他這個父親了？談起黯然神傷，充滿了資本主義社會的溫情。初始還誤以為他經常到我家，是垂涎年輕女佣？或暗查我這個「資產階級」有無反動思想？

終於明白，是思家念兒，被我那幾個頑童圍繞糾纏時，臉上展開的笑意久久不散，若沒穿裝，任誰也不敢相信眼前是一位越共戰士。熟悉了、有時帶了十歲的老大去駐守所，回來看那張稚臉興奮莫明，說是協叔教他開槍，真讓我大吃一驚，那麼小，居然讓他玩槍？有時改換帶了老二去，不懂越語的八歲兒子，真不曉得如何和那班軍人溝通？

晚餐時刻，蹚到協叔來，婉冰就多拿出碗筷，請他一起用飯。第一次推三說四，說人民公安不拿人民一針一線，更不可擾民等等大道理，聽來也好讓我們感動。後來、真的混得很熟了，又是兄又是姐的，孩子們個個都學會越語Chu Hiep（協叔）這句尊稱，讓他高興得不得了。就再也不客氣的和我們同桌用晚飯了。

吃慣軍伍生涯中的粗糙糧食，對於婉冰的粵式烹飪、如此美味自然大為讚賞，食相用「狼吞虎嚥」形容、極為貼切呢。也因此、一週中至少也會在黃昏時刻來一次，可以和我們共桌。

越共統一國土後，翌年已開展連串清算資產家的「戰役」，打資產買辦戰役後，就宣布更換舊錢幣，換錢當天全國戒嚴，街市學校工廠商店全關閉，街頭巷尾都見荷槍實彈的軍人駐守，如臨大敵。

我捧著七百二十萬元的舊幣在長長的隊伍中移動，中午妻子見我未歸，趕到換錢站替代我，讓我回家用飯。飽食後我再去排隊，等到太陽將近隱落，我才換回新幣二百元，價值是等於舊幣十萬元，剩下那七百十萬元硬性被存入了國家銀行，帳面存款是一萬四千二百元新幣。原來黨中央規定南方人民每戶不論多少人口，最多可更換新幣二百元，餘款都要寄存銀行。（永遠也無法提取了。）

原以為換錢後，南方家家戶戶都平等了？每個家庭都只有二百元現金了。但不少貧窮人家，一時間竟找不足十萬舊幣對換，本來窮家戶，還是沒變天；只是富有者變窮而已。

忙於換錢戰役而幾天不見蹤影的協叔忽然又來了，而且帶來了七個佩槍的公安，我惶恐的以為出事了?沒想到他對我說，軍人、公安也要換錢，但每位最多可以換五十元新幣。他和這班兄弟們不夠錢替換，全部才八萬元，還欠十萬元，問我有無舊錢?心想床底那堆二弟早先拿來的舊錢已成廢紙，放著再無用處，就大方的取出十萬元交給協叔，他在我面前分給那班同志。

兩天後、協叔又來了，從口袋中掏出二百新幣給我，說是連合兄弟們一起為我家多換的。一時間我與婉冰驚訝到不敢值信?那天來拿錢，以為是向我「討」來對換，絕沒想到是為我們對換，原封不動將那天我給他的十萬舊幣廢紙變成可以使用新錢，而且居然是二百元，比我家原來換到的二百元多出一倍。

我接過後，拿出半數送給他，反正多出一百元已是萬幸了，若無他的協助，要多換一元也休想呢。可他說什麼也不肯要，說食住都在公安所，根本不必用錢，我五個兒女，開支大，如今又不經商，應留著慢慢用。推來推去，結果堅決不收。

那晚、我失眠了，想不通越共這些軍人為何如此單純?真的不拿人民一針一線嗎?可是他們如此協助一個資產家庭，豈不犯法?至少也是充滿了「溫情」，那不合共產主義的教條啊?看來越共並沒有美國宣傳的那麼可怕呢?

經此之後，我對協叔再不存戒心，他也對我們的問題，知無不言。同時閒談中，還透露當年拚命為國為民解放南方，是被「黨中央」的宣傳騙了?他們得到的訊息，南方骨肉同胞正處在水深火熱衷，被美軍、偽政權魚肉，女的都成為妓女，男的被迫當炮灰，人民苦不堪言?可是統一後，來到首都，來到我們的坊區駐守，才知道南方人民原來的生活比北方優越不知多少倍？還說，一九六八年前後美軍大轟炸時，父老們都暗中希望南方軍隊將北方「解放」，祖國統一在南方的自由政權治理下，那才是幸福的日子呢！

不少次傾談中，協叔間接的暗示我們，應該早覓出路，也說知道我們遲早會和他分開了，言詞中不無傷感。但無論如何，我也不敢將一家生死的計畫對越共公安露出半句。縱然明知他不會傷害我們，但立場有異，再好也還是保留著祕密。

一九七八年中秋前，我夫婦帶同五個未成年子女、和岳父母一起偷渡，在汪洋上飄流了十幾天，最後淪落印尼無人荒島十七天之久，被印尼軍艦打救，真是大難不死，逃過劫數得已重生。

遠離故園轉眼三十年，陳年往事歷歷在目，那些街坊鄰里都早已失去聯繫；那位相識幾年的年輕越共、孩子們口中的協叔，應該早已解甲歸田，回到北方過著農村的退休生活。記憶中他那張誠懇的笑臉，仍然是當年輕春期的樣子在我腦中迴盪，極權制度下的軍民，多的是被「黨」洗腦，清醒者大有人在，協叔就是其中一位。

時空間隔，追憶人與事，協叔對我家的情誼，點點滴滴，未敢忘卻，打成篇章見諸報刊，對故人萬里外的懷念外，也是一份感恩之情。

二零零八年二月二十八日於墨爾本。

替身

某君下班愛走捷徑回家，那日黃昏穿過墳場；天陰欲雨，匆匆趕路。忽聞路旁悠悠的聲音：「喂！踩到我的腳啦！……」某君被忽如其來的話語震撼著，左望右瞧，那來的聲音呢？心一慌便奔跑出了墳場。

墓後躺著無家可歸的吸毒道友，見嚇跑了那人後，哈哈大笑；不意笑聲中傳來怒罵：「滾蛋、想死啊你？……」

道友大驚、忙抓起破衣連翻帶爬逃之夭夭。鄰近樹蔭旁正忙著挖掘的盜墓人，立起身冷笑，再繼續動鍬劚。

「唉！你砍掉了我的姓氏，和你有仇嘛？……」冷風中傳來嘆息。膽大妄為的盜墓人瞄一眼被他挖起的墓碑，果然碑文上「x馬公影力之墓」真的少了一個字、僅餘「司」字殘缺輪廓了。盜墓人剎那間嚇到臉無人色，扔下鐵鍬、三十六著走為上著，速速奔逃。

接著風雨大作，夜黑到彷如地獄，墓園回復了悽清陰冷，所有擾攘的人聲鬼音都在天地怒吼中消失無蹤了……。

靈異世界也就是現代科學所言的「四維時空」，由於肉眼無法穿透這層存在而又見不到另類「時空」；因而、對強調科學的人，凡事要眼見為真者，鬼魈陰魂、魑魅魍魎都視為無稽之談。

我的原居地，發生在南越堤岸六省路與楊公澄街交界，緊鄰梅花炮臺附近的火車鐵軌，每年都有幾起火車撞死人事故。火車來前、平交道必大響警鈴，木欄落下，照理是不可能會有人被撞，除非是自殺。

每次意外，街坊們往往在鐵軌邊燃香燒紙箔，為枉死者送行。童年期經常被父母告誡，天黑不許踩過平交道。從小就聽聞該處「火車道」冤魂要找「替身」，只有找到了「替身」，死者才能超生。因此、才每年發生幾次被火車撞死之事。被撞死的新鬼、全都是被「冤魂」罩住了眼睛，形同自殺？

我婚後另置新居，在平泰廣肇義祠森德街旁建了三層樓；生平膽大，天熱難眠之夜，獨自上天臺吹笛子。傳說笛音引鬼，我不信邪，總想試試鬼魂是否能被我的笛音引來？

不到半月，鄰居紛紛向內子投訴；說半夜「頭家」吹笛，令他們豎起毛孔，整晚失眠。便沒再上天臺吹笛了，鬼沒引來，影響了街坊的安靜，實在罪過。

當年、南越沒有六合彩，都在賭「字花」。週末開彩，有點像六合彩，不過只開幾個號碼而已。為了求得中獎號碼，賭徒們無所不信；夢話也好，神鬼顯靈更妙，甚至童言醉漢無意中吐出的數目，無不趨之若鶩。

路口泗興雜貨店的東主鄭鏡波，大家都稱他「泗興叔」。他就經常和幾位友好，於微曦時分，拿了貼著茅山靈符的楊枝、帶了三牲供品，金銀紙箔神香到廣肇墳場。選了墳墓、將楊枝插入；許諾若中獎必將燒豬回報。鬼魂顯現，告之號碼，極其靈驗，時有所獲。

有一次，老張求著同去，有樣學樣，果然中了頭彩；樂極忘形，對當時承諾早已拋到非洲去了。幾週後，老張的九歲兒子，放學回家、被車撞死了。當晚、老張夢見了那位報號碼給他中大獎的鬼魂，向他扮鬼臉，說感謝他的禮物，有了他兒子做替身，他可以超生了……。

泗興叔自老張兒子慘死後，再不敢去招惹墳場的陰魂。四年前我到舊金山，還去「屋倫市」深望他，八十餘高齡的泗興叔被我再問起當年求「號碼」事，他堅定說可真靈驗啊，但太危險了。

想起「倀」字，鄉野傳說中，被老虎食掉者；死後孤魂無去處，必得為食他的那隻虎，找到替身，帶領老虎食另一個人。然後、這個被食者陰魂，又再尋尋覓覓的找「替身」。「為虎作倀」這句成語的出處，就是如此流傳著。今天山林早已被大量開發，幾已無虎蹤，何來老虎食人？因而、「倀」鬼找替身，應該再難為患了。

身正不怕影子斜，所有鬼怪幽靈，都不會無緣無故的招惹人；被鬼纏身被冤魂索命者，必定做了傷天害理或天地不容的壞事。或謀財或害命或姦殺或縱火坑人騙人等等惡行；做的時候都以為無人知曉，所謂人在做天在看。凡事都有因有緣有果，世間事理都逃不出這種定律，也就是天理循環。

做人最要緊的是，不做虧心事，行得正企得正。如此、夜半敲門也不驚了。走夜路過墳場，有一身正氣者，妖魔山精鬼魈都退避，絕不敢主動招惹。那些要找替身的孤魂野鬼，找對象也只會找那些壞事做盡者；縱使今生是好人、而前世欠下的血債，很可能就被追討，枉死者必有前因也。

是耶非耶、端看各自修為了；但不做壞事，至少心安理得，也就能睡得甜蜜。

二零零九年十一月四日於無相齋。

我是佛

如果有緣讀過拙文「活佛」的讀者們，真正明白了「佛」並非「神」亦非「仙」，也知道了這個原自梵文的形容詞，所代表的真義。那麼看了這篇文章的題目，就不會以為敝人狂妄或瘋癲了。

經文中提到：「人人有佛性」，那是千真萬確的啊！生而為人，慧根或天聰愚昧有別，但深藏大腦神經中的智慧卻是人人皆有，分別在於肯不肯將自身的「佛性」開發。

與生俱來的聰穎並不多見，大多數人是靠不斷學習而增廣識見；獲得專門知識技能的大專學位，若不涉獵更多範圍的典冊，其學識只限於該門學問。比如與一位電腦科學家聊天，只要談及與電腦有關的種種話題，他必能口若懸河；但轉換時事或天文地理，就無法對答了。

佛性是什麼？是人性中與生俱來的善念、包括了慈悲、仁義、博愛這些美德。

美德深藏人心內，像未開發的油田，那些原油幾億年來都深埋地核海底，近代人探查發現有藏油處，就去開發，源油才會噴湧而出。

明白了Buddha＝佛陀＝覺者、自覺、大智慧＝佛；那麼要成佛就必需將自己深埋腦內的大智慧開發，在歲月中不斷學習上進，在浩瀚的學海中傲游，終有一朝會到「彼岸」而成佛。

人間有無數的佛，那些佛性已顯現的高僧、大德、比丘尼、居士、善知識、學者們，其實每天都能遇到見到，只是大家不留心而已。凡夫俗子往往誤將「佛」當成「神」或「仙」或「菩薩」？才會想也不想就說去「拜佛」？

佛不能拜，也沒有必要去拜；遇到佛，只要尊敬就足夠了。像尊敬老師，尊敬長輩一樣；之所以尊敬，是成佛者，比我們早一步到達了「彼岸」。這些成佛者就是已開悟的人，已自覺的人，窮幾十年光陰學習而成為覺者，是已擁有大智慧的開悟之人。

佛教並非是一個迷信的宗教，正信佛教是追求人生真理、尋找開發心靈、開啟悟性的宗教；禮佛敬佛而不必拜佛。供養在寺廟裡的是各種各類的「菩薩」，釋迦牟尼佛並非神也非菩薩，而是佛教開宗祖師爺，是我們的老師，是聖人，和孔子一樣要受到尊敬。

釋迦牟尼在世數十年，向眾生說法，宏揚大慈大悲的佛學；向不同根器的眾生講不同的「佛法」，那些算不清的佛經，都是其弟子們將老師的演講、法會上的說話記錄成文字。佛經有深有淺、就是向不同層次的眾生講不同的道理。因緣成熟，開悟者有的要歷經幾世幾代的時空，也有因一句經文或一部經書而頓悟。

信佛的人，必然相信因緣果，世間萬事萬物都離不開因緣果；故此、佛弟子們對於有礙因緣果的事情，都不會相信。佛是代表大智慧、有了大智慧的人，經已成佛，也就不會隨便迷信、誤信或亂信了。

回到本文題目，**我是佛！**不明佛理的某些讀者必將嗤之以鼻？假如改一個講法：我是老師、或者我是作家、我是詩人、我是書生，就即刻被認同了。因為大家根深柢固的觀念，都誤將「佛」當成「神仙」或「菩薩」了？

簡單點說，「我是佛」，等於我是一位悟者，是一位覺者而已。古代書生都要「讀書破萬卷」，做為現代人，尤其是有學問的人，都早已讀破萬卷書啦。古代還沒發明紙，文章都是雕刻在竹片上，再將刻了文字的竹片串成一卷。一卷書所記載的不過幾千字的篇章，起碼要三十卷才等於一部十餘萬字的書籍。只要讀過幾百本書冊的當代人，就等於古代的「萬卷」典籍了。

我每年平均都讀了四十冊各類著作，讀完後、必記錄讀書的時間地點以及簡單的內容；被感動的好書還撰打讀後感發表，廣為推薦。初中畢業後的半世紀歲月，從原居地新鄉，少說也已閱讀了二千餘冊書籍。相當於古早人的「十萬卷」啦。還不計算大量閱讀各類誌雜、報紙及副刊文章。

不論是乘地鐵或飛機，都養成閱讀習慣，可說是手不離書的書呆子了。對各種領域各類常識學問，都粗淺略識，算得上是「善知識」者；幾十年來的創作，與文字天天打交道，書讀多了，再笨再愚昧，也能開悟啊！

那麼、說「我是佛」，無非告訴讀者們，人人都有佛性，只要肯努力上進，深埋的聰明智慧總會啟發出來，到時就是「佛」啦！

記得、敬佛就夠了，千萬不要拜佛啊！因為、佛是人、不是神不是仙不是菩薩不是天公。人除了拜父母與祖宗之靈外，人千萬不要去跪拜人喲！

二零一一年十二月十三日於無相齋。

病之苦

對佛教有認識的讀者，都明白「人生八苦」這句話；我和大多數人一樣，講起來朗朗上口。甚至將「八苦」背誦如流，彷彿求學時國文老師規定背古文般，念到極順暢；可對於那堆「之乎者也」的內容，真個不求甚解，知其然而不知其所以然。

知道是一回事，體會又是另類經驗，沒有在這「八苦的人生」中真實的折騰過，會變成人云亦云的賣口乖。每個人的生命旅程不盡相似，因而對這「八苦」的感受就各異了。

我身體一向硬朗、至到今天仍無在醫院留醫的經歷。在原居地、因為家境富裕，子女偶染風寒或高熱不退，必第一時間送入「福善醫院」住上兩三晚；除此外、進出醫院皆是探病而已。

因此、患病對我來說，無非是每年深冬偶發的傷風感冒，或喉炎咳嗽；家庭醫生開的處方必然是咳藥水、抗生素，休養幾日也就痊癒了。這些芝麻綠豆般的微恙，那能與「苦」掛勾？

也許、移居墨爾本後、我的右臂因工傷、在過去二十餘年裡被那類叫作：「肌肉過度疲勞損傷」的疼痛症，折磨得夠了；老天爺才特別垂憐，不讓我再受「病」苦的活罪？亦有可能「病菌」對象我如此一個意志堅強的肉體無法入侵，因而令我少了對「病」的警惕？

世事難料，人生本無常；而且、伴隨「老」苦而來的往往便是「病」苦了。

退休後、我的生活其實保持著「退而不休」的積極人生目標。除仍然大量創作及廣泛閱讀外，六年前更開辦週末中文電腦班，為社會貢獻丁點餘力。讓寶貴光陰不會浪擲飛逝。

前年底與內子在體驗時得知雙雙患了高血壓，夫妻真個應了「同病象憐」啦！

反正只要每天用降壓藥片、飲食儘量清淡，再加少喝紅酒，定時運動、或散步或游泳。這類眼不見的隱形殺手、如不作怪時，根本不值得大驚小怪啊！

一年餘的時間裡，去見醫生的次數漸漸多了；家庭醫生外，要找素味平生的心臟專科、去做心電圖，被抽血測試。哈！除了費時外，報告一切正常。可是、不同種類的降壓藥丸經已更換了四、五款，從輕量到加重，那見不到的血壓總是起落不定。

唯有遵醫決心戒酒了，幸而年半前剛發現患上「高血壓」症後，當機立斷，再不花錢買酒。而且、晚餐獨喝半瓶的份量、將所藏紅酒消耗盡了。如今、小女婿一家每週末到來共餐時，岳婿再難踫杯言歡了。

此外、華青體育會現任會長、比我年長而有千杯不醉美譽的王三川兄；常說要邀我到家中比酒量，看來再無機會了。其實、不必比試，我明知並非他的對手；只是王會長不信而已？現在高舉雙手扯白旗，我是輸到心服口服也。

還好、我的定力極強，初到澳洲不久；因為子女們對「煙」味深惡痛絕，總不肯進客廳與父母相處，說怕那臭煙味？為了兒女、就悄悄戒煙，抽了十餘年香煙的習慣，在子女不知不覺中，用幾天時間戒除了。有此經驗，面對美酒時，已可泰然自若、不為所動。無論什麼、能享受時、要把握良機啊！不然、世間是沒有「後悔藥」可挽回呢。

近月來，血壓又再起伏難定，晨起頭痛糾纏，將創作靈感驅逐無蹤。醫生介紹去借一套二十四小時測試機，裹在手臂同時將電子儀器掛在腰帶上。每半小時自動量一次並存檔儀器中。睡時則每次間隔一小時。昨晚整夜輾轉，睡意正濃就被震動而醒；朦朧中要入夢剎那、自動量血壓器又作怪了。如此被折磨了一晚，終於完成測試了。清早驅車十六公里去丹特農醫院，把那「怪物」雙手奉還了。

想起當年雙親受盡「病苦」折騰，纏綿病榻經年，那種身、心、靈的痛楚、無告、失去尊嚴及隨之而來的對「死」之恐懼；同時受到「老、病、死」三種「苦」操弄，實在不寒而慄啊！

要有多大的能奈才可以做到「與病」、「與老」同在呢？今早與內子婉冰漫步時，向她解說「八苦」種種，結論是最苦者要算「病苦」了。常被友人戲稱為「林黛玉」、有一付嬌嫩體態的婉冰，頷首認同；她對「病之苦」看來比我體驗得更加深刻呢。

之會有厭世者、有求安樂死者、都是那些不幸而被病苦折騰到「生不如死」的悽慘之人。人一旦被病魔纏上，與病抗爭的過程，都要個人承受；再親愛的人、再孝順的兒孫們，也無法分擔啊。

消極的人是要逆來順受，忍受「病苦」作弄；積極者是「與苦」同在，像我與手臂肌肉疼痛「惡魔」抗爭一樣：用忙碌、用文學創作去「驅魔」。明白佛理的讀者，若在受「病苦」時，還可視為在「除孽障」，或在還「業債」，如此更會心安容忍因「病」加之肉身的折騰。

無常人生，人生八苦；既生為人，願與不願，都要承受。六道輪迴與因緣果報、一如日月運轉，見與不見都自然存在了。不管是信與不信，佛理便是真理啊！

因「病之苦」而略有所悟，也算一得也。

二零一一年四月一日於無相齋。

紅旗渠

九月二十日早小劉到酒店來接我們、由他開車從安陽出發前往林州市，在高速公路馳騁約一個多小時，便到達了目的地「紅旗渠風景區」。

剛去過黃山不久，沒想到如今竟然身在「太行山」中了；乘纜車只能從高空往下望，視線所及可能是另類景象，但無法親身體驗這條被譽為「人工天河」的偉大。因此、我們放棄輕鬆自在的纜車滑行的觀賞，而購門票徒步當個真正的「徐霞客」，在山風拂面中考驗腳力和體魄了。

步入陡峭山路，沿途設有公廁，收六十一元的參觀券，方便遊人是應有的措施。發展旅遊業，吸引觀光客，建設好公廁是重點大事，讓女遊客再不必怕沒門的廁所了，這點進步值得讚美。

峭壁在望，高及雲霄，奇形怪狀都因千萬年風化所成；進入約一米寬的木梯，安全扶手可靠；石級也都有扶手，不論觀望或停下拍照，在石級上縱不抓扶手，也安穩如平地。下方就是滾滾水流的渠道，繚繞著山壁，依山開鑿而成。

行到「紅旗渠紀念碑」前，鮮少遊客不拍攝，那正是到此一遊的證明啊！

「天橋」的石碑，是指示橫跨到對方峭壁的木橋，搖搖幌幌，婉冰才踏足經已花容變色，即刻返身。峭壁全是山道，這邊已一目了然，不去也吧。

見到一大塊黑石碑，題了兩個龍飛鳳舞的狂草，左看右望，三人一起推敲，第一個字猜出來是「山」；下面的字猜了頗久，最終總算有了答案，是個「魂」。

揮毫者大名就無法猜透了，寫得那麼捧的書法，一般遊人如我等，根本無法讀出這位書法家的姓名。

終點山壁刻著三個特大的「青年洞」，水渠上有小電艇，供遊人乘艇入洞參觀；洞內該是水流通道，通到山的另一出處；因為這條在六十年代以整整十年光陰，由數十萬當地居民及解放軍全用人力開鑿，在峭壁上建成全長一千五百公里的大型引水灌溉工程。

由於林州因嚴重缺水，生活惡劣，當地人民才下決心，僅憑雙手，無比意志刻苦建成這個偉大的紅旗渠。四十年前工程完全後，全市歡騰，自始人民有充足水源灌溉了。

逢山鑿洞，眼前「青年洞」只是全程開闢出二百一十一個洞之一；遇溝架橋，總共架設了一百五十二座渡槽。十年歲月苦戰中，共峭平了太行山脈的一千二百五十座山頭。才能在懸崖峭壁上建出了長達一千五百公里的水渠。

見到了「紅旗渠分水閘」六個刻在牆上的紅字，淙淙水聲在渠下奔流，至此分叉而去，每個叉道都建有大水閘，用以控制水流量。

有道山壁上，刻有李先念所題「山碑」兩個大字；「青年洞」的壁上，少不了有江澤民的題詩。

艷陽高掛，在石級間行行走走，因有山風吹拂，不覺得太熱；往返幾公里的石路走完，經已過午了。回程遇到一隊又一隊的男女中學生們到來參觀，一時間人聲喧嘩，將寧靜的山路揚起了少有的熱鬧。

順道去不遠處的「紅旗渠博物館」，門票已包括在內了；這座博物館展出的圖片及說明，參觀時才感到當年開鑿這條被稱為「中國水長城」的人工渠所面臨艱鉅及困難。有炸山洞場景，有從天而降的工人靠著腰帶纜繩綑綁，在半山上鑿石，單看相片經已驚險無比，對那些冒著生命危險的工人及解放軍們，心中頓湧的豈止是佩服，還有的是敬重。

紅旗渠建成後立即聞名世界，多年來吸引了一百二十個國家地區的參觀訪問團；博物館展出的歷屆國家領導們，幾乎都有觀訪時的留影。

紅旗渠的景點，已被定為國家四Ａ級旅遊區，也是教育示範單位，全國中小學教育基地。要讓新生代明白什麼是「自力更生、艱苦創業、團結協作、無私奉獻」的紅旗渠精神。難怪剛才會見到那麼多中學生絡繹不絕的到來參訪學習。

在景區附件的餐廳享用了豐富的午餐，返回安陽，我們仍津津樂道紅旗渠的種種。此次承堂弟黃添福招待、安排到安陽六日，共觀訪了五處景點，都已一一介紹給讀者們，去觀光最重要的是有「不虛此行」之感。因為感動，才撰文推介，如有機會去河南觀光，記得要去安陽及林州，肯定會有意外收穫。

二零一零年十一月二日墨爾本跑馬節。

心水與小劉於景點留影，婉冰攝於二零一零年九月廿日。

食粥佬

越戰期間許多華裔青年不願充當炮灰，部分富家子偷渡到香港、臺灣；或用假證件改變身分，或花錢做影子兵，成了有名無實的「軍人」。也有的賄賂當上各兵種後方職員，還有的從此不見天日躲藏家中。

自願當美國僱佣軍的是阮樂化神父領導的儂族兵團，就是在越戰中令共軍聞風喪膽的「海燕部隊」。除了駐紮湄公河金歐特區外，餘者多受僱為美軍駐守重要基地。因為這類儂族兵、講義氣、有信用，最重要的是這類人絕對反共，而獲得美國及越南政權的完全信任。

我在中區大叻市從義鎮新村的教會小學任教，整個村子幾乎見不到青壯男丁，他們都去當僱佣軍了，或參加海燕部隊在前線殺敵。

學生們清一色是儂族人，他們講的話叫做「講艾」，艾等於我，近似客家話，但客語的我發音像粵語「蟻」。在那一年教學中，為了和家長們溝通，我也向學生們學會了「講艾」。

一九六六年底，我乘飛機從大叻山城去沿海的芽莊市，接待我的是素未謀面的文友，他是海韻文社創辦人之一的鄧崇標、即頂頂大名的作家村夫。當午、我到其兄經營的「巴黎電髮院」，心焦的等待。終於門被推開，進來的是穿著一身黃布軍服，高高黑瘦的人。也沒寒暄，彼此互瞧一眼，都已心照了。

就被他拉著乘他的機動車回宿舍，居然是面海的一座大軍營；他們住的是大營帳，每個帳篷內兩邊可容十二張單人床。當晚、他將床位讓給我，自己就在另一張空床睡，說那位同事值夜更，天亮才回。

生平首次在靠海灘的地方過夜，帳篷無隔音設備，靜夜時分，潮聲起伏，海韻呼嗚、浪濤一陣陣擊打，真個是驚濤拍岸，氣勢萬千。整夜如此呼嘯激昂，時而若千軍齊操，萬馬奔馳，時而彷似幽雅嘆息、撩人愁緒，長夜就如此輾轉無眠而過。

翌日、村夫上班時、帶我去見美軍物資供應部門主任沈昱明，這位文雅書生，也是儂人；臉露微笑，熱心的應允為我安排工作。他的部門正缺少會計人員，立時引見美國主管。不懂英語的人，只要會操作計算機，明白基本算術算法；尤其是當沈主任的職工，有他照應便可。於是我就成為美軍物資供應部內會計部的職員了。

原來村夫也在此工作，另一位年歲較大者，也是講艾的何遠源君，和我一樣不會英語，也已做了幾年了。其餘同事，大多是越南婦女，她們的夫君不是少將就是上校，為了打發無聊時間，才應聘做會計。那段歲月，我的越語就是從這些視我為弟弟般的將軍夫人或上校夫人們處學會。

還是在村夫營地內寄宿，晚餐後、各路兄弟們聚在一起，都是圍賭牌九或四色牌，任他們費盡唇舌教導，對賭從小存有排拒的我，無論如何都無法學會，也提不起興趣。認識的新友人、包括神交的海韻文社吳多運兄（筆名夜心），龍震潮兄（筆名潮聲），沈季夫兄及在學校任教的陳耀祖兄，和在韓軍部隊當翻譯的何堪兄和多年後成為襟弟陳國樑。除了陳國樑、其餘都是儂族人士。

軍營重地，日夜都是嚴密守衛，大門外經常站著三幾位持槍的值勤軍人，出入的人都要出示證件，第一天村夫的機動車載著我，到達營外放慢車速，停下後對守衛們「講艾」，想得出是介紹我，然後就放行了。

後來、我買了腳踏車作為上下班之用，遇到陌生的守衛，就按村夫兄所教，對他們「講艾」、說一句「食粥佬」。真不能少看了這句用儂族話發音的「食粥佬」，居然就是通行證？以後，我每去芽莊市的軍事營地，政府機構辦事，只要門外守衛不是美軍，便大大方方的直走，靠近時，喊一聲「食粥佬」，對方嚴肅的臉容立即展開親切的笑意，有者更舉手行禮，熱情問候。

百思難解，就請教村夫兄，為何這麼普通的一句話，又非江湖幫會切口，或是情報機構的暗號，竟能通行無阻？原來儂族僱佣軍們，因在北越原居地窮困，有食粥的習慣，能用鄉音講出這句話，證明是同鄉，也就是自已人了。概是同鄉，便都是受僱於美軍或越南政權的人，不是敵人就是朋友了，還要查什麼呢？

時間久了，那班老友們，也都知道我是「冒充食粥佬」的人；守衛們幾乎都認識了我這張面孔，出入縱然不再「講艾」話，也笑著招呼，放行無阻啦。

一九七五年四月，越戰結束了；國家統一，統一在越共政權手中。因而、掀起了轟動國際的怒海逃亡潮。恐共懼共的這大批儂族人，其父輩於一九四九年前後、從中國逃到北越；一九五四年南、北越分割，又從北越的海防、芒街攜老帶幼逃到南越潼毛、從義、定館、春綠等不毛之地。一九七五年南越紅旗招展，他們第三次大逃亡，逃到天涯海角的美、加、歐洲、澳洲等西方民主自由的國家。

上文提過的潮聲和陳國樑定居舊金山、季夫在洛杉磯經營中餐館，沈昱明繼承祖業，在美國中部變成著名中醫師；何遠源早已在南加州退休，夜心定居英國、何堪遠在加拿大。唯獨村夫兄幾次逃亡不成，前年已往生極樂；念及這班「食粥佬」作家文友們，不勝唏嘘。

定居墨爾本後，有幸與宿儒葉華英前輩（去年初已辭塵）、梁善吉、陳世愷、葉膺焜、葉膺民、阮樹榮、南澳黎啟明等諸位欽廉精英結緣，才知道「儂族」就是「欽廉人士」，真個是孤陋寡聞也。

雪梨陳瑋球兄亦是欽廉僑領，曾問余何謂「欽廉精神」？其實「欽廉精神」就是反抗極權、熱愛民主、自由、講義氣、有信用，重鄉情、樂於助人及合群等等中華傳統文化美德。

可惜有少部分儂族僑領，如今竟已忘卻其先輩遺訓，與狼同舞矣！

二零零八年三月六日於墨爾本。

碩士之家

六月初與婉冰一齊前往舊金山、目的是參加六月十七日孫兒李強的碩士畢業典禮，這位年方二十三歲的帥哥、英文姓名是Andrew Austin Lee。他真是青年才俊，身高體健四肢肌肉飽滿；每天再忙也定時健身運動，持之以恆難怪有那麼捧的體型。

史丹福大學（Stanford University）當日同時有多種學系學科的畢業典禮，分別在校區內不同場地舉行。這所譽滿世界的名學府，最近才被排在全球五百強大學名單內名列第二。能在此大學進修的學生們，家境可說是非富則貴，此外便是品學兼優以高分數爭取到獎學金。李強屬於後者、全靠自己的才華被錄取入學。如無獎學金、每年八萬餘美元的學雜費、真非普通家庭能負擔得起的啊！

多年前曾與先岳母到史丹福大學內參觀，向來聽說「大學城」這個詞兒，到了史丹福校園之後，始真正理解確確實實是一座「城市」呢！孫兒從大一到完成碩士的幾年時光裡，每天都要從學生宿舍騎腳踏車去不同的課室聽課、或者乘校園內穿梭的小巴校車往返食堂與圖書館。

在停車場前見到了李強的小姑姑曼蘭，這位當護士的姑姑極愛惜乖巧聰明的侄兒，除了向醫院告假親臨觀禮外、還封了祝賀的大紅包呢！於是我們一齊前往觀禮場地，到達時見露天禮台前早已排滿椅子，但也只能容納幾百人；遲來者只好站立後方與外圍通道了。家長們都臉露笑姿，彼此互相道賀、開心洋溢在每張臉上，彷若五官是綻放的花顏呢！

穿上碩士袍的男女畢業生們，亞洲面孔不在少呢；此外還有帶了一對小兒女的白人母親，原來是博士生，真了不起，因此當她牽著兒女接過文憑時、全場報以歷久不散的掌聲與歡呼。

典禮準九時半開始，主持人介紹了主禮貴賓後，這位貴賓Margaret Brandeau教授含笑步上講臺、接過麥克風致詞，侃侃而談中、全場皆專心聆聽，時而掌聲或笑聲劃破空氣中的靜寂。在幾百位學生與家長恭聆發言時、不斷的閃光從各個角度的手機向著她對焦。幾乎掌握到恰恰好時，她便圓滿打住了、含笑向聽眾們頷首致意。

會場自然又響起了熱烈的掌聲，直到她步下講臺後，主持人才宣布頒授證書時刻正式開始了。請同學們留心、聽到姓名後到前方排隊。

畢業生們緊張與歡樂時刻終於到了，排名不分先後總是用來安慰某些場合被排在後方者。其實總要有先後喲，原來是取用學生們的姓氏字母作為次序，因此部分與我同宗姓黃的香港留學生，W字就排到很後了，孫兒姓李、字母是L，正好不先不後排在中間呢。

頗長的隊伍從講臺後方開始排、有不同的教授或工作人員在隊伍外協助、核對姓名以免出錯。因為文憑的次序早已依次排好，司儀呼叫學生姓名時、頒發教授早已將該張文憑拿在手上等待了。

掌聲一直在儀式進行時響著、時而高時而低，視乎該位學生在同系內結交同學書友而定。

觀禮的家人因人數被限，似乎就不是因家人的出席多寡影響了掌聲。偶而還有忽發的歡呼聲隨著掌聲揚起、如先前提及那位帶著小兒女的女博士，大家情不自禁地為她叫好。

望穿秋水而終於聽聞了Andrew Austin Lee的全名被播出，李強趨前從教授手中領取「科學與健康管理」文憑時；掌聲中我竟興奮無比的大聲歡呼，唯恐全場的人不知這位帥哥就是我的乖孫呢？李強回望我們展顏，那份開心得來真不易喲，頗像古代參加科舉考試後的秀才們，當榜上有名時的那份喜悅是何等愉快呢！

當最後一位學子領了文憑後，全體起立歡散、彼此擁抱互相祝賀，茶水招待處早擠滿排隊者，已近正午了，我們擠出人群後由李強帶路，前往校內餐廳用膳。也爭取在路旁與仍穿著碩士袍的李強合影。

早在廿五年前也就是一九九三年時，長女美詩與女婿李穆天，先後在Fresno城市的加州大學領取文憑，美詩取得了語言學碩士學位，而穆天的是現代藝術碩士，但年齡都超過了李強二十三歲的好幾年呢！當時身為父母的我與婉冰，竟無法前往加州觀禮，實在很對不起美詩這個極孝順的大女兒呢！

一家兩代三口人，同時都擁有碩士學位，巧合也難能可貴。當時我為他們拍照時閃過心中的念頭、這是「碩士之家」喲，當然等五年後，李強將是醫學博士了，青出於藍而比他雙親更捧啦！

二零一八年九月七日於墨爾本初春。

李強與父母攝於史丹福大學內二零一八年六月十七日，心水攝影。

閒談養鳥

現代社會人們生活無憂，物質富庶，可卻心靈空虛。尤其是那些家有餘錢的夫人們，無所事事。有者嗜好打麻將或逛街購物，以打發多餘時間；有學識者寄情書、畫、吟唱自娛，亦有的豢養貓、狗、魚、鳥等寵物讓牠們陪伴。

多年前兒女們從網上得悉養狗的中、老年人，不易有心臟病？孝順的幼子明仁花了幾百澳元買回一隻剛出生不久的牧羊犬，送給我們作伴。這隻有靈性的小狗長大後，由於知道我不喜歡牠，經常將後園晒衣架上我的衣褲拖下弄髒；女主人的服飾從不耍弄。讓我對牠瞪眼怒吼，換來內子婉冰嘲笑不已。

八、九年後牧羊犬垂垂老去，最後重病難治，獸醫上門為牠施行安樂死；婉冰與小媳婦傷心欲絕，悲哭不已，猶若至親離世。經此傷痛、從此不再豢養家犬了。

我一向不贊成在家中養寵物，完全是基於慈悲心。人們為了個人的喜好，而強將狗、貓、魚、鳥、龜等小生靈買回，囚入籠中、困進水缸，讓牠們頓失自由，實在殘忍。

其實我們與這些所謂寵物，都同時存活在地球這個小小天地裡；呼吸相同的空氣，感受一致的日月光華，不斷的經歷生老病死輪迴。由於人類比牠們先進化，就變成了弱肉強食的世道？隨時將之捕捉、囚禁，屠之食之外；並作為移情對象，養之以解悶作樂？

這些小生靈一旦落在人們的掌控後，頓失生命本來的意義，身不由己的成為商品貨物。最後輾轉而被豢養，成了無辜囚犯？這些可憐可悲可憫的小生靈，無處申訴無力反抗，變作人的玩物而老死囚籠。

移居新鄉至今三十餘載，由於墨爾本是有名的花園城市，郊區住宅皆有前後庭園；天和日麗時、開窗時見蝶影翩翩外，更是竟日鳥語啁啾，花香飄送，廁身如此淨土、至今身心安適無比暢快。

後園有無花果樹兩棵、枇杷、檸檬與桃樹各一；自種了多盆蘭花觀賞、和食越南餐備用的香草、紫蘇、薄荷、辣椒等。每年元月仲夏時，無花果樹滿樹纍纍果實成熟，婉冰每天忙到不亦樂乎的採摘枝頭上的無花果，除了食用外，更大包小包的送給親朋分享。

樹頂上的果實，卻成了聞香而至的鳥群佳餚；黃昏時、往往飛來十多隻彩色鮮艷亮麗的鸚鵡，歡喜快樂的在樹上東跳西躍，啄食美味可口的無花果。

立在後門外觀看這些七彩美艷的鸚鵡群，即被牠們的喜悅深深感染；從鳥聲中聆聞到的悅耳之音，真是萬金難求的天籟妙樂啊。這段好時光大約維持兩月之久，直到無花果都熟透被摘被食盡後，美麗的鸚鵡芳蹤才暫失，要待來年仲夏再蒞臨享受。

傍晚時分，我必將剩飯、舊麵包片拿到樹下草地；讓過往的麻雀、黃鶯或失群的海鷗能充饑腸；尤其是九月初春後，氣溫漸暖和，午後至黃昏，鳥唱不絕於耳，鳥影更是翺翔樹下。

這些鳥群都有靈性，能讀懂咫尺外的人心。知悉我非但無惡意，可能還瞧見定時將鳥食拿到後園給牠們享受的人是我；因而、見我身影而無懼，使我擁有賞鳥聆鳥聲的美好時段。

早年到德國探親，陪先父漫步北德杜鵑花城（Westerstede），訝見街道兩邊高高的樹枝上，都掛有承水膠碗；先父告知，德國人怕過往鳥禽無水可喝，因而供水給牠們。深受德國人大愛感動，回澳後，在布施鳥食時，不忘也找個膠盆注滿清水，一併拿到樹下。

在家中養鳥的人，必然以籠囚之，讓可憐的小生靈頓成囚犯？牠們有可罪而要受此凌虐？無非是人的私慾作祟，實在不該啊。這些養鳥者，所養不過三、五隻或十餘隻？我養鳥於天地間，所養之鳥是無數隻，有時多達數十隻不同鳥類齊齊飛至；爭著展喉高歌，或拍翅爭食，或跳躍上下，或吱吱喳喳吵架不休。冷眼觀賞，其樂無窮呢。

撰稿敲鍵至此，忽聞後園鳥唱飛揚，音雜無章，想必又在爭食無花果了。難禁鳥語誘惑，還是就此打住，去看看蒞臨寒舍庭園的是那些小鳥們！

二零一二年二月十二日季夏於墨爾本。

順琼表姐

到達多倫多國際機場過了安驗關卡後，習慣快步的我經常忘了等待身後的老伴，心想反正有長女美詩與外孫李強的照應，便急不及待的向前走。

一眼認出接機人群中焦急期待的順琼表姐，隔著厚玻璃向她搖手；離別四十年後再重逢，這位資深美人的輪廓除了頂上幾點飄霜的髮絲外，變化不太大。她卻迷茫的一時無法確認眼前人，證明我的外相早被歲月無情搓弄到讓故舊也感陌生啦！

向來是隨著內子婉冰、對她這位比我大兩歲的鄧順琼表姐簡稱「琼表姐」，她是婉冰大舅父的三女兒，也是眾多表姐妹中為我最熟悉的表親。故國淪落易幟後，各自為了茫茫前途而徬徨，親友之間便鮮少再相聚了。

近年來透過電話、電郵等方式，當年失散的一眾至親友好們，均在不同時期再續前緣，或魚雁往還或電談或網絡電郵聯繫、或彷如隔世般的重逢，無時無刻上演著多彩人生的一幕幕悲喜劇。也忘了兩表姐妹是何時何地用了何種方式，在分手多年後重新接駁上「電流」了。

年初定下赴美探親的計畫，初始是沒想到去加拿大，到舊金山參加完孫兒在史丹福大學的碩士畢業禮後。我個人最想去的是紐約市、北卡羅來納州或佛羅里達與老友們相見。而婉冰首選的卻是多倫多市，要與順琼表姐重歡聚。

幾經磋商討論，在與琼表姐通電話時，沒想到被她誠意打動，最重要的是她一再用「尼亞加拉大瀑布」誘惑我。口齒伶俐詞鋒甚健的琼表姐終於說服了我，婉冰自然萬分高興。沒想到孝順的長女不放心，便也帶同李強陪我們同往。

因緣成熟後終於遂了婉冰心願，得與兩位表姐重逢並同時認識了表姐的兒孫輩們；一言九鼎的琼表姐果真讓我們觀賞了名聞遐邇的尼亞加拉瀑布。五天的多倫多行最讓我開心的、卻是由琼表姐親自駕車並當導遊，載我們去多倫多市觀光，沿途解說外更是妙語如珠，笑聲如銀鈴盈滿一車的歡樂。

六月廿五日早餐後、熱情的主人信守承諾，親駕老爺車為我與婉冰導遊加拿大名城；美詩母子自助遊而沒參加銀髮族的活動，如果她能預知這一日遊獲得的歡笑聲，必定會很後悔呢。

多倫多華埠街道寬闊、商店卻較老舊，沒有墨爾本唐人街的熱鬧與美觀；走馬看花匆匆張望後，竟找不到一家港式飲茶的酒樓？唯有飲咖啡食西餅祭五臟廟，志在觀賞城市及眾生相，餐飲無非飽肚而已，並非此行目的。

資深美人的駕車技術當然無法與年輕男女相比，安全第一，沿途免不了被那些匆匆趕路的洋男女司機們按車鈴；表姐不為所動、一於少理，我反而有安全感。當初表姐說要親自駕車到機場接機，心想比我高齡的「老太婆」當年駕機動車技術一流水準，可她駕汽車是否也如此，只能存疑？幸而老爺車中規中矩，往返幾十公里有驚無險呢。

因被後車按鈴讓她憶起趣事，說那次駕車去住家附近商場，停車場正巧有空位；開心的正要倒車時，不意有另部轎車的男司機靠近她，要她把車停到另一個車位？先到先停基本沒有出錯、為何要她轉去另個車位？

她自然不為所動，沒想到該男士下車出言不遜先講粗口，再說：「師奶妳不會駕車待在家好啦」？被對方無理辱及先人、令琼表姐頓時氣往上湧，也即時打開車門出去，爭論幾句後出其不意的對他大喊：「非禮啊、有人非禮啊……」

那位粗魯男士突被面前的資深美女怒吼聲、嚇到落慌衝入車內逃之夭夭。

十九年前表姐夫往生極樂世界，中年守寡的琼表姐，常被關心她的至親友好們介紹伴侶、或勸她再嫁。為了婉拒親友們的好意，她提出再嫁條件：「對方未婚同時要擁有「油井」的男士，不然免談」？條件簡單卻謝絕了所有建議她再嫁的好意。聽罷讓我大笑不止，在多倫多華人社區那能找到「擁有油井」的未婚男人呢？

琼表姐初到多倫多、因不懂英語又無技能，只能到工廠去當機器操作員；由於聰明與勤快，未久被管工調換去操作難度較高的機器。工廠內有不少同是來自越南的移民或難民；在相同流水作業線上的北越工友，或因妒忌或因對南方人有成見，某日嘲諷琼表姐：「妳們南方女人都是做雞的喲！」

思想敏捷的琼表姐立即反口回應：

「妳們北方女人做雞都沒有人要呢！」

當然讓那位自取其辱的北方女工不敢再逞強。可能口戰反被侮，心有不甘、這位女工友終於心生毒計，悄悄將一塊已有缺憾的零件、混入表姐已做好的成品大鐵箱內。

翌日被安裝部測試發現，便叫表姐去辦公室責備；自問認真工作又從沒出錯的表姐，拿回那塊零件與自己操作的成品對比。即發現有問題的零件是幾天前的產品，並非她當天所生產。原來產品都打上生產日期，表姐將發現報告給管工，廠方追查而找出那位損人不利己的女工，從此再無人敢無故招惹琼表姐了。

琼表姐說：「人不犯我，我不犯人；人若欺我，我必反擊」。我與婉冰開懷大笑之餘，不禁對琼表姐刮目相看，行文至此，不得不向順琼表姐說：「表姐，妳好嘢！」

開心又快樂的多倫多之旅終於圓滿落幕了，返澳後每想起琼表姐為我們當一日導遊，盈溢歡樂的好時光真是萬金難求啊，特敲鍵將個中點滴與有緣讀者們分享。

二零一八年七月廿四日於墨爾本。

順琼表姐（左）與婉冰攝於多倫多表姐的家門前，二零一八年六月二十六日心水攝。

黃氏淵源

小時候、父親經常對我兄弟傾談那些遙遠的「祖家」掌故，偶而會輕聲用鄉音誦念那首〈認祖詩〉：

駿馬登程往異方，任從隨處立綱常，汝居外境猶吾境，身在他鄉即故鄉。朝夕勿忘親命語，晨昏須薦祖宗香，蒼天有眼長垂佑，俾我兒孫長熾昌。[1]

閩南話吟詩、音韻頓挫悅耳，聽來一知半解；只知是當年江夏先祖贈送給五個將遠行立業的兒子，作為兒孫們相認的憑證。此詩是「江夏紫雲黃氏始祖」黃守恭公所撰。另外黃元壁先生於一九八零年曾撰〈會親詩〉一首：

1 墨爾本易經班黃紫蘭主任、來函提供不同版本的〈認祖詩〉如下：
策馬登程出異疆，任從隨處立綱常；年深外境猶吾境，日久他鄉是故鄉。
朝夕莫忘親命語，晨昏宜薦祖先香；但願上蒼垂福慶，三七男兒永熾昌。

五安五子炳千秋，知是開元共一流；欲識紫雲真道脈，源頭始祖在泉州。

五子依長幼是黃經、黃紀、黃綱、黃綸、黃緯；奉父命往南安縣、惠安縣、安溪縣、同安縣及詔安縣發展。縣名皆有個「安」字，就是「五安」的來源。

我先祖是四房黃綸公，到同安縣開枝散葉，千餘年後衍生到先祖父，仍在祖先初履家鄉同安新墟坑柄安居，先父避戰禍才離鄉到越南。

紫雲黃氏這一族裔、繁衍至今裔孫分布海內外多達四百五十餘萬人。始祖守恭公生於唐貞觀三年（即公元六二九年），黃公博通經史詩書，蜚聲士林被稱為「群儒」，種桑養蠶而富甲一方。五十七歲時捨宅建寺，築大殿時忽有紫雲降下覆蓋地面，因名為「紫雲大殿寺」，四易寺名、直到五十二年後、即唐開元二十六年（公元七三八年）才改為「開元寺」。也就是名聞遐邇成為國家重點保護文物單位的「泉州開元寺」。

成為中華民族第七大姓氏的黃姓，追溯淵源，最早始祖黃帝、傳昌意、干荒顓頊、到八世陸終，九世周朝初期在河南潢川建立「黃國」，千餘年後為楚國所滅；亡國的子孫以「國名」為姓氏，便是黃氏。傳至紫雲黃守恭公已是第一零七世了。

戰國後期，黃氏族裔多在**江夏群**（今湖北武漢一帶）發展繁衍，也就是「江夏堂」的來源。由於「黃」與「王」字諧音，新識問起姓氏，為免混淆，應以「江夏黃」自稱；始可免貽笑大方。

一直到了晉代，由於時局動蕩，從中原遷移入閩的十三姓氏族群人數，黃氏排第二位。黃守恭公在唐宗總章年間轉移至泉州，開荒地而成巨富。

宋、元時期，黃氏稱盛於閩、粵兩省，在明末清初才開始移居臺灣。後來更有不少宗親冒險犯難，遠抵東南亞各國以及移民歐洲、美、加、澳、紐，從此五湖四海都有黃氏裔孫足跡。

黃氏始祖就是黃帝軒轅氏，其兒孫繁衍至今約三千餘萬之眾，形成幾十支派。

江夏泉州紫雲黃守恭公的後代也多達四百五十多萬人。開族一千三百餘年來，人文鼎盛、歷朝人才輩出，成為八閩望族。

我先祖四房黃綸公後裔現居廈門市區、同安、翔安及集美等地超過十萬眾；其餘近六十萬宗親分散海峽兩岸及海外各國。

黃氏宗親源遠流長，在幾千年歷史更替中，出過不少偉人名人，如秦朝悉知兵法黃石公、三國名將黃忠、黃蓋、五代後蜀的名畫家黃筌，北宋大詩人、書法家黃庭堅、南宋的思想大家黃震、清代大儒黃宗羲、揚州八怪之一的黃慎、詩人黃遵獻、近代革命家黃興烈士。海外著名僑領黃仲涵與黃仲訓、越南富豪黃希鰲，印尼食油大王黃奕聰、木材大王黃雙安、新加坡黃金輝總統、政務部長黃貴祥、泰國商業部長黃秉和、美國喜瑞都黃錦波市長、澳洲黃英賢參議員、大畫家黃永玉、黃苗子等多不勝數。

先祖守恭公享壽八十四歲，安葬於泉州西潘山白塔後；墓穴四週薔薇花繁開，因而被稱為「刺仔墓」。今年被福建省定為省級文物保獲單位。去年為守恭公一三八零年誕辰，兩岸及海外孫裔黃氏宗親近二千人於九月雲集泉州開元寺，舉行隆重慶典紀念黃公的豐功偉業。可惜關山遠隔，又鮮與各地宗親聯繫，因而錯過了前往參加祭祖大典。

幸而堂弟媳陳藝瑩日前由廈門返澳，不辭辛苦為我帶來幾本故鄉期刊及書冊；細讀後終於對自己姓氏根脈來源有較祥盡的了解。不端淺陋抽空敲打下這篇簡介，祈望海外黃氏宗親們能因此而略明黃姓根源；起碼與人交往、就能說出「江夏黃」這得體的姓氏。

拙文參考資料《紫雲黃氏宗史資料匯編》之七、泉州《江夏文化》第三期，皆為二零一零年三月出版。）

二零一零年十二月廿八日於墨爾本。

點燃心香

去年四月參加世界華文作家團到雲南采風，每到寺廟參觀，見到來自臺灣的作家陳若曦大姐，恭敬的面對菩薩合十鞠躬。不像其他信眾燃香跪拜，無意發現她敬佛的禮儀竟和我一致，在環保問題上有了共同話題。行程中因而受教良多，算是此行最大的收穫。

年輕時在原居地，每逢傳統節日，我必駕車載先母去「二府廟」拜本頭公；協助她將三牲水果擺放祭檯上，往往被掛在廟內的大圈小圈神香以及插滿銅爐的香枝，所燃放的繚繞烟霧薰到難睜雙目，急不及待的逃出廟外。

那時只覺得廟內空氣混濁，呼吸不暢，限於知識，還不知嗅多了神香所釋放的煙霧會招惹癌魔。但已因為那迷茫煙霧而怕怕，故除了祭拜祖先時母命難違，向祖宗靈位上香外，到廟宇參觀，就從來不燒香了。吸引我的是寺院內四週掛滿的楹聯，為此、往往被母親數落一番。

海外華人，除了真正歸依佛教的善信及領洗成了天主教或基督教的信徒外，餘者大都敬拜祖先、諸天神佛和菩薩，早已佛道一家親。因而、燃香燒冥錢拜三牲這些混餚了多元宗教祭儀的方式，也就被視為理所當然。代代相傳，這種敬拜菩薩及祖先的禮儀就延伸下來，成了習俗。反正大家都如此，豈能違背？若不照搬都怕開罪神明和先人？

隨著時代變遷，不合世情的宗教教條也需要改革；比如往昔羅馬教廷堅決反對墮胎，爭論至今，不也要向時代妥協？默許女教友們在合情合理下進行墮胎手術。教廷若堅持，那些被強姦成孕或意外懷孕的婦女，還不是偷偷去打殺了不受歡迎的小生命。

科學研究已證明，吸入香枝的烟霧者，日久必惹來「癌」魔入侵；對人健康百害而無一益。同時、為了環保，在全球關心地球的大題目下，點燃神香，實在是在破壞生態。因為製造香枝的原料是木材，試想世界各地寺廟及拜神的家庭每日點燃的香枝，要砍多少的樹木啊？

也許拜菩薩或敬神拜祖先的讀者要問，入廟或在家祭拜時不燒香？如何完成流傳已久的祭拜禮儀？其實心誠則靈，入寺廟敬佛拜菩薩，只要在佛像前合十，點燃心香，跪拜或許願，再虔誠的三鞠躬或三跪叩禮，就已足夠了。有靈驗的神明、諸天菩薩或十方佛，必然收到信眾所求。若不靈驗，燒再多的香燭或冥錢，也都白搭。要知道佛菩薩或各路神仙都在另一維空間各顯神通，才不會如五濁人世要收受賄賂呢？

有些地方年節時「大拜拜」，除了儘量殺生、還焚燒極多的紙錢；祭拜先人更焚化紙屋紙車紙丫環，以備逝者在陰間享受？民間信仰多元宗教，這些極不環保的燒冥錢及紙扎物品，無非讓活著的人減少對亡者的哀思而情有所託，早已遠離佛教教儀。

佛教戒殺生，因此佛寺內拜菩薩一般是用鮮花或水果。有識之士，也漸漸將燃香禮儀改為點燃心香，合十、跪拜或鞠躬，心誠則靈，無改神佛的庇佑。定居瑞士的含弟在客廳供奉祖先靈位，祭檯點燃的是用電量極微的電子香燭，總比燃真香好。

各寺院、廟宇的住寺，各地宗教道場的住持人，為了合力齊心挽救地球，在環保的大前提下，理應教育、開示、或通告信眾們，現代人要改變參神敬佛拜祖先的舊方法。燃香枝以「點燃心香」替代，祭品改以水果鮮花供奉，不再殺生；（殺生是造孽障啊。）也不應再焚燒冥錢紙扎物品等。因為先人靈魂或已早登極樂永享仙福，或輪迴往生無覓處；那還會存留陰間等待親人焚化的「物品」呢？

任何不合時代精神的行為模式，都有改良的必要，宗教禮儀或教規也如此。

祈望各正信宗教團體領導人，各方高僧、大德、大師們及早昭示各信眾，為了配合文明世界愛護地球及拯救地球的行動，改良民間不環保的參拜禮儀此其時矣！

大愛精神無分宗教，不分種族國界；對我們生存的唯一地球，若不愛護，何來「愛心」呢？在此點燃心香，祝福諸位讀者身心安康，懇請大家多多行善積德，齊來參與環保工作，為後代子孫略盡綿力。

二零一零年元月廿五日於無相齋

誠信君子
——許普群先生的承諾

廿一個月前在舊金山旅次抽空撰文：〈請你食熊掌〉，發表後讓各地讀者與友好們、尤其是饕餮者們羨慕不已。

上述拙文起因是在加州舊金山參加觀光團去遊覽黃石公園，二零一一年五月卅一日、上午經過愛德荷瀑布市後，導遊宣布將在愛達荷州Pocatello市一家中式自助餐廳「竹林園」用餐。

並介紹經營者是位業餘獵人，心生好奇而主動攀緣；沒想到彼此一見如故，在不到半小時的歡談後，要跟隨大巴繼續未了旅程。

與那位粗獷的東主依依握別時，沒想到對方衝口而出的說：「你留下，今晚請你食熊掌」。由於內子婉冰、長女與外孫都在巴士上；因而面臨「魚與熊掌」不可兼得的選擇，猶豫後不得不捨棄熊掌而趕回巴士。

東主許普群先生揮手惜別時，說兩年後會到澳洲見我？當時、以為不過是一句場面話，天南地北兩地相隔萬水千山，那會有人為了一面之緣的新朋友，不惜遠渡重洋前來聚舊？

那句〈請你食熊掌〉的話語竟常繚繞腦內，六月初回到女兒家，趁記憶猶新，就敲鍵成文撰述這段旅遊奇遇。連同許先生狩獵的近照一併在《老子週刊》發表，更將剪報郵寄去Pocatello市「竹林園」送給這位熱情新交。

許先生收到後，傳來電郵感謝。令我訝異的是，絕沒想到這位外表豪邁壯碩的獵人；中文修辭典雅，文化根底深厚。若是神交、單從文字推測，想當然此君必是學者或老師，至少也是從事與文字有關行業的人士，那能想到是餐館老闆又是獵人呢？

月前忽接他的電郵，告知三月十八日將到墨爾本、逗留幾天後再乘遊輪離去；幸而我外遊的啟程日子是他到達之後，不然就要錯過了重逢的機會啦。

許先生到達當晚就來電話，翌日我們約在Burwood的金輝酒樓茶聚；由他內弟及弟婦相陪而至，風韻婉約外貌亮麗的許夫人與婉冰也投緣，彼此傾談甚歡。這餐午茶在歡悅相聚中、不覺將近三小時之久。

為了能品嚐世間難得的熊掌這道美食，除了要再親赴美國加州外，別無他途了。告之今年十月婉冰姪女將在舊金山市出閣，內子早已定下赴美國祝賀，我則仍猶豫未決。

不巧的是許先生伉儷九月底要回去廣東家鄉，到時將無法接待我了；心想我嚮往的人間極品熊掌美食，看來今生難期喲，真是空歡喜一場呢。

心念浮游時，許先生竟說他一生極重承諾，兩年前相約要來墨爾本探我，已經實現。要請我食熊掌，也絕非戲言；他問清我女兒居住舊金山鄰近的市鎮後，拿出紙筆將友人姓名、電話抄下給我。說這位友人住處離我女兒家居不遠，方便將來載我前往該址取回「熊掌」。

他承諾在回鄉前，確知我十月再蒞舊金山時，必定預先將一對熊掌親自帶到舊金山寄存友人冰櫃內，等我到達後前往取回。並詳細教婉冰如何烹飪熊掌，包括處理洗刷、配料及蒸煮時間等。

為了讓萍水相逢的新朋友能品嚐「熊掌」，這位豪爽的獵人要從愛達荷州Pocatello市、乘內航機飛去舊金山。如此盛情待人，為了遵守自己承諾，不惜花錢費時、專程為我送熊掌。除了感恩就是激動，敝人何德何能竟有此福份與許君結此善緣？

這位少年時期親歷「十年文革」之人，除了經營餐廳、地產外；業餘喜好打獵，閒時週遊世界到處觀光，廣結人緣，平生以助人為樂。當年只有小學程度，到美國後利用工餘時間、報名學習行政管理、土木、電器、冷氣工程、風焊、水泥及建築。

自已經營的幾家餐館、所有維修、無論是冰箱、電器，煤氣、地板或油漆都不假手於人。昨晚電談中他豪氣的告知，以一人之力可以自建房屋呢。尤令他開心的是說起兒子，大學畢業後、只花了一年就取得加州名校史丹佛大學碩士文憑，領取文憑時、美國傳媒特別專訪發表、圖文都上報呢。

許先生退休後，計畫撰寫自傳，將其多姿多彩的人生經歷，留下鴻爪，至少讓其後代子孫知道其事蹟以及做人的道理。他的座右銘是「一言既出、駟馬難追」，堅信「人在做、天在看」，為人一定要「問心無愧、心安理得」。

現代社會、還有如此信誠之人，實仍真君子也。能保持如此做人標準者，真不多見了；有幸與許普群先生結緣，感動之餘，特撰文以記。

許普群先生近照。

語言天賦

墨爾本華埠當年的珍寶酒樓與京寶海鮮酒樓集團，是由印支背景幾位僑領合股經營。詹實先生是其中一位股東並任經理；每次去飲茶或宴會時，遇到詹老時必定尊稱詹叔、彼此傾談都用潮語。

未久，由蔡達明先生創辦「澳洲潮州會館」，籌備創會前忽接詹叔來電話，邀請我出任「澳洲潮州會館」的中文秘書？我在錯愕的剎那間自然反應回答：「詹叔、潮州會館成立是好事，但好像和我沒關係啊？」

老人家聽後生氣說：「你怎能這樣講？你是潮州才子、著名作家，敦聘你當潮州會秘書是最恰當的喲！」

「詹叔您誤會了，我不是潮州人啊！」

「你說什麼？不要數典忘祖啊……」說完掛了電話。後來、我親自到珍寶酒樓、帶去一冊拙書、翻出書扉頁作者簡介展示，證明了我的祖籍是福建省廈門同安人士。詹老才消氣，驚訝的問我、為何潮語說得那麼地道？

我和兩位弟弟均在越南南方魚米之鄉蓄臻省（Soc Trang）誕生，當地的幾萬華裔，幾乎有九成半以上是潮籍人士，市面買賣的正宗越南小販也都學會潮語。先父經營的咖啡店鋪、聘請的會計、售貨員、廚子與佣人全是潮州人，先父母都以潮語交談。

因此當我牙牙學語時、潮州話就是我的母語了。世上那會有人講不好母語呢？如我冒認是潮州人，絕對不會有破綻。

先母患上思鄉病，帶著才兩歲的二弟和四歲的我回到閩南家鄉同安大路村；與童伴們玩耍，我成了他們口中的番仔，滿口令他們聽不懂的「番話」？只會潮語的我自然也無法聽明鄉音了？小朋友學習能力強，幾個月後我已經能用閩南鄉音與童伴們溝通啦。

那一年鄉居歲月、大部分記憶都已隨流水，可卻讓我掌握了廈門鄉音，恢復回如假包換的閩南人士。當然、深印腦內的潮州話是揮之不去的語種。幸而這兩類語言、除了發音外、詞句應用區別不會太大，也就沒有衝突。

從閩南再回到南越、舉家遷移到華埠堤岸市（現改名胡志明市）、家住第五群與第十一群交界處的楊公澄街，面對的是法國殖民者的軍營。經常有法軍將罐頭等乾糧扔出營外、給我們這些好奇的小朋友們。

七歲上學、就讀一公里外的中正小學，開課時我變成了同學口中的「鄉下佬」？老師與同學們的講話、我竟完全聽不懂？幸而遇到潮籍同學張順祥，這位同學後來成了莫逆至交。惜天不假年、於我舉家逃難到達墨爾本後翌年，接到他長兄代覆的回函，告知噩耗。說被機車撞倒殞命，只享陽壽三十六歲，留下未到週齡的遺孤、這位在他週歲前見過一面的世侄，如今也已是三十餘歲的人，可惜茫茫人海無覓處。每一念及、不免惆悵無奈。

言歸正題、在中正小學讀了三年，附近新建樓高四層設備完善的花縣學校開始招生；我兄弟倆便轉校到新學校，一直就讀到小學畢業。在兩家學校完成小學課程，也完全學會了粵語，講起廣東話，新交的朋友絕不會知道我是閩南人。

當然、也因能說流利粵語，最終才順利追求到祖籍廣東南海的淑女婉冰為妻。

花縣學校沒有中學課程，要升初中時、先父指定我去福建中學報名；原因是福建人當然要在閩邦人士興建的學校讀書。面試的是蘇新標老師（歷任福中訓導主任、經已辭世），可憐我這個連半句國語（普通話）也不會的小學畢業生（中正與花縣學校全用粵語教學。）對著面試老師啞口無言？

萬幸的是因為入學申表格籍貫處、填上了「福建同安縣」，由於我是福建人，是「福中」招收新生規定屬於必收的對象，因此才能順利成為福中的學生。

這所南越當時知名的邦立名校，高峰期全校學生有九千餘人，僅略少於廣東人興辦的穗城學校（後改名越秀中學）。

機緣注定讓我就讀福中，不但在那三年初中歲月裡學會了字正腔圓的國語，（福中辦學先賢們高見，從小學至初中課程全部用國語教學。）也因教國文的馮小亭老師是一位紅樓夢迷，他對這部名著中大量詩詞背得滾瓜爛熟，投入時在課堂上便忘我的朗誦，我被馮老師朗誦詩詞時神采感動；開始買些文學著作課餘捧讀。

因為初始不懂國語的自卑，努力專心向學，期考都名列前茅，成為同學口中的書呆子。也因為文學的豐富內涵，不但用我的情詩打動了芳鄰淑女並娶得美人歸；後來且完成了當初志願、最終成為作家。

初中畢業後、本想前往臺灣升學，當時越戰正熾，為擴充兵源，華裔青年不准出國，留待從軍。我因不願充當美軍炮灰、遠走他鄉去到中區大叻山城農村、從義市郊外的新村執教，由張忠智神父創辦的聖文山小學開學時，陪著張神父到村內走訪村民，我為神父當翻譯、請求村民送子女到學校讀書。

本以為廣東話難不倒我？雖知當地村民講的是廣東與北越邊境少數民族的話，他們叫做「講蟻」？不是講螞蟻話，而是類似客家話的語種，後來聽學生們講，最終也學會了，才知道是欽廉話。欽廉才子眾多，如葉華英先賢、南越知名作家村夫與大僑領梁善吉（三位已辭世）、墨爾本僑領葉膺焜、洛杉磯樸魯詞長、沈昱明大國手、沈季夫、詩人黎啟鏗、英國夜心文友、舊金山潮聲文友等不勝枚舉。

點算下我經已掌握了五種中國語言，那是潮州、福建、廣東、國語與欽廉話。

又輾轉去了中區芽莊市，在美軍物資中心沈昱明主任辦公廳當文書；幾十位職員泰半是越南軍隊中的將領及校級軍官的夫人們，幾乎都用越語交談。糟糕之至，我懂的那五類中國話竟全派不上用場，唯一能溝通的只是上司沈昱明。

那段文職工作中，又令我有機會學會了越南語，而且是北方腔調極其典雅的口音。後來回到華埠繼承父業，那些越南人經營的咖啡館輕易成了我的顧客，他們都以為我是北越移居的「同鄉」呢？

中年攜妻子和五名兒女奔向怒海，移居新鄉，到達墨爾本移民暫居中心，被送去學習六週的基本英語後，就到汽車工廠當車工了。每天放工後在廠門口買一份英文前鋒報，看新聞圖片，大標題逐字查字典；等晚上六時電視新聞報導時，再學習那些生字的發音。每天與工友們在休息時間或車間胡謅、學些破碎英語會話。

沒有上正式英語學堂，這些年與洋友人交往，普通會話都能應付，日常生活包括去見專科醫生等，也可傾談自如。全得益於強迫自己聆聽新聞報導，久而久之，算是略懂英語了。

朋友說我有語言天賦？非也非也，那是機緣巧合及人生遭遇有關，才不是真的有「語言天賦」呢！至今家族中，同輩與後輩尚沒有超越我而能講七種語言者。墨爾本大學畢業的長孫女會講國、粵、英、日等語言。在美國史丹福讀醫科的外孫李強能說英語、普通話、粵語與西班牙話四種。居德國的大侄明正、住瑞士的二侄明順與姪女如意、在廈門的小侄兒明志都會講英文、德語、普通話、粵語、閩南話等五種，算是很不錯啦。

二零一五年十一月八日於墨爾本。

萬家燈火

多次到香港都是在晚上抵達機場，我貼近窗口往外望，千家萬戶層層疊疊的點亮了璀璨燈火，彷彿無數散落的珍珠；閃爍耀眼，五顏六色射向天空。我終於明白世人稱頌香港為「東方之珠」，確實是最佳的比喻。

那年從歐洲回墨爾本，澳航座位前小銀幕指示圖、表明飛機已飛臨日本領空，我趕緊往窗外瞧，一片黝黑的雲海裡。視線往下看，飛機降低時，幾串明珠撒落在海面上，明滅亮麗，晶瑩如貓眼，七彩繽紛，道不盡的美麗。可能飛得太高，亮度是不及香港萬家燈火的奪目。

我喜歡夜晚城鄉的燈火，有份溫暖，黑暗中的光，點燃的是心中的希望。

有朋自遠方來，我往往會在晚上導遊時，不經意擺動方向盤將車駛入一號公路，然後開上橫跨雅拉河上的西門大橋，好讓朋友觀賞墨爾本夜景。悅目怡情，我邊開車邊描述，自己百看不厭，美景當前常常詩興大發，那一夜必定在激情感動中酣睡。

十餘年前墨爾本市中心，建成了六十六層的Rialto高樓後，頂層離地二百五十三公尺，圓型設計供人俯瞰墨爾本全市。窮千里目更上層樓，千萬顆鑽石撒向夜空，有的串串連接有的疏疏落落，各自放光芒。但因地廣之故，總無法和香港的燈火相比，好像亮度密度不足，震撼強度自也相對減少。有了Rialto高樓，夜過西門大橋有人就不感興趣了。可我還是建議要走一趟，角度不同，美感也有別。

數次在德國過耶誕節，德國人重視這個節日有如我們過農年，最大特色是大城小鎮的燈飾。從郊外起沿街張掛，到市中心懸於夜空及教堂外邊的各色大小燈泡明滅閃爍，在飄飛雪花裡給孤獨的旅人一份溫熱的感覺。二弟或侄兒載我遊車河去一個個小鄉參觀，長街往往寂靜無人，那些燈火猶若專為我這個過客點燃，美中宛如置身廣寒宮。

想起新加坡烏節路的燈海，行人如鯽，兩邊商店巧妙精心設計的燈飾，有聖經人物故事，也有雪姑七友，慢慢旋轉，輝煌如晝，耀眼萬丈光芒，吸引了百萬市民及觀光客。

三十六年前怒海逃亡，那艘南極星座的小貨輪，航行於茫茫汪洋已七天，入夜後忽見遠方岸上閃爍的燈火，大家歡呼鼓掌。彼岸原來是馬來西亞的國境，那千百顆閃亮燈光猶如迷航的燈塔，像溺水者抓到的浮木，又似疲乏的旅者見到綠洲，我像其他難民們般的喜極而泣。雖然後來我們被馬來西亞水警驅逐出公海，但那小城的燈火像烙印已深深刻進我心靈，多麼盼望其中一盞小燈是我的家，唯有失去土地的人，才知道岸的意義有多麼可貴啊！

燈火是代表了岸，燈火璀璨處必有千家萬戶的人們，燈火是家；是故鄉也可能是異域它鄉，但必定是可以立足的地方。怒海餘生後，三十餘年來，我內心深處執著於對燈火的迷戀，走過鬧市或小鄉鎮，都沒忘記夜幕低垂後，走出外邊看看燈火，那份因燈火的感覺很踏實，也很心安。

童年在南越湄公河畔的小鎮巴川市，法殖民帝國管制燈火，入夜一片漆黑。屋後天井觀望天空夜星，升空的照明彈一顆接一顆，然後有遠遠傳至的砰砰槍聲。照明彈光亮摻雜著恐怖與死亡，我幼小心靈滲進了戰火的猙獰，一點也不美麗的光色，成了可怕的夢魘。

到達澳洲後，遠離了被戰爭蹂躪過的家園，因為逃亡近月失去了踏足在泥土，失去了燈火照耀的正常生活；這些年來，每到一個城市，我都很慶幸，總不忘多看上幾眼，心中就好感動。

對於終生不曾失去燈火照耀的有福之人，燈火最是平凡不過。像我這樣曾經飄流汪洋淪落荒島的難民，燈火的引誘事關生死，怎不對散發溫馨能使人平安的那點火光如痴如醉呢？

萬家燈火點亮的時刻，有個居室避風雨，我們不必再流浪，不必再逃亡，廁身屋內，全家老幼身心都有個安頓處，就是無比幸福的啦。

二零一四年六月底墨爾本初冬。

虛無飄緲

經籤可超生難道閻王怕和尚？
紙錢能贖命分明菩薩是贓官！

到殯儀館弔唁，不同宗教信仰者的喪儀都有分別。往昔在原居地南越堤岸華埠，華族群體主要的宗教信仰是燒香拜神和天主教；而我所識的街坊鄰居、業務對象眾多客戶以及親友們，八、九都屬於「拜神」族。

這些群體去的寺廟，大多是融合了佛、道兩宗教；說他們是佛教，卻非我後來認知的正統佛教，說是道教，也不全對。如在穗城中學前的「天后廟」、福建中學旁的「二府廟」，六省路梅花炮臺附近的「明月居士林」等。信眾前來祈福還神，都必帶備三牲、神香箔紙。佛教與道教在民間信仰中不知不覺的被融而為一，問這些虔誠信徒們，也說不出自己所屬宗教，總之會回說是拜神信佛者。

遇到家人去世，在殯葬時請來主持宗教禮儀的往往是道士道姑，視乎其家屬貧富而定；富有者講排場，五、七晚在殯儀館大做法事，親友齊聚，觀看道士們施法為亡魂超生，訓練有素的道士道姑誦經文時詞句清晰、有如迴文體，前後呼應，道理充足，令人折服。動情時往往使在場家眷親友唏噓涕泣、或隨著經文而黯然神傷。

一場超渡法事至少兩三個小時，免不了烟霧瀰漫，神香箔紙燃燒；最後必將紙錢紙屋紙車等等仿照人間用品一齊焚化，以備死者到九泉下應用，也有紙男紙女等佣人，可謂設想周到呢。

自然也有聘請和尚尼姑做法事，這大都是正式的佛教家庭；依照佛教儀式誦經敲木魚和在法鈴帶領下，一眾和尚尼姑們繞棺槨抑揚有致的高聲念經籤。眾孝子賢孫跪拜靈前，呼號悽愴，令人心酸。

和尚們的法事就比不上道士們的精彩了，因少了多類變化；也不燒汽車洋房及佣人，看來就沒那麼多姿態和吸引了。在熱熱鬧鬧的超生儀式裡，傷心的家屬們或可藉此而減輕了驟失至親的痛苦；至少心靈迴響亦較安心，認為已盡了孝道。

至於死者是否能如願收受到金銀錢財洋房轎車和男女佣人，陽世之人豈能得知呢？

生死界限是一道大鴻溝，九泉、地獄、天堂、冥界、陰間真正是虛無飄緲，是存活的人至今無法破解的最大謎團。由於無人得知真相，故能由各宗教隨意描繪；不似科學，可以求證檢驗真偽。也因此、滿天神佛滿地鬼魑始能逍遙自在任我行。汝說無我說有，言者聽者皆有理，可信可不信，隨緣自在就是了。

喪失至親是人生各種痛苦中最痛的其中一種，為了減輕身心折磨；家屬尋求宗教為亡魂超渡，其實也在為自身的痛苦求解脫。從頌經聲裡、種種繁雜儀式中去淡忘去自我安慰。因而、道士或和尚們盡力賣弄，法器法鈴越多，誦經聲越響，儀式越精彩，時間越長久，收效越大。反正吵不醒長眠的死者，卻可令生者在忙亂、吵雜，熱鬧，哭聲甚至觀眾忘形的鼓掌中，得到麻醉、暫時慰藉身心的傷痛。

因而、花的錢越多，法事做得越久，就能搏得旁人對死者兒孫盡孝心的正面評價。除了自我安慰外，多少有做給人看的無意識目的存在。

觀賞某電視劇、其中一個場景，掛著以下這諷刺性對聯：

經籤可超生難道閻王怕和尚？

紙錢能贖命分明菩薩是贓官！

橫批就是本文借用為題目的「**虛無飄緲**」這四個字，不知撰聯者姓名，實在是高明而悟道之士。

誦唸經文而能令死者亡魂超生，豈非閻王爺怕了人世間的和尚？除非菩薩們都變成了一如人世的贓官，收受人間紙錢的賄賂，才可讓死者贖命啊！

可是、云云眾生，有多少凡夫俗子能明白以上顯淺的道理呢？當然、不能說所有邀請道士和尚為亡者超度的人，全相信法事的功能；或存疑或將信將疑者都有，但為了求心安，往往寧可信其有的照做不誤。

水清無魚，智者不惑。社會之如此多姿彩，還是因為人間世智者不多也。不然、人人皆不惑，都能看破虛無飄緲的所在，眾多的神職人員要失業、和尚道士們豈非都要閒得發慌呢？

二零零九年十一月十五日於無相齋。

長生不老

往昔人類最祈盼的慾望是長命百歲、因為百歲之齡一如高山那麼難攀爬，是故「人生七十古來稀」，便成了一句對生命短速感嘆的話；時代巨輪飛快旋轉，科技發達而促成醫學重大突破，人體的奇難雜症一一迎刃而解，現代人類壽命早已突破七十甚至八十啦！

比如往昔的肺癆、痳瘋、痛風、關節炎等等疾病，往往令群醫無計可施；如今早已有特效藥治療，藥到病除了。當然、新的病症隨著進化而衍生、如愛茲病、各類奪命癌症等，至今仍困擾著醫、藥專家們。

但無論如何、世界各地已有不少百歲耄耋之齡的老公公、老婆婆了；所以人能活到長命百歲已不稀奇。無止境的慾望自然不繼伸延、擴張，秦始皇當年派出童男童女出海尋覓仙山求取長生靈丹，足證掌握權力者、豪富巨賈，更渴望延長生命，最好是永生？

一般凡夫俗子、尤其是愚夫愚婦們，限於學養又無正統宗教信仰者，不管到大小寺廟燒香、去各種不同宗派的教堂祈禱或者參加拜拜，除了向諸天神明們、天主、上帝、阿拉或耶和華等諸多要求外，自然也會祈求長命百歲喲。

地球上任何生命、物質，包括動植物、魚類與飛禽走獸的存在，都有極限，人類祈盼長生，也就是要打破存在極限，理論上是根本不可能實現的夢想。

最近，「以色列耶路撒冷的希伯來大學歷史學教授Yuval Noah Harari日前提出，富翁們正在試圖把自己變成一種半機器人？如果成功，在未來兩百年後，這些富翁有可能真正的長生不老。

這位教授認為大約兩百年左右，人類會把自己升級到不可消亡的存在？其方法是通過生物控制或者基因工程等高科技，將自己變成一半是有機物，一半是無機物的半機器人。這種半機器人會全知全能，甚至能掌握自己的生死。Harari教授表示，這種半機器人的技術造價將非常昂貴，只有富翁才能承擔，到時富人會長生不死、窮人依然會壽終。」（括號中這兩段資訊錄自二零一五年六月十三日的《星島週刊》。）

老朽囿於科技知識，無法想像兩百年後地球上、人類社會上果真出現這類半機器半人類混合的新物種？到時其他普通人類將如何因應？這類新人種如果是當下出現，相信大多數的人都會將其視為「怪物」或者是妖是魔？

「半機器人」這個新名詞中，經已顯示這位富翁的肉身，混雜入半部機器，再非純真的人類了。也就是說、無論這位新人種是否全知全能，其思維其肉身的百分五十，也就是人的另一半是「機器」了。

假如所言將來夢想成真，兩百年後有了長生不死的半機器人，到時的社會、國家、民族結構必將起著翻天覆地的變化。若某位富翁到時將自己改造成此類長生不老的「怪物」，而其父母子女妻室或親朋友好們，卻是普通人類，面臨生老病死及輪迴；最後剩下此「君」獨存活在世上，真難想像他的日子將如何渡過？

如果長生不老是如當年秦始皇所求，到東方日出之仙鄉尋覓而得到的靈丹、吞服後就能不死，繼續統治國家。仍然是和沒有吞靈丹前一樣，有血有肉的純種人，那當然是求之不得啦。

可是、兩百年後的富翁們，為達到生命永恆，卻成了半人半機器，也可看成半人半怪物了；這樣的不老，這樣的永存，是樂是苦是好是壞？讀者諸君，請撫心自問，換成是閣下，是否願意呢？老朽卻萬萬不敢接受，除非將來整個社會、地球所有人類這種靈性動物，到時全變成半機器人的不死怪物？也就見怪不怪，無可奈何的活下去。

當今發達國家經已存在了無數機器人，在默默的日夜操作，國防工業中危險性大的、放射性多的作業，早已由機器人操勞了。但這些機器人其實就是另類機器，而非有血有肉有思想有感情的人種。這類機器人和兩百年後的新新人種，半人半機器混合品的「老不死」是不能相提並論。

老朽多年前撰作了一篇文章：〈長命百歲苦〉，對於妄想求長生者無疑是大潑冷水。當然、若果閣下擁有李嘉誠先生的財富，或者是世界首富比爾蓋茲的萬貫家當，能活百歲就不苦。但凡夫俗子、百分之九十九點九的人，活到九十歲後，必將有苦無處訴了。更何況是長命不死？

幸而、長生不老的半機器人，是兩百年後才可能出現之事；拙文可當是老朽杞人憂天，閱報而撰下的感想，或可搏諸君茶餘飯後聊天素材。

二零一五年七月五日於無相齋。

心想事成

過農曆新年時、親友相見莫不善頌善禱，一片恭喜聲中，最常用的不外是恭祝對方萬事如意、財源廣進、身體健康、多福多壽、多子多孫、平安吉祥等等。

此外、也經常聽聞這句「心想事成」的祝語；原意也是希望對方萬事都成功，本來是無可厚非的賀詞。可細心思量，即發現這句祝語過於跨張，假若被恭賀的親友們，人人如願，豈非天下大亂？

人的欲望是無窮無盡，也是因為人類普遍擁有這種欲望，才能推動社會文明的進步；但無法在現實生活中得到滿足的念想，假若被祝福而真的能實現，首先問問自己，設若有此奇蹟，會要求什麼？

成年男人大多想要嬌妻美女、左擁右抱、風流快活；女人當然想要嫁給俊男、成為名媛或貴族夫人。再來是妄想一夜致富，別墅多棟轎車無數，奴僕成堆，妻妾成群。再來或想當總統、盼望拿諾貝爾獎、想取代習近平當上國家主席？

年長者當然希望長命百歲甚至千歲，若老人家們都心想事成了？豈非滿街道都是百齡人瑞，各國政府都得從新規劃高齡公民的福利、必要擴建更多更大的養老院。

大多數人都祈望財源廣進，概可心想事成，甚至連去買六合彩要花費的時間也能省去；只要心念一想，要多少錢即刻在銀行戶口中，自動增加百萬千萬億萬，多美妙的夢想啊！

想健康者，永生無病無痛，與醫生、醫院絕緣；想子嗣者、妻子年年誕下龍子鳳女、真個子孫滿堂了。想兒女成才者，其兒孫忽然都變成天才，成為各行各業頂尖巨子。

揮毫出如天師畫符的所謂「書法家」、心中念想即能運筆如走龍蛇，墨寶如王羲之了？九流畫家可一夕成名，畫出作品比塞尚、梵谷更有價。

驟然間、多出了數之不盡的大書法家、大畫家、大文豪、音樂家、聲樂家、雕塑家；如此一來，本是奇貨可居的藝術品，當然貶值啦！真會害慘了世間不少收藏家及藝術品投機者。

問題還不止於此，當總統當主席的政客，心血來潮，要擴充國土，心想事成，倏然間戰火狂燃，兵禍不斷，最終自然大獲全勝，將他人河山家園、全霸佔為己有。

妄念可成真，人世間必定大亂。那些並非正人君子，見到別人美麗老婆，會妄想佔據；看到別人英俊丈夫或路過的美男子，犯花痴的女士心念微動即「事成」唉？

與人有仇者，也不必動刀動槍去雪恨，心想讓敵人不得好死，對方就忽遇橫禍或暴病而歿，豈不快哉？人人都「心想事成」的話，這世界會亂成什麼樣子呢？

日前接到網友傳來一輯「暈暈暈」的圖文、這則讓中國十幾億人民「頭暈腦暈」的事故，無非是兩對男女「心想事成」的結合，在人倫上經已亂到無法解決了。

幾年前八十二歲的物理學家楊振寧迎娶了二十八歲的翁帆，近日傳出六十八歲翁父與楊振寧那位十八妙齡的孫女結婚。翁父本來是楊的岳父、如今岳父變成楊的孫婿，女兒翁帆就成了奶奶？而對著翁父之繼室、十八歲的楊小姐時，翁帆這位「奶奶」又要稱她為「媽媽」？關係錯綜複雜，豈能不暈頭暈腦、心也暈了呢？

新年伊始，接獲友好電郵祝賀「心想成事」；有感而覆，告之千萬不可隨便恭祝他人心想事成？豈知日前出席「駐墨爾本台北經濟文化辦事處」舉辦的迎小龍年團拜時，每位參加者都獲鍾文昌僑務秘書邀上臺，向大家賀年。

「墨爾本庸社書詩畫會」的蘇華響名譽會長，說出因敝人的電郵提醒，故不敢再用「心想事成」當祝詞，全場微笑鼓掌。

為讓讀者諸君了解、為何這句美好祝詞不該引用，特撰述如上，有未盡處，尚望不吝賜教。被祝福「心想事成」時只能一笑置之，切勿當真，妄念也就是非份之想，認真就適得其反。

若被祝頌而能心生正念，那麼、「心想事成」所想、所願、都是合情合理合法、經過努力爭取而得，就是如假包換的美好祝詞了。

二零一三年二月十九日。

成住壞空

最後一個高腳水晶杯摔破了，總共六個精美的酒杯沒半年全報消；已忘了這套杯子是誰贈送？也忘了這些年飲用紅酒的各式玻璃及水晶杯打碎了多少個？

蹲下掃除碎片，順便查看廚櫃，幸好還有五個玻璃酒杯，小心的話，至少三、五個月內不必急著買杯呢！

紅酒杯完成了使命，碎水晶被倒進回收桶去輪迴再生；沒多久又將擺在商店等待被購買，又一次去經歷「成、住、壞、空」的過程。

宇宙萬物、包括動、植物、昆蟲游魚、飛禽走獸以及人類，一切肉眼所見和存而不見的物質，一旦被造或降生後，必然逃不過「成、住、壞、空」的定律。

成是成立、成品、成果、成熟、成長、成形、成年、成人之多種意義，也是完成，是生、是存在的含義。水晶物質經過加工製造，終於變「成」了水晶杯。

空地上施工，就會建「成」高樓大廈。生物陰陽和合傳宗接代，繁衍物種而「成」就了生命。世間所有生物非生物，不論是那一類物種或東西，只要存在著，莫不是因緣所生所成。

成是長成、是出生、是被造、是形成，「成」都有前因，無因絕不會有果。所有物種生靈，存在後的那一段時間，就是「住」；住是留、是居、是宿、是存、的意思，生命和物質的形成後無非是暫「住」，是寄居、是留宿、是短暫的存在而已。

水晶被造變成酒杯，酒杯用來擺設或用來盛酒，不論時間長短，都有一日會破裂、會摔碎、會折斷、會毀滅，也就是「壞」了。一如人在時間的衝擊中漸漸老化而患病，病也就是體內細胞「壞」了。建築物不論多堅固，百年或千年後，總敵不過歲月的風化而老、而毀、而塌、而消失。

凡人都盼長壽、「人瑞」者也不外一百三、四十年之數，百歲就是天年了，百歲以後的壽命，說是風燭殘年一點不虛也，那將是折騰將會苦不堪言。縱然成為稀有「人瑞」又如何呢？還不是要往生，要去極樂，要上天堂，到時臭皮囊還不是塵歸塵、土歸土？或焚化、或土埋、或水葬。

「壞」之後自然成「空」了，倒塌的房屋、大廈、橋樑、毀損的物件、消失的生靈，個體的生命、個體的物件都必然終結，走完此段歷程而成「空」。空之後又再一一去輪迴，再次成為起點，又變成另一個體另一生命，在另一時空中去經驗「成、住、壞、空」的歷程。

「空」是終點、是完結、是虛無、是死亡、是空蕩、是空白、是空無、是沒有、是不存在之意。但空也包含了無盡無窮的「實有」，宇宙是虛空一片的蒼茫、可在這一片朗朗晴空中卻蘊藏著數不清的億萬顆星球。空氣不也是存在空中嗎？

沒有「空間」也就不會有「實體」，所有存在的物體都在空虛裡循環成長而立足，無一例外也。小至微生物、電子中子核子，大至星球莫不如是。

生生滅滅都是因緣，都是無常，是宇宙的自然現象。地球物種生靈時刻都在「成、住、壞、空」的經歷中循環不已，也就是佛教所講的「輪迴」。都逃不開「因、緣、果」的定律。太空億萬星體在日夜不停運轉中，亦莫不在經歷著「成、住、壞、空」；我們肉眼在夜晚晴空時偶然見到的流星、殞星，是星球的「毀壞」而殞落了。有者早在百萬年前踫撞消失，其「光」旅行了百萬年後，始讓地球的人類目睹。美麗的星空，只是詩人的幻想而已；其實、由於距離太大太遠之故，宇宙存在的億萬星球每時每刻莫不都如地球萬物般在「成住壞空」的過程中輪迴。

「成住壞空」也就是生命的「生老病死」，前者是廣義，後者是狹義單指生命而言。能夠明白這是宇宙定律，是物種必然的過程，是生命的輪迴，那麼、我們就能坦蕩面對人生的八苦，排除對死亡的恐懼。所謂生何歡死何懼，正是這類豁達智者及開悟之人的胸襟。

明乎此、也就會養成一顆真正的「平常心」，有了平常心看待萬事萬物，必將心靈平靜，心靈能經常平靜者，也就成佛了。佛是覺悟者的總稱，覺悟者是不會再執著「有」也不會執著「空」。因為悟了，自然知道「色即是空，空即是色」，而且、還是「色不異空，空不異色」，最終是「色、空不二」呢。

二零零七年八月三日於無相齋。

文星殞落

——敬悼大作家張純如女史

我相信最終真相將會大白，真相是不可毀滅、超越國界和政治傾向的。我們要同心協力，以確保真相被保存、被牢記，使南京大屠殺那樣的悲劇永遠不會再發生。

——張純如

七年前年華才二十九歲的美籍華裔女作家張純如，出版了英文書《南京暴行——被遺忘的大屠殺》；這是世界上第一部揭發日軍侵華在南京所犯下暴行的英文著作，不但轟動了整個英語世界的讀者，也讓張純如一舉成名天下知。

這位在美國誕生的年輕作家，在二十五歲時的處女作是《中國飛彈之父錢學森傳記》，其細膩的筆調讓美國讀者刮目；不會中文的女作家，因從小聽長輩講述中國八年抗戰及南京慘案，卻無法在圖書館中尋覓到相關資料，知道這段發生在中國的慘劇，英語世界的人士幾乎全不知情，因而促成了她的使命感，決心撰寫日軍侵華期在南京大屠殺的史實。

沒想到終如所願、為幾十萬無辜慘死在日本鬼子手上的中國冤魂伸張正義的著作出版後，立即遭受到日本右翼恐嚇。這班死不悔改的軍國主義狂徒，不但在國內竄改教科書，誤導後輩學子，顛倒歷史，一心想把那段天人共憤的侵華惡行埋沒，與其首相之參拜靖國神社同一心態，是妄想讓其軍國主義再次橫行。

因此當知道了這位華裔才女居然膽敢向英語世界揭發日軍嗜血醜行，就不惜以種種無恥手段去打壓威脅恐嚇。令張純如女士一直生活在恐懼中，經常搬遷，不敢接聽電話，讓她處於極度精神緊張的情況下，她的精神憂鬱症也許就是如此被迫出來的。

鬼子們之要如此恐嚇她、迫害她，無非對其先人罪惡感到心虛，及仍妄想再步上東條英機，山本五十六等軍國幽魂再為非作歹；最近日本國會四十八位議員動議支持臺灣獨立，足證其仇視中國的狼子野心昭然若揭。

這位擠身美國頂尖作家行列、才華橫溢的年輕女士，不幸於十一月中在加州公路上吞槍自殺，三十五歲的青春從此香消玉殞，噩耗傳出，全世界中外傳媒報導時莫不深表哀痛。（當然除了日本鬼子那班狂徒外。）

不久前，墨爾本的觀眾才有機會觀賞了吳子牛大導演的影片《南京大屠殺》，這套電影和張純如大作家的英文名著是異曲同工。身為炎黃子孫，看這影片時見到日本鬼子在南京的種種暴行，不楚怒髮衝冠；為那些慘受蹂躪的不幸同胞，忍不住熱淚盈眶。那些英文讀者，捧讀張純如大作時，肯定不會如我們有如此強烈的感覺，因為他們沒有我們的切膚之痛。

身為第二代移民的後裔的張純如女士，不懂方塊字，卻能不忘中華民族恥辱，肯為數十年前發生在南京的幾十萬被姦被殺被侮的中國人討公道；對一位有如此抱負的年輕大作家身亡的消息，這些天來心情一直很沉重，雖然與她素昧平生，但也不免因為尊敬其人其行其膽色其著作而感到哀傷。

在眾多悼念文字中，特引用「多倫多史實維護會」的悼詞如下：

張純如生前說過：「我相信最終真相將會大白，真相是不可毀滅、超越國界和政治傾向的。我們要同心協力，以確保真相被保存、被牢記，使南京大屠殺那樣的悲劇永遠不會再發生。」

憑著這單純的信念、不屈的精神，你耗盡所有的精力，把隱藏著公義和真相的紗幕一層一層的除下。清純的面龐，掩蓋不了你堅毅的眼神，牠像要告訴這世界，你絕不容許良知被沒、人類的思想被蒙蔽。

你的著作《南京大屠殺》的誕生，觸動了我們一群海外中國人的靈魂；喚醒了那已沉睡的哀痛。是你帶給我們曙光和希望，令我們不懼艱辛，繼續堅持揭開歷史真相，不讓牠在世界任何一個角落重演。

你短暫的生命雖然結束了，但你的精神已牽動了千千萬萬對公義有負擔的心靈。你已燃點的燭光，照亮了人性幽暗的一面，讓那些曾因人性的扭曲而要承受苦痛的人，可以輕輕放下沉重的歷史包袱。你為公義的付出和堅持，你用血淚交織而成的著作，將永遠在我們心靈深處烙下記印。

在我們惋惜、悲慟的同時，盼望你已在公義的國度里安息。永遠懷念你的朋友，仝人。

以上「多倫多史實維護會」的悼詞，正道出許許多多世人對張純如的哀念之心。安息吧！張純如大作家，妳高貴的心、妳美麗的靈魂都會被善良的世人銘記，希望有更多如妳一樣的炎黃子孫，繼承妳的精神，勇敢無懼的為千千萬萬無辜的中國冤魂向侵略者、暴行者、迫害者討回公道。

但願一如妳的信念和預言，「使南京大屠殺那樣的悲劇永遠不會再發生。」安息吧！美麗的靈魂，安息吧！偉大的作家張純如女史。

二零零四年十一月二十六日於墨爾本。

歲月蒼茫

到澳洲最南端的塔士馬尼亞州觀光，一連六天的行程中幾乎將塔州所有景點都遊遍了；深山野嶺和沿海岸線那些鮮見人煙的荒涼地帶，也涉足獵奇。自助遊的好處就是主動權全操之在我，不必由導遊擺佈安排。免被帶去購物、浪費時間金錢，在極之自由掌控中，悠閒又輕鬆的渡過美好時光。為平淡人生添加一段意外經歷，不亦樂乎。

四月十九日驅車遊霍巴特市南部Dover，到達Hastings後、再駕駛一小時；前往觀光指南上著名的Newdegate **Caves**鐘乳洞。

車停在上山小徑前，看到斜坡泥路只能容一車行駛；就不敢冒然衝上去。正猶豫間，山坡前儷影驟現，真個大喜過望，趕緊下車趨前請教。

年輕的洋女巧笑倩兮的指點迷津，並贈送手上指示地圖；謝過後大家都慶幸沒有冒失駛入山徑，不然就會麻煩多多呢。萬一山路沒有足夠空間回轉車頭，真不知如何是好啊。

找到接待中心，原來購了參觀票後，還要驅車幾公里，到了停車場；再沿指示牌上山，在野林內的泥路前行，聆聽風聲鳥聲外，天地寂寂寥寥，膽小者還真不敢獨行呢。約十分鐘左右就見到那座涼亭，經已有先來者在等待。

導遊依時出現，點過人數總共十二位；略為介紹洞中情況、說為了保護原始鐘乳石，嚴禁觸摸；及要注意腳步高低安全。大家魚貫進入洞內，微弱燈光照明，按著扶手拾級而下，寒意驟升。原來山洞氣溫永遠只有九度，難怪如此冰冷。

這座鐘乳石洞是在一九一六年時，無意中被發現；翌年才開始讓人參觀；就以當年塔州總督Newdegate先生命名。旅遊介紹小冊子或一些地圖也有用地方名稱，叫做Hastings Caves，其實是同一個洞穴也。

剛入洞後，面對洞中四千餘萬年前形成的鐘乳石、在寒冷中被這奇特的美震撼。觀者莫不趕按攝影機快門，將奇形怪狀的倒懸鐘乳拍入。有些尖銳如箭的倒掛著，在尖端依稀還有水珠。經過轉角處，地面仍存積水。

導遊說科學家鑑定此洞內的鐘乳石大約是四千萬年前至六千萬年前形成？真正年份也說不清。別說四千萬年，縱然是四萬年前，對人類來講，也已經是「天長地久」那麼長遠了。四千萬年前那麼久遠的光陰，人類還沒有在地球上出現呢。可那時、恐龍卻早已絕滅了，真是不可思議啊。人類始祖元謀人也不過存在於三百餘萬年前而已。

也不知歲月的怪手是如何在山洞內搓揉，在實心的大山內，雕塑出高低、長短、大小不一的多類姿勢；實中有虛，留下曲徑的空間，幾千萬年後，人的足印始可踏上。若無這些可容身的空道，鐘乳石無論再神奇再美麗，世人也將無從欣賞。造化的鬼斧神工，真不是自跨萬能的人類所可想像啊。

迴旋而下，到達最深處七十五公尺所在，已無路可通；導遊才轉身從另一方的梯級爬上；大家緊跟著，恐防落後時會被無形的山精留住作伴？膽小的內子婉冰總要走在我前方，好像只要她在我的視線內，就可保平安似的？

鐘乳石以極不規則的線條倒懸著，大小粗細均不盡相似；一如人之面目五官，各有其形。在燈光照映中，顯示著淡黃色素；有單枝獨掛，有幾堆相依偎，緊緊的靠著。粗獷的呈現著未經人工雕琢的原始美，鐘乳石之美本來就存在，歷經幾千萬年屹立，並不為人類的眼睛而造作。

導遊口若懸河的講解著，彷似她已明白這些存在幾千萬年的山石精靈面目？可在她的語聲中，鐘乳石始終無言以對；山精石怪有知，必然笑她的幼稚。所講所說無非是人類的主觀認知，和真實的歷史可能根本一點關係也沒有呢。

四千萬年的歲月啊！我心中一直在推算是那朝那代那個世紀？日升月沉，日月不停輪轉、一年年，一代代、一個世紀又一個世紀，歲月無盡止的蒼茫著，地老天荒漫長而遙遠，四千萬年竟也一幌而至，沉睡著的這個美麗鐘乳洞，終於迎來了人類苦苦等待的驚喜視野。

入洞四十五分鐘的時間追回了四千萬年的蒼茫，洞外陽光淺淺的微笑，照著我們的痴照著我們的呆。歲月本無情，也從不留印記，四千萬年前或六千萬年和我們短短的一生，無非都是剎那啊。

二零一零年五月一日於墨爾本。

榮枯配對

廚房內長方形的餐桌可容納八個座位，向來我都固定坐在面窗之席；自從家成了空巢後，用餐時再難聞往昔兒女吵鬧歡笑，只餘倆老對酌共度黃昏。

窗外是後園幾棵果樹和映眼青綠的草地，清晨或傍晚，總有各色鳥群飛躍枝椏，啁啾鳴叫吱吱喳喳；將冷寂的空氣掀起一圈圈聲波，像漣漪般擴展。因而、早晚兩頓進食，總能聆賞美妙的天籟之音，仿若交響曲伴奏，讓身心俱爽。

入冬後、以往群鳥那流泉清樂竟已黯然無聲，想是鳥兒都飛去較溫暖的地方避寒了？夏、秋間明朗的日照也已變得昏厥、天地入冬後萬物都應停頓休養；可冬眠對於人類已失去了約束力，依舊營營役役奔波不止，有違自然規律實在非福。

後園本來滿眼蔥綠、尤其是偎著枇杷的無花果樹，比手掌更大的葉片密密重重，好像想將整個天空都掩蓋起般的跨張。沒想到深秋開始，那綠到令人心醉的葉子竟一片片相繼隨風飄落。一兩片或三五片的擺脫樹身，義無反顧的與生命告別；無所謂悲壯與悽愴，好像活過了輝煌過了，生命到了盡頭就該毫無留戀的終結。

滿樹青翠、在不知不覺的驟然間，竟已如看破紅塵的美女削髮為尼，一頭青絲剎那盡數散落。無花果樹只餘縱橫交疊的枝椏仰天長嘆，不知因由且又對植物無知的人，若望見這枯樹的醜陋五官，肯定難以相信春、夏季是那麼生趣泱然。

倚在枯樹右方的枇杷樹，不但每年長滿纍纍清甜甘香的枇杷；長形的大葉子才不管是春或冬，總呈現著翠綠之色。不論風雨寒暑，整樹的葉片都死命的緊纏著樹體，痴心到永不相離。長年中也經常有個別的葉片獨自黯然飄落，是久病纏身或已老邁厭世，才如此輕生？那就無從查究了。

最最令我訝異的是，坐在餐桌前外望，透過那大塊玻璃窗口，見到兩棵大樹竟然是左枯右榮；無花果樹早已枯萎，只餘縱橫纏繞的千百枝椏無語問蒼天？而枇杷樹則仍然欣欣向榮。哈！倒真有點像人類般，才不管什麼冬眠或春眠呢？頑強的不畏冷風寒氣，無懼橫掃的冰雹、吹襲暴雨和刺骨冬風，宛若是長生不老的要與天地爭永恆。

四月到雲南觀光，路過滇西各城鄉公路，兩邊堆積如山的都是黃澄澄的枇杷果，讓我們這班四海作家們訝異不已。不少地方領導都以甘甜可口的枇杷招待迎賓，果粒特大，果汁清香甘美，比我家後園這棵枇杷長得圓大且甜。澳洲水果市場長年不見出售杷枇，想是洋同胞不懂享用這種水果吧？

那棵眼看已枯萎的無花果樹，年年初夏，長滿著萬千顆青綠之果；老伴儘量採摘，但那纍纍之果，在高處就無從著力了，都成了眾鳥的佳餚。難怪我書房每到夏初之時，整日傳來鳥唱，牠們吃得開心，回報我們的就是清脆悅耳的聲聲妙樂了。

六月到歐洲、遊日內瓦時在露天市場見到擺賣無花果，一公斤居然售十六瑞士法朗（約澳幣二十元），噢！我發達了，後園的無花果少說也能賣出上萬澳元啊！高興不到幾秒鐘就一笑置之了。每年除了能摘下享用或送親朋友好們外，八成都讓鳥們享受了，也因此才能換回金錢買不到的天籟妙音啊！

枯樹只要等到春的腳步蒞臨，交叉縱橫而光禿禿的枝椏，都必爭先恐後的冒出幼芽；然後如變魔術般的沒多久時日，無花果樹宛若張開大綠傘似的，將後園染滿了翡翠之色。它還是一往情深的照樣依偎著右方的枇杷樹，到時、在冬季榮枯配對的景致，搖身一變就繁榮茂密，再難讓人相信今冬曾經枯萎的長相了。

生活在四季分明的地方，有幸能見證植物的生命輪迴；無花果葉的生生死死，一冬就是一世了；而無花果樹樹身，則可歷百年而不殆。也恰如人的生命歷程，是長或短全由不得自己；但只要活得自在圓滿，活得輕鬆瀟洒，是長是短也就無礙啦！個人生命無非是人類總體歷史的點綴，生死輪迴是必然的定律，個體生命沒有永恆，但要發光發熱，才能讓整體人類歷史連綿璀璨。

二零零九年八月八日深冬於墨爾本。

環保意識

十七年前再蒞德國探親，去超市、訝異於顧客都要帶備布袋或紙皮箱自已動手裝下所購的日用品，心想德國商人未免太小氣了，若在澳洲如此經營必門可羅雀。也有忘了帶布袋、紙箱者，則要花錢買塑膠袋，一德元三個。

當時在北德杜鵑花城（Westerstede）定居的二弟，將我的大驚小怪看成「劉佬佬」；經過公共場地，停車指著路旁紅、黃、籃色的三個大膠桶，將可再生垃圾分門別類處理方法告知我，怕我亂扔而影響了「環保」。

「環保」這個新鮮詞兒首次聽聞，竟是由經營中餐館的弟弟口中得知，對我這個自詡為書生來說，真有點兒諷刺呢。

幾天後去瑞士觀光，在蘇黎世（Zurich）市中心、停車場映眼是一片密密麻麻的腳踏車，這又令我頗感意外？主觀認為落後的共產國家才是用腳踏車代步的地方，瑞士這個手錶王國，人民為何都不用汽車？弟弟為我解惑，說瑞士是歐洲最講環保的國家，往返近距離多用腳踏車或徒步，避免汽車廢氣污染。

對著如此高素質的文明，當時、我這個從澳洲去的「鄉巴佬」真有點茫然。帶著不少疑問回家，請教友輩，也如我般一臉迷惑。

經過這些年的宣傳、澳洲也已急起直追，雖然遲了十餘年，但總比繼續傷害地球的造孽好得多。前年始、自覺而有環保意識的市民，經已購買超市推出的每個一元的「環保布袋」。雖然目前還沒法令禁止用塑膠袋，超市仍然備有膠袋給那些一時還不懂環保者應急。各地市議會已多次討論著訂下禁用塑膠袋的日期，再過不久、將向歐洲看齊了。

幾年前澳洲各地市府已供給居民每戶三個不同顏色的大膠桶，用以扔垃圾及回收物，總算追上了文明時代。

三月去東京及舊金山，離家前讀到澳洲首位華裔內閣官員、「氣候及水務部」部長黃英賢參議員（Penny Wong），正和美國談判要該國早日簽訂《京都協議》。不明白堂堂超級大國，為何要我們這位美麗的華裔女部長、「苦口婆心」的去陳述有關環保利害得失？

當乘車在舊金山的超級公路奔馳，看到單方七線行車道仍然為塞車所苦；才知美國之不肯簽署《京都協議》條文，因為該國的廢氣排放量佔世界鰲頭，可見這個大國自私的心態。將環保掛在口上，是要其他國家去遵守，好讓美利堅人揮霍、繼續糟蹋地球。

美國人幾乎沒有環保意識，市場買賣、大量用著塑膠袋，任取任用，全是免費供應。所有超市包括華人經營的商號，大小罐的瓶裝水堆積如山；顧客的購物車都買了大包的這類清水（每包有四十八瓶），為了方便，才不管什麼「環保」呢？

日本人民素質極高，可惜和美國人一樣不重視「環保」。日本商品包裝之美有目共睹，市場見到的全是精美醒目的包裝，層層塑料盒、保鮮膜、膠袋，浪費資源不說，這些包裝膠料正是會危害地球的元凶。

此外，東京大街小巷、地鐵及所有公共地方，充斥自動售賣機出售各式冷熱飲品，包括汽水、咖啡、綠茶、紅茶、檸檬水等等，全用膠瓶或易拉罐。為圖方便，完全無視這些有害地球的物料。

原來美、日這兩個強國，在愛惜地球講求環保的命題上，對外說得漂亮，對內卻縱容其人民？講環保，是要其他國家人民去做，自己免談。從美國不肯簽下《京都協議》和日本妄顧綠色團體強硬抗議、繼續捕殺大小鯨魚，可見這兩個國家的自私自利和持強橫行的野蠻態度。

參加舊金山慈濟功德會的內弟婦林美齡對我介紹，慈濟的師兄姐妹們將回收膠料、易拉罐及紙盒紙皮、舊報紙賣給回收公司，所得用作開支，一舉兩得。大愛的理念，不但愛人和愛眾生，也包含著愛護我們這個唯一地球啊。

希望美國、日本的政客和人民，都能早日的學習環保，為子孫的將來積點功德，而不是說一套做一套。愛護地球人人有責，環保意識不單是一句口號，而要身體力行。

讀者們，讓我們一起注重環保，大家都向文明的歐洲人看齊，向慈濟人學習，積德存愛，使後代子孫們還有好日子可過。

二零零八年五月二日於墨爾本。

眾生平等

二千五百餘年前，印度王子悉達多在菩提樹下悟道後成佛，在人世間宏揚了四十九年的佛法；弟子們將其全部講話、演詞、開示恭錄，而成了浩瀚的佛教經典。如眾所週知的《金剛經》、《心經》、《法華經》、《華嚴經》、《無量壽經》、《六祖檀經》、《阿彌陀經》、《藥師如來本願功德經》以及《大藏經》等等……

因其宏法對眾有別，在不同地方、面對不同眾生；視其對象慧根高低、深入淺出的介紹佛法。故有那麼多經書，亦因為這些內容深淺不一的經典，受感悟的後代佛弟子們，根據該經典教義而分宗分派，樹立了大乘與小乘兩大派系。

大乘共有八大宗派，分別是：禪宗、天臺宗、法性宗、法相宗、律宗、淨土宗、華嚴宗、密宗。小乘只有二宗：俱舍宗與成實宗。無論後世傳人再如何分派分宗、其實「萬法不離其宗」，佛教教義全部精華就是「慈悲」與「因、緣、果」。

亦因為有了慈悲心、佛祖眼中心內自然產生了「眾生平等」這觀念。人若能修練到「眾生平等」，也就是到達了成佛的境界了。「眾生」所指是世間一切生命，包括了飛翔天空的所有鳥類、江河海洋水中全部魚蝦蟹龜鯨鯊等等、陸地上全部動物及昆蟲植物，甚至人類肉眼無法見到的細小微生物等等。

後世高僧大德們，為了貫徹佛祖這一大愛理念；才開始有了「素食」的觀念。佛經中是沒有記載要佛弟子們「茹素」這規定。因為「素食」也就是慈悲心，起碼能夠不殺生。

人世間是五濁世界，森林太大，自然什麼「鳥」都會有；五濁塵世更是什麼樣的「人」都充滿。也因為如此、我們才要學習修持慈悲的佛法，希望佛法能讓痴迷者開悟。

正信佛法不講神通，也絕不迷信。而是學習慈悲、訓練慈悲心，學習認知生命道理的一門方法。樹大有枯枝，也是社會眾生相內無可避免的其中一相。在宗教界也不能免疫，因而嚴重者就出現了作家書中描寫的「謀人寺」、「野和尚」等等披著袈裟的敗類、敗德者。

這類混入宗教界為非作歹之輩，有者先始也是一心向善；後來成就了大因緣，比如建立了大廟宇，廣收門徒，隨著時日的推移，「掌門人」或「開山宗師」因為受到徒眾們尊敬，其手下那班居高位者被世俗利欲熏心，為博取「掌門人」或「住寺」歡心，於是出盡心思，將「師父」推上了「神壇」。將其「神化」，要信眾們見到「師尊」時務必五體投地、跪拜叩首。

此等修行者及開山宗師，在有意或無心的「造神」，早已忘了「眾生平等」的大愛理念。飄飄然中竟以為自己真的成了「佛」、成「仙」或變為「神」了？

一如當年毛澤東這個「假神」讓中國人民朝請示晚跪拜般，「神」做不成而變成了為患神州大地的「魔王」。

師父也好、大師也罷、高僧、大德、比丘尼或住持都好，無非是「人間」修行道上的職稱；職稱有高低，是俗世所需的「分別心」。但再如何分別，千萬切記了，「人」披上袈裟後，除非最終能修行到像「悉達多」王子的道行，不然、永遠都是「人」吧了。絕不是什麼「神」？什麼「仙」或什麼「活佛」？

因此、佛弟子們對待高僧、大德、比丘尼、師尊、大師、上人、和尚等等修行人，無論其地位有多高？那只是在人世間的職稱。終究都是「人」而不是「神」啊，因此、絕不應該跪拜。

尊敬要出自內心，但再如何尊敬，都不該將師父、師尊等同「神」來跪拜。真正有道的高僧、大德和比丘尼，縱然有弟子不明白或受宗派內長輩指定要向「某某」師尊或上人行跪拜禮時，這些要被「受拜」者一定堅持拒絕或開示信眾萬萬不可，那才不會損其形象啊。

平凡的人，若一旦披上了袈裟，漸漸失去做人的「本性」；被徒眾們推崇、被別有用心的追隨者推上「神壇」？不知不覺中變質而成為「假神」，每當受信眾跪拜而生歡喜心，那麼、這位大德、大師、人上、高僧或上師，經已「走火入魔」啦。

理性的信眾們，我們在受戒時要跪拜代表「佛」的師父外，跪拜寺廟內的佛菩薩外；千萬不要再「跪拜」任何人，包括披著袈裟的師父、宗師、住持等等。眾生平等，縱然是出家人，職稱有別，其作為「人」與我們是「並無分別」，

只不過在修行路上是先行者而已。可以為吾師、可以向我們開示、可以教導我們，但這些

宗教家們都是人啊。

記得，我們千萬不要再拜「人」了，尤其是那些被造出來的「假神」。讓我們都來學習「眾生平等」、修養一顆「慈悲心」，學做一位真正的佛弟子吧，阿彌陀佛！

二零一二年四月十三日於無相齋。

天地變臉

萬物都會有七情六慾，喜怒哀樂的變化不但能從外貌上見到，也會表現在行動上；看來無言無語不動如山的廣袤大地和蔚藍蒼天是不在此例了？

本以為應當如此的想法，可在人間才送走了老牛迎來金虎未久，也就是二月廿七日；遠在南美洲的智利忽然讓不甘心被趕走的蠻牛狠力的大翻身，剎那山動地搖，以無知世人所謂幸運之數八號？來個八點八級的強震給大家看看大地狂怒的顏容。

八百多個寶貴的生命就此罹難了，逃過劫數而存活的二百萬人民家園全毀，頓成無家可歸的災民；首都聖地牙哥方圓幾百里的幾座城鎮，哀鴻處處，映眼都是倒塌建築、敗瓦殘垣、斷橋崩路。那些災民欲哭無淚的木然面對鏡頭，看了能不心酸？

地牛居然在那兩天內到處肆虐，從西藏、新疆到花蓮、高雄等地震了十次之多；昨日又在土耳其翻起六點二級的震動，再活埋了六十幾人。

三十二年前逃亡、在南中國海上經歷過了海龍王發威的恐怖巨浪，幾乎將我們那艘舊貨輪掀翻。七級狂風中我們面對的是怒海即將吞噬下這貨船的恐懼，一千二百多條生命只能任由老天的慈悲去決定？什麼「人定勝天」這種大話只是狂妄的人才敢講來壯壯膽吧了。

老天的臉色，以為再變也無非是或晴或陰或刮風降雨，要不就來個滴水不降，讓土地乾涸龜裂、寸草不生。旱災是漫性的折騰、要到後來才能感到生死的威脅。

墨爾本城是人間淨土，氣候有「一日四季」的變化；唯一讓人不安的只是每年的夏季，城外各鄉鎮要與祝融抗爭。高溫時林火會無緣無故的自燃，發狂的火神一燒就好幾天；去年二月七日「黑色星期六」的那場百年不遇大火，全州共四百個火頭燃燒，吞噬了數十萬公頃的林木以及數之不盡的牛馬羊貓狗雞鴨野狼和袋鼠，焚毀屋宇無數也燒死了一百七十三位居民，令四百一十四人受傷。

可沒想到的是，這塊淨土也還存在著老天另一張嘴臉，變起臉來，真個彷若世界末日已到眼前呢。定居墨爾本三十一年了，還是首次遇到以下這場雷暴雹暴同時肆虐的災難。

三月六日星期六下午恰巧是「大新倉頡電腦班」結業聯歡，幾十位同學與助教們都在上課時刻到了史賓威中華公學圖書館。黃昏前結業測試完畢，即將舉行簡單儀式時，剎那狂風大作，屋瓦叮噹有聲，迎來了大雨。心想真是好事啊，已多天沒降雨了，只餘存水量三十四・七%的水庫、應該有水流進了。

手機響起，女兒關心的問我們在那兒？小兒子也來電話問父母平安否？應允參加典禮的楊校長來電告之汽車玻璃鏡被打破了，無法前來。匆匆趕到的助教惠玲花容失色、猶有餘悸的說經過Chadstone大商場，附近道路全淹大水了，她的車也被冰雹敲打出不少陷跡。

未幾書法家游啟慶伉儷才趕至，說因為公路水淹、大塞車之故。手機又響，是女兒告知她大哥去深友人，剛買的奔馳汽車被硬如石頭的冰雹打出了不少凹痕；大孫女的本田轎車也因停門外，遭受同一命運。

這些事故並沒有影響我們的歡樂餐會，本來餘興節目是唱卡拉ＯＫ，可未到八時，同學與助教們皆匆匆散去。大家先後接到電話，牽掛著趕回家。又接到兒子催促，要我們趕早回家，說遲了怕水大將無法通車？

歸途天雨未停，沿路果然多處積水；進入住家附件那條楓葉道，驚見路面竟鋪滿一層層樹葉，幾乎將泊油路全淹蓋了？轉入小路、全是散折枝椏，回到車庫，自動鐵門外推滿了殘枝敗葉，差點無法打開。車庫內留下二寸高的水淹痕跡，想是洋芳鄰主動將後巷下水道上的枯枝落葉清除了，淹水才流盡。

前後花園草地上一如後街，鋪滿樹葉；翌日天亮才瞧見園中兩顆無花果樹下、堆滿還未熟的果粒與大葉片。檸檬、枇杷及梅花樹都被冰雹摧殘，將半數樹葉強掃落地。戶外行人道與路面，觸目驚心，全蓋著綠葉與殘枝。幸而家居安然無恙，停在圖書館外的汽車也逃過冰雹襲擊。

這場百年來才遇到的雷暴雹暴，造成墨爾本國家美術館水浸，舊碼頭損壞嚴重；市中心州際「南極星火車站」被巨大冰塊擊穿、暴雨湧入。每年三月勞動日濛巴節的水上運動被迫取消，市內百餘家商店大水淋漓淹入，要停業多天。多達二十餘間鄉鎮小學受損，屋宇被傾倒的樹木壓毀。幾小時內災難中心共接到四千餘個求助電話，五百位救災義工疲於奔命，州政府翌日還要向雪梨求援，派來八十位專家協助善後搶修事宜。

一百餘公里時速的狂風、傾瀉暴雨、堅硬冰雹從空擊打、響雷橫掃；那幾小時中，天地變臉的恐怖容顏，令享有「人間淨土」的墨爾本蒙污。遭殃的還有無數民居及幾千部汽車，災情使到保險公司接獲二萬宗索償。

此外圍繞著全州的各類花草樹木，都被無情的摧殘了。萬幸的是如此恐怖的天災，竟然沒有人命傷亡，實在是不幸中的大幸啊。畢竟墨爾本還是一塊值得定居的福地呢！

天地何時變臉、何時狂怒？真非渺小的人類所能控制。我們應該收斂狂妄之心，共同愛護養育萬物的地球。不要再造孽，才不會激怒老天爺，也許始可避過如《二零一二年》這套影片中呈現的末日情景啊！

二零一零年三月九日初秋於墨爾本。

群鳥相邀

回想當年在德國北部小城Westerstede，守孝幽居、讀書焚香，追思父子情緣；面對先父遺照，往往悵然迷惘，不能抑制悲痛。

鳥聲適時啼喚，啁啾盈耳，彷彿對我撫慰，又如向我相邀。不禁啟門遁音尋覓這群小精靈。戶外春風微拂，街道上人車俱渺，映眼僅一片青葱翠綠的草坪，與庭園花卉正互相爭艷。單門獨戶棟棟紅瓦白壁，均被木欄內的花樹圍繞，幾乎掩蓋。藍天雲朵輕移，讓仲夏陽光溫柔地洒下來，天地寂靜明朗。在路上漫步的我輕輕移動，深恐跫音混染了這塊安寧的綠野桃園。

偶然眼前掠過的小鳥吱喳低唱，未辨其色及觀其顏竟已隱入枝椏葉影裡。但鳥歌仍此起彼落地酬唱耳際，遠遠近近一聲聲清脆迴應著。

沿途觀賞德國的民居花園，其庭院皆以杜鵑花栽成圍欄，高約一公尺。應季節的杜鵑花纍纍擠迫，正爭相競放。顏色有純白、淺紅、淡黃、紫藍等等，向微風吐送清淡幽幽花香，處處充滿詩意。如斯美景，不免久久駐足忘返，有股衝動欲叩門，向深居室內主人翁表達我這異鄉客的讚賞。

驟然傳來水聲，左邊涓涓淺溪，小道草坡垂柳，坡上依稀寒煙翠。踏上木橋，清淺流水難覓魚踪；鳥歌忽如暴雨般向我淋潑，散布綠波中的黑點，原來儘是鳥群。或躍或跳、忽上又下走走停停的飛來飛去，為了爭奪裹腹之糧。鳥罵鳥吼鳥叫鳥鳴，匯成大自然交響曲，我如善解鳥語的公治長先生，徘徊忘返陶醉於這片天籟中。

涉足草地，穿過那片綠油油的濕草，烏鴉、班鳩、麻雀、畫眉、黃鶯等等，數不清的一群，竟在我身前飛舞跳躍，像視我為同類，毫不陌生且沒半分驚恐。這時、我心中寧靜安詳，細想我等同是塵世間眾生，又何必相懼。憶起讀過《列子・黃帝篇》，記述海邊有位喜歡海鷗的人，每日與數百海鷗相處，仿如友朋般。一日、其父親要他捕捉數隻回來供玩，從此、任如何招喚，海鷗也未敢低飛，對他像要避躲仇敵般了，因為他心中已生雜念，不復如昔安詳。

天天定時散步，像應群花百鳥之約，真有置身天堂感嘆。二弟住家的街名，德文謂Rhododendron Str，中譯是：「杜鵑花道」。原來此小城每兩年都會舉辦盛大的杜鵑花展覽，引來歐洲各國的遊客，真是名聞遐邇。古人響往的「桃花源」和佛教徒尋覓的「人間淨土」，或者「西方極樂世界」原來就在眼前。

至此總算是明白何故二弟如斯留戀這德國北方小鎮，不願他遷了；每日繚繞耳際皆是眾鳥妙音，放眼色彩繽紛杜鵑花招展，周圍花香流動誘人，廁身仙鄉不過如此。恍惚間忽聆鳥鳴啁啾、盈耳鶯聲婉約，便匆匆披衣趕赴百鳥之約啦！

出到戶外，始驟然驚醒，原來不是在歐洲杜鵑花城，而是人在墨爾本，真若南柯夢境喲！

二零一五年元月十六日於墨爾本。

榮寵的光環

「澳大利亞華人文化團體聯合會」於九月廿九日、假雪梨車士活市舉辦頒獎典禮，今年度三位獲獎者是楊明書法家、喬尚明詩人，跨州的竟然是我？頒發給我的是「**澳華文化界傑出貢獻獎**」。

聞訊後深感意外，也非常的開心和驚訝；開心是常情，我是凡夫俗子也就是平常人，並非聖人或經已擁有「寵辱不驚」的修行？

驚訝隨之而來、這個聯合的文化團體遠在雪梨，竟然關注到全澳僑社活動；今年給我頒發獎章、獎狀、獎牌，令我頗為意外和感動。此團體十年前曾頒獎給梁羽生大作家、趙大鈍老師；三年前再頒給蕭虹教授、李承基先生與黃慶輝先生等。

定居墨爾本三十九年的漫長歲月、為了感恩澳大利亞人民與政府對我一家的人道收容；到達新鄉後四個月，愚夫婦即開始工作自力更生，不再靠社會福利津貼。生活安定後在假日和週末投身社團，兒女長大了，內子婉冰也隨著加入團體服務隊伍。

我們出自感恩去為社會做點小事，從沒想到或要求任何回報？一九八二年再重新創作投稿，因沒有改新筆名，仍然用「心水」署名。不意印支三邦的華裔難民分散西方各國，開始辦報、出雜誌、成立團體。社長或編輯們聽到「心水」原來在墨爾本，於是紛紛來函向我邀稿。當年用手撰稿，然後郵寄作品。一稿多投去不同國家的華文報章或雜誌，要花費影印及郵資，那些同僑熱心弘揚中華文化，經費大都短缺因而無法給作者稿酬。

一九九三年中我的右手因工傷、而被迫離開了汽車零件工廠的機器操作工，當年專科醫生說我右手是「過度疲勞肌肉損傷」，不能再作任何粗工。更告誡不可書寫，除非用左手？

我生性樂觀，心態都是正能量；雖無好勝呈強但卻也不甘認命？右手被病魔折磨幾年，有位專醫告知痛症是「魔鬼」躲在手肌內作祟？反正不提筆還是痛、不寫白不寫、因而繼續「用寫作驅魔」多年，而被文友們視為「多產作家」？

作品要感人，作家必定要深入生活，參與社團工作接觸面廣；我用「醉詩」為筆名創作大量雜文與時事評論。記得當年在新海潮報當編輯，到雪梨為報社聯絡廣告客戶，獲得卡拉馬打市與雪梨各社團熱情招待，曾被我批評的僑領們都寬宏大量包容我。

從沒想到當文字義工、為團體撰文訊，做社區服務，撰作文章的一介書生，竟然獲得如此殊榮？真讓我覺得「受之有愧」呢！感謝雪梨主辦單位諸賢達先進們，對遠在墨爾本的敝人如此厚愛，將如此亮麗的光環、如此高貴的榮寵頒贈給我。

這次到車士活市領獎，將是我最難忘的一件盛事，衷心向「**澳大利亞華人文化團體聯合會**」的領導們，致以萬分謝意、感謝為這場盛會付出精神與金錢的全體朋友們。

二零一八年九月二日父親節於墨爾本。

二零一八年九月廿九日於雪梨，心水獲頒「澳華文化界傑出貢獻獎」的獎牌、獎座與證書。

心水領獎後與夫人婉冰合影。

美詩的花園

長女美詩一家搬到灣區經已五、六年了，勤快的女兒在舊金山市的公立學校執教；週末或假日除了家務外，喜歡蒔花弄草。這次與婉冰蒞臨加州、參加孫兒李強在史丹佛大學的碩士畢業禮後；沒外遊時、早晚我都愛獨自徘徊在這棟平房的前後花園。

蹤巧前園正門兩旁栽植的兩棵李子，濃密的樹葉中竟已掛滿了纍纍紅色的小果實，初始試採下幾顆色素不夠深紅的果子，入口略酸。經女兒指點，才知要選深紅色熟透了的李子，果然味美又清甜。每天拿了大湯碗在樹下東選西挑，夠熟的輕輕採下，未久總是滿滿的整碗大豐收。

在靠近行人道邊的花圃內，驚喜的見到了一棵成熟的藍莓，趕快將熟透的小小果實採下，拿進廚房清洗後放入口內，真是新鮮清香；比在墨爾本每天早餐時、從冰箱取出的急凍藍莓，口感好多啦！在後園近右鄰處又發現另一棵較大的藍莓樹，早晚習慣性的去巡視，總會給我找到成熟可口的藍色小果。

後園盡處的黑莓更令我開心，在竹籬架下的綠葉中，竟然纍纍懸掛著無數黑黑的莓子，初始心急採下那些尚不夠熟、色素在黑中雜著或黃或淺紅的果子，入口酸味刺著味蕾。經美詩說明才知要在採下時，先輕輕試摸果身，如濃黑又柔軟時才能擷下，總算長了丁點見識，採集後洗淨入口，果然味甜甘香滿嘴芬芳之至。

在黑莓之前處，不起眼的地方有顆草莓，零落的掛著三、五顆，還真不忍心強扭下呢。後園靠近車庫處擺放了些盆栽，晚餐做菜時如要用到蔥、紫蘇、香花草以及紅辣椒，只要打開門去擷取便有，比去雜貨店採購方便多了。

黑莓竹架前方有顆較大的樹，掛著或青或黃的大大小小檸檬，女兒每天有喝檸檬水的習慣，出去摘下又大又黃的檸檬，榨了汁混入清水就張口喝。做越南餐時，檸檬更是不可少的配料。有時也用橙子替代，效果一樣卻沒那麼酸。驚訝萬分的是後園左方的竟是橙樹，難怪女兒會說「用橙子」可替代檸檬？

每天在墨爾本家中是由我負責做早餐，煮麥片前習慣先掬把枸杞子用冷水浸泡；沒想到女兒後園還有棵枸杞樹呢，雖然熟透可用的枸杞不夠多，但已足令我深感意外了。

能享用的尚有一顆番石榴樹，因未到季節而無果實，對園藝是門外漢的我，真不知那顆不起眼的樹就是番石榴呢？此外、還有一棵香椿樹，也雜在後園沿牆邊之處隨風搖晃。令我意外的是尚有一棵頗大的梨樹，可是梨子尚未成熟，無緣品食。

沿著兩邊圍牆及盡頭的牆欄，都種了各種花朵，其中我能一眼認出的有玫瑰花、蘭花、百合，當然吸睛的繡球花誇張的映眼，彷彿不如此生長就對不起天地日月以及所有的目光視線？

雖然前後園裝備了自動澆水，但在洗碗槽中仍用大膠盤將洗用過的水裝著，等到八九分將滿溢時，女婿才捧到後園倒入大水桶，隨時再澆那些較缺水份的盆栽。看來粗重的園藝活是由女婿去做，而女兒的巧手是持割枝剪刀將前後園植物修飾，夫妻分工合作，難怪家居前後花園能有那麼多植物。

那天黃昏前心血來潮，先從後園沿著三面圍牆、將美詩花園栽植的所有樹木、花草以及各式大小盆栽統計，得出數字後再去前園細數。晚餐時我問女兒，五六年來花了那麼多心血時間，究竟是否知道總共擁有多少植物及盆栽？哈！可將女兒及女婿問到目瞪口呆了。

答案是後園整整一百、前園六十餘棵，也就是說這棟平房前後花園，總共栽種了超過一百六十餘棵的各式各樣、大大小小植物和盆栽，數目實在不少呢！除了賞心悅目外，那些果實還能享用，每年也會節省不少水果的開支呢！

除了前門兩棵高大李樹、後園的檸檬樹、番石榴和香椿樹和梨樹，都是以前屋主所種外，其餘的包括竹架上大量黑莓是美詩搬來後才栽種。花園涵蓋了多類果樹，美觀又實用，值得向女兒學習。計畫等九月初春時，開始在後園學種些黑莓、藍莓以及草莓；加上原有的兩棵無花果樹、枇杷和檸檬樹。以及婉冰所花心血種下的香花草、紫蘇葉、生菜及指天椒，雖比不上美詩的花園多姿多采，也足夠在早餐或烹飪越南餐時，隨時有食材能供應啦！

二零一八年八月十二日於墨爾本。

美詩在舊金山家居後園繁花盛開。

美麗的寶島

——誠懇熱情的臺灣人

過去二十餘年、我先後三次應邀前往臺灣開會；在餘生旅行規劃裡，絕沒想到會再去寶島觀光？世事難料，去年蟬聯了第二屆「世界華文作家交流協會」的秘書長職位，領導著世界各國一百二十五位華文作家的文學團體，總不能尸位素餐？

「世交會」在十九個地區都設有一位副秘書長，為了召開秘書處會議，總得尋覓適當的地點相聚。幾經思量、去歲將構想告知本會名譽顧問林見松兄，這位墨爾本前僑務委員、熱心公益的知名大僑領，得悉後爽快的答應要尋找贊助機構。

「世交會」前年經已在荷蘭辦過了一次「中西文化、文學研討會」，是創會後首次舉行的大型活動，取得極大的成功；在該國的池蓮子副秘書出錢出力，功不可沒。也假加拿大溫可華協辦書展，由林楠副秘書長代表主持，先聲奪人，為本會打出了響亮的聲譽。

名譽顧問黃添福董事長、在本會創會時，經已許諾將邀請本會作家到閩南觀光；但前年因臨時決定假荷蘭辦研討會，故暫時押後廈門與安陽之行。心想若阿松哥（墨爾本僑界對林見松委員的親切稱呼）一時未能找到贊助，就率團去我的家鄉閩南采風。

交遊廣闊的阿松哥、是位道地的臺灣人，在他熱心奔走下終於獲得「財團法人海華文教基金會」吳松柏董事長的支持，於去年六月廿六日寄出邀請函給「世交會」，真是大喜過望，唯有再延遲前往大陸。吳董事長更於十月廿二日向本會寄出十七封邀請函，給此次「臺灣采風團」獲邀的副秘書長們暨秘書處同仁。

出發前、整個行程的安排、協調，幾乎都由「駐墨爾本台北經濟文化辦事處」的鍾文昌秘書操作，這位出色的僑務秘書由於「世交會」的活動，額外工作而忙到不亦樂乎。當然、領導有方的翁處長瑛敏女史，出錢出力的林見松委員、王桂鶯委員、劉國強委員等，都花費時間聯繫、關心本會組團事宜。出發前夕、翁處長更設宴歡送愚夫婦，隆情厚意令老朽銘感五內。

三月十六日中午，來自越南的謝振煜、荷蘭池蓮子、泰國曾心、昆士蘭洪丕柱、紐西蘭林爽、馬來西亞朵拉、美國周永新、東京華純等八位副秘書長與新加坡艾禺、雪梨方浪舟、墨爾本沈志敏、婉冰、心水、鄭毅中、日本荒井茂夫、湖南曹蕙等，先後在桃園國際機場報到。並獲邀請單位接到家美大飯店入住、是夕歡迎晚會由「臺灣采風團」名譽團長林見松兄親自帶領團隊前往赴會。

獲邀出席歡迎晚宴的臺灣文化界知名人士有陳若曦教授、大詩人林煥彰、白靈教授、詩人方明、作家蒙天祥、中國時報主編李文慶、大新倉頡輸入法研發人、宏全資訊董事長蘇清得伉儷。尚有前駐墨爾本經辦處的嚴克明處長、黃國枏主任（即將到雪梨文教中心履薪）、僑委會副委員長呂元榮、尤正國總經理及楊佳泓先生等。

意外見到嚴克明前處長與黃國栴主任，老朋友重逢真是萬分高興呢。喜氣洋洋的歡迎宴，賓主盡歡中，彼此互贈紀念品後；心水秘書長邀請吳松柏董事長代表「世華交流協會」、頒發第二屆秘書處證書予在場的八位副秘書長、秘書處各職守成員們。十時許歡迎宴劃上句點後，阿松哥又親自陪伴大家回酒店，同時贈送每人一盒鳳梨酥，令大家笑逐顏開。

翌日的繁忙拜會後再乘火車南下，前後六天走遍了半個寶島呢。由於遇到學生抗議「服貿」包圍立法院事件，拜訪文化部時、錯過了與名作家龍應臺部長相見的機會，是此行美中不足的小小遺憾。

歡迎晚宴上，我在致謝詞時宣布「世界華文作家交流協會」采風團的每位作家、都要交出至少兩篇作品，以備結集成書，暫定書名為「世界華文作家看臺灣」，獲得在場嘉賓們熱烈的掌聲。此構想無非是秀才人情的回報，林見松名譽團長最為開心，也一再表示必代籌措出版經費。

第四次到臺灣，感受最深的是臺灣人的高素質、好品德、熱情與誠懇。風景再美麗，如果當地人素質差、冷淡無情，也會嚴重影響觀光客的心情。

讓首次蒞臨寶島的荷蘭副秘書長池蓮子大夫津津樂道的是，當她到達機場給我打電話時，竟弄丟了隨身的手袋；乘車半途猛然想起，即趕回機場，心想所有證件、機票、美金必將全部失落了？頗感惶恐的回到機場櫃檯報失，沒想到廣播後就見到警察手拿她的手袋前來，查證身分確認是失主後就交還手袋、讓她失而復得。走遍世界多國的詩人池蓮子，到台北給她第一個印象是好得不能再好了，她多次表達了敬佩臺灣社會路不拾遺的美德，說換到任何其他地方，她的手袋肯定丟失了。

廿一日大巴士回程前往三峽祖師廟時錯過了公廁，司機將車停在公路邊一個小停車場、就在「海堤」與「連和海產」兩塊大廣告附近讓大家下車，導遊說在廣告牌前方那家餐店方便吧？魚貫下車的作家們心存疑惑，都湧到了那家海鮮餐館；借廁所後再趕路，餐店林月老闆娘還特地提供紙巾給女士們。全團十餘人沒有消費一分錢，白用了該店設施，店主始終微笑著，全不計較這班過路人是否有消費？

大家莫不心存感激，想起前年「世交會」文友們在歐洲觀光時；借用餐廳廁所，每人要給五角歐元呢；而在臺灣的餐館，竟然慷慨大方的給予有需要的觀光客免費借用。現代都市的生意人，仍存著濃郁人情味的地方，真非臺灣莫屬了。

與神交近十年的蘇清得老師及夫人李孟璇、終於在歡迎晚宴上相見，老朽萬分高興；當晚蘇太太交給我兩張捷運車票和台灣用的手機卡，如此細心、令我感激不已。啟程前電郵往還、我向來稱呼蘇太太，當知我們將到臺灣采風，即說等我們離團後將當導遊。並說向來是將好朋友當成「家人」，心想世界上大概除了像她這樣的臺灣人，才會如此真誠的待友？況且、是神交而仍未謀面的朋友呢。

由於她的坦誠對待，與「家人」通訊，若不改稱呼就顯出我的不是了？老朽痴長她多歲，倚老賣老就以她的芳名相稱。二十二日采風團文友們賦歸後，晨早孟璇趕到家美飯店帶我們乘捷運去松山機場。抵達後才知她因公司業務繁忙無法分身，除了再三抱歉外，說特邀她二姐夫葉永明、二姐淑珍陪同我們去澎湖觀光三天。

在候機室、與我們素未謀面的葉氏伉儷出現了，孟璇為大家介紹後，送我們進了閘門，她才匆匆告辭。永明是從事建築業的師傅、因與婉冰同姓，顯得親切，幾天相處，真是一見如故。不但全程照顧、黃昏逛街購買水果、零食、甚至去享受足浴按摩，都搶著付錢。

回台北的最後一天，永明更親自駕車、由太太及五姐一起導遊，帶我們觀光了九份、野柳、法鼓山觀音道場以及士林夜市。隆情厚意及真誠相待，誰能相信如此熱情的主人與被款待的客人，之前根本不認識呢？想起池蓮子文友在桃園機場失而復得、拿回丟掉的手袋後、感激的說：「除了台灣，在世界任何地方，她的手袋肯定沒了？」世界上仍有如此多的好人好事的地方，如此誠懇熱情待人的族群，真個是除了台灣人以外，那兒還能找到呢？

家美飯店櫃台值班的年輕人、有位姓張的帥哥，總是笑容可掬的面對客人，兩次為我更換手機卡，任何時候向他查詢，總是極有耐心的服務，難能可貴的是那笑容，那種敬業樂群的精神，頗令人感動。

在外交部拜訪後發言，我說：「臺灣是當今承傳中華文化優良傳統的地方！」實在是發自我肺腑之言啊！臺灣的美麗，天下人皆知，但最美麗、最珍貴的是臺灣人的高素質與品德。能獲邀組團到寶島采風，見到那麼多美麗、誠懇熱情的臺灣人，實在是不虛此行呢。

二零一四年四月十三日於墨爾本。

美麗的訪客

墨爾本二月是盛夏季節、可能是因為氣候炎熱，在即將踏入三月初秋之前，後園的兩顆無花果樹、連日來在縱橫交錯的枝椏上，早已布滿纍纍果實。每天微曦初顯時、入耳盡是聲聲愉悅啁啾，那班膽大包天的不速訪客，才不管由於牠們的歡唱或叫鬧是否會吵醒主人呢？

清晨偶而電話鈴聲響，接聽時若是找內子婉冰，自然暫擱下話筒，然後揚聲通知，可是往往伊人芳蹤不現？唯恐對來電話者失禮、趕緊到寢室、廚房或書齋尋找，依然難覓老伴姿影？才猛醒起她必然又到了後園，悄沒聲息的自得其樂，正忙於與眾不速之客們爭奪枝椏上剛成熟的無花果呢。

果然如我所猜想、在後園樹下找到她時、婉冰喜上眉梢的展顏對我說：「又給我摘下了這大堆，再遲些必將都給牠們奪得先機啦！」

後花園的草地盡處靠圍牆前，有兩棵批把樹、桃樹與檸檬樹各一，最大那棵便是無花果老樹，霸道且搶眼，初春蒞臨後轉瞬間樹枒盈眼都是深綠大葉片，人若站樹下，再烈的陽光也照射不入。比起檸檬、桃樹與枇杷的葉子，可真應了那句「小巫見大巫」的話。

靠近左鄰意大利人圍牆的一棵高大桑樹、因其樹根強行入侵芳鄰地盤，將其地面造成多處裂縫；無奈將它連根拔起，除去招惹事端後患。餘下那棵果皮呈淺紅色的無花果，十餘年來、自從少了桑樹與它爭空間與水份後，日漸長得粗獷高大了。

所謂前人栽樹後人享，真是一點不錯喲；當初購買房子時，參觀後園並無特別關心那六、七棵果樹，對將來究竟會有何好處或壞處？因為三十四年前能購置這棟前後花園的別墅式房屋，心花怒放時那會想那麼多呢？到訪的友人、有危言聳聽者曾告戒，將來若樹長大就要花大錢砍樹了，不然樹根破壞鄰居建築，會破財賠償。

幸而七顆果樹中，除了那棵野蠻的桑樹被除去外，餘下這六顆至今只見好處呢。內子婉冰烹飪越南餐時，開魚露必需用檸檬調和，往往出聲，老朽便得放下書報或離開書齋，去後園為老伴採摘一兩個檸檬給她用。枇杷成熟後，天天有香甜的枇杷享用，摘多了也偶而送給兒孫們分享。

每年老伴最開心的莫過於盛夏時節，眼見兩棵不同品種的無花果樹上，結滿了數不清的大大小小無花果，晨起梳洗後顧不得用早餐，往往先到後園摘取無花果。多年前尚在教電腦中文輸入法時，週末上課都會帶去給學生們品嚐；也偶而邀請喜歡無花果的友好們前來摘取，真個是皆大歡喜啊。

街坊居住著不少希臘人士、他們有時前來敲門；問後園那些長出圍牆的無花果，可否讓他們自摘分享？其實、這些街坊大可自個兒悄悄摘取，反正我們也不知道啊？但他們深明「不問自取是為偷」的淺道理；寧可移駕前門問一聲，也就心安理得的取其所需啦！真沒想到這大量無花果竟成為睦鄰最佳用途呢。

晨昏只要步出後門，必見果樹上飛繞著大小不一的訪客們，自得其樂的在樹枝上飛來躍去；摘食果實後、牠們往往暫停爭吵，發聲時特別悅耳動聽。若聞吱吱喳喳的吵鬧聲，那必定是「鳥罵」了，讀者們：千萬別自作多情，以為凡鳥鳴都是鳥兒們在引吭高歌啊？

我們都愛用：鳥語花香這句話去形容美好的環境，花香是真而鳥語就未必是唱歌呵？反正人類的耳根無法分析鳥語，那些是歌聲那些是粗言穢語的鳥罵？

昨日陰雨纏綿、午後在廚房調泡咖啡時，偶然透過大玻璃窗望出後園，訝見多隻色彩斑斕的鸚鵡飛繞果樹上的枝椏間，這麼多天前來覓食的鳥兒們，非黑即白或黑白調配混合，卻尚未見這些美麗悅目的訪客們？趕快找出相機，悄悄開門慢慢靠近果樹下，舉起小相機，也沒時間對焦和調光圈，隨意向著樹頂處亂按快門。

機靈的鸚鵡群，竟然不怕我這個主人？據說獵人舉槍打獵時，心中早已盈溢了殺氣，那股無形之殺氣往往嚇跑了機警的動物。老朽只為欣賞那份鮮艷麗彩羽毛之美色，心境祥和平靜，視這班不速之訪客如友，由於不存殺念又無惡意，有靈性的飛禽自是不驚不懼也不逃啦。

我的兩間書齋本來是兒子們當年的睡房，他們羽翼豐盛後另築新巢去了；只好將他們的睡房改為書齋，不論敲鍵撰作詩文，或上網查閱電郵；開窗時有蝶飛來之外，更因後園無花果成熟，引來各類訪客，各式鳥鳴鳥唱或鳥罵自然也聲聲入耳了。

美麗的訪客們，並不常來，秋冬後枝椏光禿，就再難見牠們的芳蹤啦！春夏好時節，牠們才會相約蒞臨寒舍後園，或展喉或高歌或爭吵或覓食，將牠們美麗身影和悅耳聲音留下。每當日影西沉或風雨飄搖時又再了無蹤跡啦……。

二零一六年二月十八日於無相齋

掃墓萬里行

先父黃公清平、十二年前於德國壽終正寢，八十高齡往生；長輩高壽辭世俗謂笑喪，靈堂必燃點紅燭。燭淚光影中、父親遺照展顏，栩栩如生。殯儀莊嚴隆重，足見二弟交遊廣闊人緣極佳；眾多親朋才不遠數百里前來送殯。

先母黃門陳氏太夫人、則在廿四年前被癌魔奪去生命，六十五歲便駕返瑤池，令我兄弟哀傷不已。亦讓鰜鰈情深的老父、備嘗折翼之痛整整十二載，始與先母共穴。

自父母離世之後，關山萬里隔、清明、重陽有墓難掃；總不免臨空追念，緬懷親恩，點燃心香遙祭、獨個神傷一番。每逢先父母忌辰，則必令兒孫們回家，在倆老遺照前鞠躬行禮，讓洋化的兒孫們慎終追遠，飲水思源不忘祖上。

因有墓難掃，讓我多年來心中耿耿於懷。本定下先父十年忌時，要前往德國祭祀。無奈俗事羈絆，兩年前竟無法實現；每進入大廳望到父母遺照，心中總感愧疚，幾不敢仰視。

去年底終於預購了四月飛歐洲的機票，再忙也要啟程了。二月忽接北京白舒榮主編邀請世界華文作家往雲南采風，時間竟與我去歐洲相撞。躊躇再三，唯有更改五月中再到瑞士，而得參加作家采風團。

從雲南回澳後，休息三週即啟程往歐洲，五月十九日早上到達蘇黎世機場，八歲的侄孫永安手持紙牌：「大伯公我等您好久了」。在廈門參加小侄兒婚禮見過的三歲永安，轉瞬五年再難辨認。其父明順年半前到雪梨公幹，專程來墨爾本探親，與我們歡聚一日。明順是弟弟次子，長得一表人才，在法國駐瑞士分公司擔任高職，可說事業有成。難能可貴者是事親至孝，在歐洲長大，仍說得一口流暢的閩南語與廣東話。

為了接待伯父母，他特地向公司申請了兩週假期，主要是當司機及導遊；我們旅歐期間，花費最多的就是這位侄兒。二弟育有四男一女，小侄兒明志是在德國出生外；餘者皆是稚齡時隨親逃難移居德國，至今都能講鄉音及粵語。姪女如意年前更負笈廈門大學，學會了國語。令我大感意外的是從四歲至八歲的心柔、心樂、心賢及永安等侄孫輩，都能講閩南話與國語，二弟夫婦的家教成功，實在令我敬佩。

六月五日由二侄兒開車，從瑞士農村啟程前往北德杜鵑花城Westerstede，全程千里遙。汽車駛入德國境內的高速公路，侄兒踩踏油門，竟以一百八十公里時速飛馳。但見兩旁樹影車影往後急退，同一線行走的前車從望後鏡中發現迫至的快車，即時主動換線。侄兒說這是駕車規矩，後座的二弟發聲，叫他勿要開太快，說全車有四個「老人家」，包括我夫婦和二弟、三弟。他開最快的時速紀錄是二三零公里，令我咋舌。

專程轉去科隆市接三弟婦及姪女麗雲一齊回杜鵑花城，到達已是午後一時。爬上六樓公寓，那是三弟長子明忠及幼子為了工作而租住處，沒有電梯，每日上下是最好的運動。明忠去日本假期，錯過了相見機會；由老三做東，在附近一家中餐館用飯，餐後告別小侄兒，再馳向目的地。

黃昏到達了杜鵑花城二弟空置的家，放下行囊；再送老三和弟媳及姪女回家，才一齊去該市大平洋餐樓。該鎮這家唯一的中餐樓是二弟媳的小妹妹所經營，也就是明順的小姨母當老闆。她姐夫、外甥和澳洲遠菈的親戚一齊來到小鎮，自然要招待了，兩天晚餐均在她這家餐樓享用。

遙在瑞士的二弟婦安排我們要去相距小城三十餘里外、在她弟弟經營的大餐廳午餐。餐廳的老闆娘談吐有欽廉話口音，內子婉冰與她閒談中，說有至親舅舅在澳洲。她說舅父姓梁，婉冰隨口問是否梁善吉？一時間老闆娘目瞪口呆，她竟然是老友的外甥女。

真是無巧不成書，早知善吉兄有大姐在柏林，那想到他的外甥女竟嫁給我二弟媳之弟。幾天後我回到瑞士，忍不住給梁兄掛電話，讓他高興我們此行的這段意外之遇。

六月六日中午，家住幾十里外的大侄兒明正、帶同九歲的女兒前來，我們才前往市中心區的花園墳場。明正居然帶了九炷清香和火柴，在到達墓園時才拿出來分配每人一炷。這個娶洋太太，已半洋化的大侄兒，和弟弟妹妹一樣，都會說流暢的閩南話和粵語。難得的是一片孝心，對我說年節或祖父母忌辰，都會帶同太太和女兒前來掃墓，真令我感動。

十二年前我兄弟披麻帶孝，在百餘位親朋送殯隊伍中，我手持父親遺照走在靈柩後，將父親棺木安葬在先母同一墓穴內。墓牌當時只刻了先母生卒年，安葬父親後回澳洲，才請書法家游啟慶兄代撰碑文。二弟將游君的棣書交予德國墓牌公司，製成後豎立，十二年來我還是初見，實在愧疚不已。

黑底白字的牌文分四行直書：

福建省同安縣
考　黃公清平
顯　之墓
妣　黃門陳界夫人
孝男　玉液、玉湖、玉淵仝立

最後是雕上阿拉伯數字的先父母生卒年月。立碑的三兄弟，還是首次一齊在墓前獻香拜祭，先父母若有知，必定歡欣喜悅，等待多載，這難得的一天，終於到來。內子婉冰和三弟媳、大侄兒二侄兒及姪女、侄孫也依次鞠躬行禮。

簡單的祭祀上香儀式禮成後，大侄、二侄和二弟即時用水清洗碑石，我與婉冰將墳前的雜草清除，然後拍照。整個大墳場清靜安寧，四週繁花似錦，樹木青蔥，綠茵處處，每座墓前均種植了不同花卉。小鎮Westerstede是有名的杜鵑花城，每四年舉行一次盛大的杜鵑花展，吸引歐洲各地遊客蒞臨參觀。墓園也如座大花園，美麗安詳清幽，一點也沒有墳場的恐怖難安的氣氛。

弟弟告知夏季日照長，黃昏後不少居民都到墓地為其先人整理花草，澆水除污，誰說洋人不懂孝道呢？他們對辭世的至親，那番哀思那種不捨那份情感，根本與我們沒有兩樣，甚至更深更切。我們無非清明、重陽或忌辰才會祭拜或親臨掃墓；他們卻經常闔家大小到墓園供花追憶，視之如生如在。想到我要十二年後始能前來掃墓，不孝之罪慨深且疚，對著先父母墓地，著實慚愧到無地自容呢。

翌日、離德返瑞士前，我由姪女陪同到花店選購了九朵各式的康乃馨、三兄弟再次到墓園獻花。立在先父母的墳前，我默默追思與父母生前共處點滴。念及這次遠行萬里，說不定是今生最後一次的掃墓了，不禁哽咽難過莫明。幸而三弟一家就定居該鎮，大侄兒也住不遠處；二弟夫婦及侄兒女、侄孫輩每年也回去數次，都不忘前往墓園祭祀，先父母泉下必也告慰了。

六月七日黃昏回到瑞士，十六日清晨返抵墨爾本，奔波幾萬公里。從二弟住處出發回到家、包括轉三次飛機全程三十餘小時，飛行時間超過二十小時。年歲漸長，實在勞累，但終能完成為父母掃墓的心願，再累也值得呢。

二零零九年六月二十四日於墨爾本。

日日是好日

從小移居澳洲的小兒子明仁、本以為早成了「黃皮香蕉」？可能仍會聽、講粵語，在家中耳濡目染，因而還多少保存了些「華人」特色。當然、最為難能可貴的是事親至孝，在營生奔波、到處開會的忙碌中；只要回到澳洲，就會邀請父母茶聚或共進晚餐、閒聊家常外更對慈母婉冰噓寒問暖。

日前接收明仁英文電郵，說友人下月新營店鋪準備開張，託我代為查看一個好日子？這則電郵令我頗感意外，怎樣也沒想到在西方國家成長、墨爾本大學的畢業生，居然會相信開張經營生意，要找「好日子」？我想也不想的回覆兒子，何必那麼麻煩呢？日日是好日啊！如果有儀式，要廣邀友好參加，最好是選在週末。

以我個人過去多年的經驗，不論是舉辦新書發佈會或者是「作協」新屆成員的就職典禮，通通選在不用上班的週日下午。只要當天並無雷雨，陽光普照，清風送爽，就是大好日子了。

可是、兒子堅持要我幫這個小忙，說是那位朋友鄭重囑託？雖然我很不願意，何況擇日子涉及不少學問，要花費頗多時間。還要問事主的生辰八字、前往店鋪所在觀察位置，要知悉其經營行業及鋪號名稱等等。這大堆有關擇日子的方法，兒子自然聞所未聞，說了他也不明白。

反而誤會老爸故意推辭？不肯相幫。反正、日日是好日，最簡單的方法，就在掛曆上查看，只要不是「大事不宜」之日、不是「歲破」之時；又無注明：「忌開市、忌會友、忌交易、忌出行等等」，當然、應該選那些：「宜開市、宜會友、宜出行、宜祈福、宜求財、宜簽約、宜祭祀、宜經營」的佳日。

很快的在七月裡找到了十九日與三十一日；八月六日、十三日與廿五日等，想來十三日是無論如何不會被考慮了？同樣是陽曆十三日，在農曆上當日是好日子，是宜開市之吉日也。但西方人士，或信仰基督教、天主教的信徒們，卻都避忌「十三」這個日子與號碼。因為耶穌基督受難日是星期五的十三日，所以、如果遇到週五又踫巧是十三日，將被視為「黑色星期五」。

如果要細心些，或較為盡心些的去擇日子，一般人都會找本「通勝」翻翻？

其實「通勝」這冊黃曆，原來是叫做「通書」，我家鄉話就沒有更改，依然稱做「通書」。因國語、粵語書與輸諧音，賭徒們皆怕「輸」而大為避諱；那位當初的出版社主編，神來之筆一改，通書即變為通勝啦。早年在原居地，幾乎家家戶戶都會每年買一本備用。

通勝或通書，其實都是同一部黃曆也；年輕時喜歡看《老夫子》漫畫，其中有一篇就是通勝話題。主角老夫子事無大小，必定要先查通勝，不管是求安心或者是迷信？出行、會友、交易等等，若通勝上注明不宜者，老夫子就堅定不移的嚴守。

有一天老夫子維修大門，不幸被舊門板壓在身上了，一時無力翻動門板起身？大聲喊兒子，兒子聞聲前來見狀，即對老夫子說別急，要先查「通勝」看看是否能移動家具？這則諷刺漫畫入木三分，諷刺迷信通勝者的後果，也對父母言教身教的不當行為作了批評。

本來日日都是好日，應毋庸議也，只是凡夫俗子從小在家庭中耳濡目染，粵語所謂「有樣學樣」，久而久之對自己失去了信心，竟連陽光底下的好時日也「疑神疑鬼」了？

這類相信通勝黃曆者、其來已久；一如相信風水的人，都抱持著「寧可信其有？」的心態，以求安心罷了。風水師們一般不會告訴求助的人，「風水」絕非靈丹妙藥，百試百驗？因為、要擁有好風水，其人必要「積陰德」外，尚要多讀書。為非作歹者如只要花錢找風水師，就能逢凶化吉？果如此、天理何在？

經營者若以為找個「好日子」為店鋪開張，從此可以一本萬利？生意滔滔客似雲來？那無非是迷信。經營有方的成功商家、誠信第一、貨真價實、服務態度良好，建立了口碑，自然會成功。反之、選上再好的日子，經營口碑一旦壞了，縱然真有神仙出現也難拯救啊。

二零一四年六月二日。

文星耀草原

——序〈烏孫古墓悠思錄〉

楊菊清教授從新疆伊梨傳來他的新著〈烏孫古墓悠思錄〉，託我為這冊多達三十七萬四千餘字的文集撰序；意外之餘也頗為高興，真是義不容辭的差事。在為數不多的追隨老朽學習文學創作的弟子中、這位遠在大草原的羊毛專家，他在文學途上的成就，不說經已出版的兩部著作，單是這部文集將來出版後，就足以讓作家楊菊清在華文文壇擁有一席之地了。

神交二十餘載後直至二零一五年四月中，我率領「世界華文作家交流協會」的文友們到廈門采風，彼此始初次相見。當參加采風團的各國文友們報到時，我們都好激動的緊握著手良久不放，眼前人敦厚樸實的氣質和單純的中國農民頗為相似，不知其身分的人，絕難相信我眼前這位中年人、在新疆大學校園及華文文壇均有知名度的學者與作家。

在廈門那段難忘的觀光途中，讓愚夫婦感動萬分的是，絕沒想到早已晉身為教授的人，卻仍然保持著中國固有傳統的**尊師重道**；不論上武夷山的石級或漫步崎嶇之路時，他總細心的扶著老朽，並不時提醒內子婉冰注意步道安全。團隊中其餘文友們必然心中好奇，當介紹後得知全程悉心照顧老朽的竟是位教授，真讓大家深感驚訝和敬重呢！

序文之所以用了近五百字先描寫此書作者，是想讓讀者們明白，一位好的作家必定要先是會做正直的好人，我等耳熟能詳老生常談的一句話：「**文如其人**」，對於這冊大書的作者楊菊清，其人其文都值得我們去細細研讀呢！

書題是從此書二十八篇散文中選取一篇而定，除散文外尚收錄了文史、書評、遊記與詩詞等類，真是洋洋大觀的一部華文文學著作啊。作者文筆流暢，想像力豐富，當年菊清初蒞墨爾本時適逢是農曆新年，在「墨城新春」的其中一段如此描繪：

雅拉河（Yarra）緩緩在緩地流淌著，新年鐘聲的臨近並沒有激起它的波浪，亦絲毫沒有介意喘流的車輛、觀光客和過往船隻的喧囂，它在努力地保持著自己的尊嚴與寧靜，可它向觀光客展露的美麗寬容的面容讓人人怎樣都難以忘卻！

作者巧妙的擬人化的把這條墨爾本市著名雅拉河，當成了一位高貴紳士，是為了讓觀光客對它難以忘懷。的確、只要蒞臨澳大利亞這第二大城市、屬於維多利亞州的首府墨爾本，莫不驚嘆這座文化城的典雅與美麗。妙筆生花的作者極成功的用曲筆描寫，並賦予這城市擁有「人」的靈思。

老朽定居墨爾本城近四十年，直至讀到菊清這篇文章，始知道雅拉河河面總共是有五座跨河大橋，真是慚愧喲！請看他以下這段所描：

五座造型各異的跨河大橋、把被Yarra河分割成南北墨城的兩大片又重新緊密地聯繫在一起，形成一種具備整體、和諧、協調的美感無論從哪個角度看都可以欣賞到。

證明作者對景物觀察入微、並非如普通遊客下車拍拍照而已。前往離開墨爾本城約一百公里外的菲立普島觀看企鵝時，他如此形容：

「觀光游客如同蟻聚，超過了這些小傢伙總數的數倍，看到這些可愛的小精靈邁著紳士般的步伐，卻有一雙閃爍恐懼眼神的眼睛時，同情之心油然而生……」，有多少觀眾能像楊菊清般對這些小小企鵝們、在黃昏從大海歸家時被擾攘而生同情之心？博愛心洋溢，這也證明了這位生活在大草原牧場的羊毛專家及校園內的學者，是有著無比的愛心。

閱讀那篇被用作書名的文章，如果沒有歷史觀及深入研究，是無法隨便從參考資料而能娓娓道來如數家珍般、將當年的烏孫國、烏孫人的生活，以及烏孫土墩墓的描繪，以及烏孫人民對辭塵後埋身墓穴的重視等等域外習俗呈現給讀者們，縱然只閱讀這一篇五千餘字的〈烏孫古墓悠思錄〉，定居大陸中原與海外讀者們必將受益良多，彷彿上了楊教授一堂極精彩的河西走廊的歷史課呢。

經常聆聽到新疆民歌：「在那遙遠的地方、有位好姑娘……」老朽耳際卻盈溢出歌聲彷似是：「在那遙遠的地方、有位好作家……」假以時日，楊菊清如能持之以恆的在業餘時不斷創作文章、有朝一日在那片廣闊無涯的大草原，在那遙遠的地方、一顆光芒的文星必定將照耀著華文文壇、是為序。

二零一八年三月十日初秋於無相齋。

文章的價值

當今的功利社會，世人價值觀向來是以金錢的多寡為標準；評價個人成功與否，也多以其收入或財富衡量。這幾乎已形成了風氣，因而父母們對下一代教育，耳提面命總離不開將來要兒女們當醫生、律師或大公司的總裁。對其他收入不高或難於覓職的學科，如藝術、繪畫、音樂、教育、文科等等，若兒女選上，必將大加反對；兒女若不順從、便如喪孝妣，彷彿後代前途已是一片陰霾？

早在半世紀前，南越華族社區也已瀰漫著上述思想；因此、當我初中畢業後，先父便要我繼承家業，直截了當去做個日進斗金的商人。說那麼辛苦的讀書，縱然考到博士，還比不上店鋪經理的收入？後來、知道我業餘投稿，整晚燈下爬格子，發表一篇文章的稿費，只夠吃頓午餐？真令先父母驚訝和反感。之所以改用那麼多不同筆名，無非是不想讓嚴父知悉我仍在發著「作家夢」？

亂世文章不值錢，其實豈止是亂世，自來便是如此；更甚者、因文字惹禍上身，歷來更是數之不盡。近代被視為「臭老九」者，在那枉有「禮儀之邦」稱謂的地方，任何風吹草動，首先被監視被扣押被鬥爭被折騰的必定是會寫文章的作家、學者。文章非但不值錢，還是禍根呢。

明知山有虎、遍向虎山行；一旦迷上文字而執著創作，最終圓夢成為作家。我一路走來，從年輕時的富商到成為難民、變為藍領工人、主編等身分，無論何時何地，總不忘創作文章，說是「文痴」也不為過。與文字結下不解緣，亦因文章而廣結文緣。

文章的價價，對我而言，曾經有的千字值百元，有的每篇只有十五澳元；更多的是不值分文，比如在網站發表或各地的免費報刊。可有時文章卻是無價之寶，是金錢換不來賣不到的「感情」、「友情」和「親情」。

就讀南越福建中學，初中二的班主任兼教國文的馮小亭老師，是紅樓夢迷，紅書中的詩詞朗朗上口。每次上課、看到老師微閉眼睛吟誦時、那份投入沉醉深深的震撼著我。不知不覺的被文字感染，已萌起了當作家的念頭。

後來芳鄰出現了一位品學兼優的窈窕淑女，拜倒石榴裙下的蜂蝶頗多；近水樓台之便，展開情詩攻勢，誘發了我創作新詩的動力。後來試將情詩投稿，幸得老編青睞，不但讓我擊敗眾對手而迎娶佳人，也使我走上了詩人暨作家之路。

忘了當年寫了多少篇情詩作品？因這些詩章而打動淑女芳心，詩稿豈是俗世的金錢所能計算？因而說成「無價」，絕不為過也。

大約是十年前，網絡上筆戰，被一班文痞及精神有礙的人無理取鬧；遠在香港的詩人飄雪挺身而出，義正嚴詞的以一對十為我仗義執言。終將那班無聊者打到落花流水逃之夭夭；由此因緣，竟萌生要她當我妹妹；感其真感其情，得此賢妹何樂而不為呢？

三年前去歐洲為先父母掃墓後，到離瑞士不太遠的奧地利觀光，在Horbranz小鎮一家華人開設的「青島飯店」投宿。店主胡征海夫婦熱情招待，他倆翌日要趕去維也納，為了無法與我共餐而感到不安。說早已認識我，也是我的讀者。幾天後當我們離開，沒想到該飯店經理拒收房錢與餐費；說是「老闆」已指示，平白受胡先生招待，卻連面謝的機會也沒有。那不單是三晚住宿、餐點花費的幾百歐元，而是素昧生平被對方熱情款待的那份濃得化不開的「情誼」。

去年收到吾友來電郵，說有位在德國的讀者劉逵行先生找我，問我要了郵址；便接到這位素昧生平的讀者來函，熱情相邀、希望能招待我夫婦在風景如畫的小城觀光，專誠為我們導遊觀光。這位早年從香港移民到德國的讀者，對神交的「作者」如此熱情，真令我萬分感動。

恰巧四月底我將帶領「世界華文作家交流協會」二十位學者及作家；前往荷蘭出席「中西文化研討會」，順便安排接受劉先生的招待。文章的價值，換回的一份無價的友情，又豈是金錢所能衡量？

去年十月收到一卷錄音帶，抽空聆聽，是林帶好女士的童年悲慘遭遇，這位心地仁慈者盼我能將其不幸公諸於世。目的是希望領養人，要發心善待不幸的孤雛們，而不應如她童稚時被虐待而受盡淩辱的苦難。

聆罷心酸，翌日撰打其悲慘故事：〈林帶好以德報怨〉一文，副題「記一位孤女的悲慘童年」。全文一千七百餘字，十月三十一日在《老子週刊》發表，先後在南澳時報、加拿大緬省華報、美國及紐西蘭等地見報，並貼上幾個文學網站。

絕沒想到的是，這位孤女讀後來電致謝外，居然怯懦的說，除了丈夫及兒孫外，在世上再無兄弟姐妹，問我可否做她哥哥？事情來得太突然，幾十秒的猶豫後，想起她與夫婿當年挺力支持墨市某團體合法主委而仗義執言，並與鬧事份子劃清界線的風骨，這份品德真是難能可貴也。

因而認真對待，擇日於十二月十八日，邀她夫婦到舍下向先父母遺照叩拜；從此黃家正式多了一位妹妹。一篇文章換來一位好妹妹，又豈是金錢所能替代與比擬呢？

文章的價值，可以是一文不值，也能成為「無價」之寶。世間上，並非事事物物皆能用金錢計算？拙作陳述的以上諸事，我因詩作、文章而贏取「愛情」、有了「友情」、得到「親情」，擁有「文名」，這些都是「文章」無法衡量的價值啊！

二零一二年元月廿六日澳洲國慶日於墨爾本。

汶萊國記遊

在我旅遊規劃中，從沒想到要去汶萊這個彈丸之地，只知這是個最有錢的王國，此外就一無所曉；及至接到「汶萊華文作家協會」的邀函，請我們出席「第六屆世界華文微型小說研討會」，才開始思量是否前往？

受邀的文友們在網上互相探問，最後馬來西亞的小黑和朵拉、紐西蘭的林爽、新加坡的艾禺和我們約定一起到汶萊相見。看來老友相逢比觀光更重要，於是下了決心去旅行社訂機票。

經營十餘年旅行社的林瑞芳，居然說從無旅客向她訂購往這個小王國的機票。沒有直航的班機，唯有乘新航，從彰宜機場轉機。電子機票打出來的地方和我所知的Brunei不同，而是Brunei Darussalam？小心起見，發電郵給汶萊華文作協的孫德安會長，孫會長有問必答，告知沒錯，那就是汶萊。

想起去年初觀光沙巴，錯失了和神交的馮學良文友會面，他夫婦也是創作微型小說，於是向孫會長推薦，難得孫會長給足情面，果真發了邀函到沙巴。如此、前往汶萊就變得更有意思了，一舉數得。

啟程前幾天，才知悉主辦單位可能安排我們覲見汶萊國王，要求出席者帶好莊重服飾，女士不可穿短裙，忌黃色衣服（那是皇家專用顏色），不能穿運動鞋和牛仔褲等等。好多規矩，入鄉尚且要隨俗，何況去皇宮。

十月二十四日深夜起程，託運行理事，印出來的貼條終站是Seri Begawan，汶萊竟又變成了「斯里巴加灣」？問機場櫃檯人員，他說是按機票上班機編號輸入，電腦為何輸出這合名字，他也不太清楚。這可讓我忐忑不安，莫要轉去一個陌生島國，那就啼笑皆非了。

到達新加坡，要等三小時，在候機室時向鄰座查問，她是汶萊人，證實了Seri Begawan是汶萊首都名稱，前者是國家全名，那顆七上八落的心終於放下了。

從彰宜機場再起飛，不到兩小時、在二十五日早上十一時十分到達了斯里巴加灣機場。澳洲公民要辦理落地簽證，排隊的連同我們只有六位，那兩位職員好整以暇，你急他一點也不急的說說笑談談天，我們排第三、辦好後經已正午，花去了五十分。心想、若在澳洲，不被炒魷魚才見鬼呢。

推行李過關、問我有無申報，我說沒有，再問有無帶酒，又搖頭，然後微笑放行，倒出我意外。老遠見到閘口外一張「汶萊華文作家協會」的橫額，五、六位接機者東張西望，大家都不認識，我們行到近處，主動招呼，說來自墨爾本。男男女女都擁過來握手，又是拍照又是問好，（可惜相機有故障，白擺了幾次姿勢）我也不知誰是誰，唯有問問神交的孫德安會長有來無？沒想到有眼不識泰山，他就是立我身旁合影者，並親自駕車將我們送到弘景大酒店。告知我們二位是最先蒞臨的作家，等辦完入住手續，這班熱情的文友才離去。

酒店在郊區，附近並無商場，說每兩小時有專車免費載住客到市鎮。到達後已開出一班，下一班是二時正。午休後、準時到櫃檯，竟已換了職員，說沒預訂，無法服務。豈有此理，我力爭下，另位男服務員主動要載我們去，卻用有冷氣轎車，約七、八分後鐘載到最近的Gadong熱鬧商場，並問我何時回去？心想也要用過晚餐吧，他說最遲是六點一刻，還是由他前來接載，真令我感動。

大商場連地下共三層，冷氣全天開放，因為適逢伊斯蘭教的開齋節，當地人有如過新年，人潮湧動，好不熱鬧。我生平最怕逛商店，但為了打發時間，只好隨緣，可惜這座商業中心太小，沒我家隨近Chadston市場的十分之一。在地下層超市買了久違的香蕉和木瓜，看看鐘錶只是三時半左右，如何等到黃昏？

要回酒店，到外找「的士」，哈，滿街都是豪華轎車，並無的士蹤影？問店員、告知「的士」是要電召才來。想打電話回酒店，卻找不到公共電話亭，當地居民人人用手機，誰會再用公共電話？這可苦了不知內情的遊客。徬徨無計時，意外見到大巴士，以為是我住的那家酒店，問了那位華人導遊，才知不是；幸而他頗有人情味，要另一位朋友帶我們到附近一家五星酒店，再由該酒店職員代致電，的士來時，幾位職員又是開門又是歡送，人情味洋溢。

事先孫德安會長和小林都知會，有事打電話給他們，可卻沒說明要用手機。我帶去的手機因沒換蕊片，在當地也就失去了功能。

酒店二樓餐廳居然叫「醉詩樓」，文友們見到都笑說是我經營的呢，真是無巧不成書。就在醉詩樓享用了西餐。回房後未久，竟接到電話說要來載我們、一起和剛到達的幾位作家用晚飯，事先沒告知，經已食飽了，唯有如實推卻。

整晚等著紐西蘭的林爽，直到十時許，她才來敲門，知她平安到達，也就放心了。我們比預訂日期早到兩天，主辦單位已為早來者安排了一日遊。翌日早餐後在樓下大堂集合，同遊者有佛山的韓英、邯鄲的張記書和也是作家的女兒張可，香港來的陳葒校長、林兆榮、林爽和我夫婦共八位。

導遊叫小林，能言善道，會講幾種語言，接機時經已認識他了。在小巴上多是他在講述，有問必答，人極風趣。走馬看花式的觀光，除了午餐時間，竟也到了八處景點，包括經過皇宮外，讓我們先睹為快。也去了原住民博物館，對早年原住民的艱困生活多少有點體會。

國王博物館極為宏偉、有出巡時專用的皇家專車及大內侍衛隊伍木雕，有後宮佳麗的國服，有皇親國戚的多類彩旗，令觀者目眩的是多不勝數的各國元首的饋贈，包括李鵬贈送的秦俑雕塑。

宗教博物館則陳列了回教的可蘭經手抄本，回教的文物，種種教義及該教的演變，還有不少伊斯蘭教的阿拉伯文字，全看不懂。

蜿蜒的汶萊河、河心建築不少高腳屋，是被稱為「汶萊的威尼斯」，有往來飛馳的水上「的士」，水上小巴，水上校車等交通工具。我們在碼頭下車，改乘水上小巴，九人魚貫上了搖擺不定的機輪，分兩旁坐定，這水上小巴竟在河面上快速前進，讓我們在熱風拂面中感到好玩和擔心。到河中央，在曲折的河道穿梭、水上人家約有三萬餘居民，是全國人口的百分之十。有幾間水上學校，因為節日放假，故沒見到學生。

遊船河未久，停在一處河中碼頭，大家上去，走在舊木板通道，有點驚心。

未幾來到一戶人家，主人笑臉相迎，導遊介紹原來是我們乘搭水上小巴駕船者的兄長之家。節日做了好多當地點心，要招待我們這些外來的華文作家。進了大門便是大廳，哈，真正名附其實的大廳，安放二十多張沙發椅，壁上掛滿家庭照，正中是國王的大相片。各式各樣的糕點都擺在桌上，主人捧來熱茶敬我們，嘰咕的指著點心，我們不再猶豫的隨意享用。

參觀這家水屋，共有四個電視機，廚房有三個微波爐，也有自來水供應。和陸地家庭並無兩樣。唯一有異的是廁所，排泄物都落下河中。告別時，大家都和主人合照留念，看來他好開心，笑嘻嘻的立在門前送客。

午餐後，再前往蘇丹清真寺，比先前所見的清真寺更大更宏偉，金光燦爛的大圓頂，老遠就能見到；可惜當天不開放，非回教徒不許進內寺內。我們唯有在寺外徘徊、找不同角度拍照。四週林蔭處處，噴泉流暢，水聲淙淙，真美的地方。

這寺之所以如此煇煌，原來是國王及皇室的禮拜寺院。

最後一處是帝王大酒店，心想五星級酒店也成為景點，未免小題大做吧？等巴士進入了專用車道，那份不肖心才收斂。及至下車，步入大堂，立被其無比豪華氣勢所震懾，仰首望，啊！高不可即的天花頂，四週大圓柱直通天花，富麗堂皇的宏偉建築，金碧耀眼。乘電梯要按五樓，才能到大餐廳，外出就是無敵海景了。穿過泳池走了好遠，到了海灘，往回望，整座大酒店面海屹立，壯觀巍峨；不但是六星級，且是國際數一數二的大酒店。難怪旅行團都將其列為汶萊特殊景點。導遊說認識老闆，明天就介紹給我們；原來就是汶萊國王也。也唯有國王始有此財富建築這宏偉豪華的大酒店。

一日遊到了尾聲，回程大家都好開心，說有機會再來汶萊，應該到帝王大酒店住宿才不枉此生。我們這些窮酸作家，總統套房就別想了，每晚要一萬五千美元。最低收費的房間一夜三百美元，還有資格享受呢。

翌日早上八時、汶萊的劉華源文友和夫人王昭英（一凡）開了兩部車，專來邀請我們用早餐，居然是到帝王大酒店；坐在美輪美奐的高貴餐廳中，喝咖啡用美點和各式水菓，受邀的作家和學者，享受了兩小時美好時光，人人都笑容滿臉。

想著中午將前往皇宮覲見國王，大家又興奮又緊張，期待一次人生難得的經歷。此次到汶萊，真是不虛此行啊。

二零零六年十一月四日於墨爾本。

書生盡言責

——《游藝風華》代序

洪輔國兄從洛杉磯寄來部分作品影印稿、隨後又接到手書大扎及即將出版的新書《游藝風華》序文，囑我為他第二部著作撰代序。愚夫婦於半世紀前在芽莊寧和市執教鞭時，與輔國兄有同事之誼；那段在平和小學內朗朗書聲的美好歲月，豈能忘懷呢！因此、再忙也要完成老友囑咐，至於拙文是好是壞也就不必計較了。

這冊新著含蓋了詩作、散文與小說三類文體；散文中又包括了遊記、社區與文化、舞蹈、音樂、攝影等內容，可謂洋洋大觀的一部佳作。捧讀後心湖湃澎不已，激盪腦際內的是老友文弱書生外表下，有顆對時代與社會的熱忱，無疑是位當代盡言責的書生。

詩作「禪境」是詩人參觀洛杉磯明月居士林的後感，禪宗講頓悟，這首十五行詩句中，詩人入禪已達「色即是空」的悟力，因而詩句釋放：「明月無界、佛法無邊」，點題的禪境是：

有色是無色
無色是有色

無所謂有沒有色

縱然是沒有經歷過戰爭的讀者們，當讀到「荒原之夜——越戰回憶之一」這首詩作，也必定會因以下詩句而震撼：

「屍骸模糊血肉難掩武器之遺跡」……以及

「射擊含冤怒焱之眼球凸突」

洪輔國對戰爭的憤怒控訴詩句如下：

「無聲之狂嗥未止、默然之冤號不休」

尚有如：「荒草遂若毛髮之悚然」

撰作詩之時、詩人沒忘文人對社會的良心，無意中依然盡了書生的言責。

好的遊記並非旅行社櫃檯上供人索取的景點介紹單張，那是沒有靈魂的資料堆砌而成的文字。作家眼中的景點，往往能看到過去與未來。

在那篇〈背包客的夢裡故鄉——舊金山〉文中，他如此著墨：「……在拂曉時分，曙光乍露，大霧籠罩橋身，朦朧迷惘，若隱若現如真似幻，充滿詩情畫意；令人心曠神怡，陶醉嘆息，流連忘返。」經過舊金山金門大橋的讀者、是否會有洪君文字中的繪圖呢？

同一篇章內介紹舊金山經典的「九曲花園」，如此行文：「九曲花園除了驚險刺激之外，它兩旁還種有不少奇花異草，彩色斑斕，頗具觀賞性；堪稱一步一驚慓，一步一璀璨。」

作家與非作家對景點觀感的分別、後者無法將觀感再呈現給讀者，前者有感而發，往往對美景注入個人感受；輔國兄所撰遊記，可說資料豐富，對入眼景點更是觀察入微，始能如此細膩的感動讀者。

其餘諸篇如：〈大洛杉磯——尋夢者的樂園〉；〈美墨邊城　風光旖旎〉與〈人間仙境九寨溝〉等，讀來都如置身仙鄉，詩情畫意躍然眼前。

散文輯中收錄了早年「越南《青年文藝》年代散文」部分舊作品，其中〈鐵血的溫柔〉介紹芽莊郊區新兵訓練營的「育美」，育美所在位於藍山區，文中這段：

你的邊緣埋伏有暴虐無道的藍山虎，是那迷途落魄的可憫戰士的劊子手。

一語雙關，藍山是否真有老虎蹤跡？不得而知，而越戰時期有的是越共游擊隊狙擊手，落單的共和軍戰士往往成了劊子手槍下亡魂。

〈園藝隨筆〉的〈文藝的方向〉，後段文末作家疾呼：「我們事文藝開拓的工作者，應該壓抑內心的悲痛，為廣大的人群，寫出鼓舞的詩章；寫出既悲且壯的時代史跡。……」盡言責的書生，下筆不忘大聲呼籲，那是一份社會良知良能良心的召喚啊！

洪輔國的社論，隱藏著的是一位正直書生的風骨，洛杉磯地區的華社及讀者群，深受影響不在話下。洪君關懷來自越柬寮社區的旅裔及團體，因而苦口婆心的發出震聾發聵的言論；如「越柬寮華人發展路向探索：以〈現代意識〉打造旅群未來願景〉，真是「擲地有聲」好文章喲！也是對華裔社區極有先見先知和高見的言論。

這篇洋洋灑灑的佳文，所提的四個現代意識是：「現代社團意識、現代文化意識、現代政治意識、現代經濟意識。」關心族群前途的讀者們，千萬勿錯過這一篇好文章。

人物描寫的篇章，如「潘家玉的舞蹈藝術風景線」，「葉紅以音符編織詩情畫意」以及「觀賞攝影大師李蘭秀——秋風黃葉選作後感」等等佳作，細膩詳盡，作家彷彿變成了旁觀者，欣賞後不忘向讀者推薦，讀者諸君千萬勿錯過啊！

再敲鍵的話，開卷的讀者們可能要說老朽嘮叨得未完未了；還是讓有緣的讀者們慢慢欣賞吧！

二零一六年十一月六日於無相齋。

明天會更老

無意聆聽到內子與小媳婦秀卿的對話中，內子感慨的說我們都老了；從新加坡來澳留學、最終與犬子比翼雙飛的秀卿，想也不想的隨口而說：「我們也一樣在變老啊！」

這位祖籍閩南的新加坡新生代，幾乎已將母語忘了七、八成；幸好還會講粵語，與我們沒有語言上溝通的問題。她自然的回應令我頗感震撼，這句話真是可圈可點呢。

在歲月的輪轉上，一日廿四小時對任何眾生都絕無例外，因此、老人家感嘆著日子飛逝如箭般的快速，眼底腦內所思所想以為只有自己「漸漸老去」？絕沒想到自己的兒孫、女婿兒媳們也同樣的過著「飛逝的日子」，人人皆平等皆相似的在無情歲月中慢慢的「老」去了。

有一首歌的歌名是：「明天會更好」？作歌詞者美好的意願充滿對未來時光的樂觀精神，也同樣鼓舞著所有唱歌的人與聽眾。不滿現實是人之常情，能在不如意生活裡，憧憬未來的明天會更好，起碼給人勇氣與力量。

但事實是否明天會更好呢？倒真不一定啊，端視個人的修行、運氣及努力的成果而定。蹚上好運氣者，說不定明天中了六合彩、頓成富翁，那麼、這句「明天會更好」變成了如假包換的「金句」啦。

可是、普羅大眾能走好運的人畢竟為數不太多，試想每週的六合彩，幾百萬人甚至上千萬人投注，可首獎若非一人獨享，頂多也是五、七人平分獎金。對於沒中獎的百分九十九點九的人群，「明天會更好」便剎時告吹了。

可是、絕不騙人欺人的冷酷事實是，人人明天都會更老；對於童稚者是毫無知覺，年輕人與中年人或為學業為戀情困擾、或為事業拼搏，好日子或壞日子還不是天天過？對於漸入晚景或經已垂垂老矣的耄耋白頭翁白頭婆，感嘆良多，不外是緬懷前塵往事，對於無多的來日心生恐懼或徬徨無奈。

昨晚出席在龍舫皇宮酒樓的「穗城校友會」聯歡晚會，放眼十餘席的賓客，幾乎超半是樂齡老人，找不到五十歲以下的朋友。與我同席的好朋友感嘆著說，再過十年社團將後繼無人了？尤其是這類「校友會」組織，那來新校友補充呢？

想想也合理，分布美、加、澳等西方國家的印支三邦華裔的校友會，都是三十餘年前印支淪陷後，先後逃奔自由而獲上述國家人道收容。新生代都在新鄉接受教育、泰半變成「黃皮香蕉」，豈會隨父輩參加其社團活動？更別說是與他們風馬牛不相干的校友會啦。

人生絕無可能過了今天、睡醒的明天，又變成一個今天；在無常迅速的當下，也許今晚就寢後，憧憬會更好的明天，竟永遠不會來臨了？今天身體機能還沒問題，可是、也絕難讓這經已老化的臭皮囊「明天會更好」？說不定明天起床，輕者讓腰酸背痛來襲，重者頭昏身熱或血壓升高、血糖過低等等不一而足的警號出現？

既然、「明天會更好」這句歌詞不能當真；那麼、我們就要重視「明天會更老」這殘酷的現實，知道身體老化、體魄功能衰退，就不要爭強好勝。與體力有關的作業，爬高爬低，千萬小心注意，能免則免；心態保持平衡，不與人攀比，生活隨緣，笑看春花秋月，淡然接受歲月魔手的撫弄。

世間最公平的事，無論帝王將相、凡夫走卒、富貴貧賤，只要是眾生，「明天會更老」便是鐵律，誰也不能動搖，誰也不可更改。不管信與不信，只要過了今天，一覺醒來的明天，名目上雖然又是一個全新的「今天」，可我們人人的日子已老了一天啦！

人生有多少個「今天」呢？我們聽到最嚮往的祝頌是「長命百歲」，百歲光陰無非是三萬六千五百個「今天」而已。少了一天，或老了一天，也就是說人人在漸漸老去的日子中，一步步接近終點啦。

明知人生有終點，年輕時浪擲了光陰，追悔可惜已於事無補了；晚景經已到來，是該心安理得的好好頤養天年。保持一顆不老心，讓每天平安開心的渡過，那麼、明天會更老，一點也不可怕，我們應該隨著歲月的步履堅強的面對它啊！

二零一三年九月十六日於墨爾本。

中國萬家姓氏

向來對中國人的姓氏認知，從小就先入為主的以為只有一百個？都因為「百家姓」深入人心；後來也漸漸明白其實不止那麼少？而又無法確知超越了一百後究竟是多少？

及至六年前應臺灣「禪機山」邀請赴臺北參加二零零四年元旦祭祖大典，喜獲主辦機構贈送一部由臺灣鬼谷子學術研究會出版的「中華道統血脈延年」；這部由黃逢時主編、混元禪師發行的典籍，不但記載了中華歷朝帝王簡介，收錄了八百六十二位帝王及包括近代兩岸十餘位統治者。而且根據筆劃次序刊印了一萬一千九百六十九個萬家姓氏。

「活到老學到老」是我一直以來的座佑銘，因為生有涯而學海無涯；我們所知所識對於浩瀚如宇宙星群的學問，實在極之有限。越學習越感到自己的無知，如從百家姓到千家姓，早先以為華族姓氏，能達千數應是極限啦？

得此典籍，捧閱下始明白，炎黃子孫的姓氏竟然多達一萬二千之數，實在大吃一驚呢。其中已有不少姓氏因歲月無情、天災人禍而滅絕了。亦因此大慈大悲的混元禪師所創立的「唯心宗」，才發起「二十一世紀中華民族聯合祭祖大典」，超度無數絕後的無主祖先。

收錄在萬家姓中、最簡單的是姓「一」，最深的是「鸞」、「龘」，複姓「鬱遲」那麼多筆劃，寫起來真難為了該姓氏的子孫們；居然還有八個字的複姓「特吉孟卡爾他苦魯」，應該是塞外民族的姓？若再加上名字，稱呼時也真不容易啊。

得此典籍後，在創作微型小說時，突發奇想；拙作中小說人物果真有反映人生、社會百態的實事，亦要避嫌。尤其是影射社會那些有頭有臉者，更要小心，始能避開被控上法庭的麻煩。並為了讓那些早已鮮見或已絕後的姓氏，能在拙作中重現，在網上貼稿流傳，何樂而不為呢？

如先後在作品中讓主角姓：「波斯」、「子如」、「阿」、「六」、「子有」、「笑」、「吹」、「明」、「干將」、「杏」、「十」、「千秋」等等；好玩外，也許對這些少見的或絕滅姓氏，讓其重生，說不定是種功德呢？

後來、聽說禪機山機構再找到了幾千個姓氏，是否有重新印發這部萬家姓就不得而知？日前報載中國自然科學基金支持下，出版了《中國姓氏大辭典》，總共收錄了二萬三千八百一十三個漢字姓氏。啊！先前以為一萬二千個姓氏已是極多了，如今才知中國人歷代各族人民，竟是有兩萬三千多姓氏，實在更出乎意外呢。

中國科學院的姓氏研究專家袁義達先生功不可沒，幾十年來默默無聞的做著極枯燥乏味的研究作業。這本《中國姓氏大辭典》的出版，有助於基因史及家族史的研究。因為中國姓氏是由父系世代傳遞，有如人類Y染色體的遺傳，故奇姓、少姓、罕見姓都成為珍貴文化遺傳。

最長的姓不是八個字，而是「伙爾川扎木蘇他爾只多」十個字，除非記性超強，不然真的極難稱呼呢？可能是少數民族姓氏發音的漢文翻譯吧？

兩萬多個姓氏，幾乎再怪的字都會有是別人祖先流傳下的姓氏；如：甡、鬻、貝、汆、釆、邛、尕、[illegible]、邰、椻、哞……，說來慚愧，不少這類姓我見所未見，連發音也不會呢。還有方向如「東、南、西、北、上、下、左、右」也全都是姓，此外開門七件事：「柴、米、油、鹽、醬、醋、茶」，這七個字也是華族之姓呢。如柴玲、米雪、米芾都為世人所知。

中華文化精深博大，單是這萬家姓氏，除非是專家們；不然、我們誰也不敢說能全讀懂這些姓氏。無法明白，最初始的姓，祖先們是如何取用？為何會擁有多達兩萬三千八百餘的中國姓氏？今天存留還在沿用的又有多少？將來是否會衍生新的姓氏？

真是書到用時方恨少，身為華裔，若一旦被外族友人問起，閣下能否讀懂全部貴國姓氏？除了搖頭苦笑外，真個汗顏啊！有句話說得好：「今生讀書已太遲」，那些博學之士，應該從幾世前已孜孜不倦的讀書學習了。

某些自命才子者，無非只學會洋文、外加拋幾句古詩詞就敢招搖？這類不知天高地厚的狂妄之徒，在無涯學海裡不過是井底蛙而已。

二零一零年十一月廿一日於無相齋。

盈溢詩情畫意

——序郭永秀詩集

認識新加坡著名詩人郭永秀先生轉瞬三十一年，兩年前由於感念這位詩人對老朽的厚愛，盛情無以為報，特撰了一篇〈郭永秀老師——愛講故事的詩人〉，在各國副刊園地及網站發表。

七年前我創辦了「世界華文作家交流協會」，由於永秀兄在新加坡的高知名度與備受海內外詩友敬重的正直人品；因而邀請永秀詩兄擔任副秘書長職銜，實在是藉助他的威名為「世界華文作家交流協會」增光。

欣聞詩人的新詩集即將面世，沒想到的是竟要我為詩集撰序；躊躇再三唯有不揣淺陋，膽大妄為的硬起頭皮獻醜，不當處請詩壇方家們及永秀詩兄包容。

打開網頁詩集後，即被全書收錄的作品及每篇詩稿的配圖深深吸引，大家皆知永秀兄不但是著名詩人、作家、且是攝影家、音樂指揮家、作曲家、更是「工藝教育學院」電子與電腦科的講師。那些配圖全是出自永秀兄的攝影佳作，真正是「圖詩並茂」、盈溢詩情畫意的一部上乘的詩集了。

目錄展示有「詩與畫」專輯六篇，用幾位知名畫家的畫作為題材而撰出詩篇，四篇序文，七十六首詩作品及附錄六篇。算得上是洋洋大觀的現代詩專著了。

老朽廁身洋域多載，對海內外華文詩壇是否已有詩與畫、詩圖並茂的詩集，真是不得而知？若沒有的話，那永秀兄更是開創詩壇風氣之先，可敬可佩也。

拜讀完全集作品後，認為書中每一首詩作品都能由詩評家撰作詩論，老朽的序可真是「班門弄斧」啦！限於篇幅及個人的膚淺，只能隨意挑出以下的九首詩作中，將感想塗鴉，還望讀者們指正為感。

〈詠長髮〉節錄九行、詩眼是以下這兩行：

千種柔情萬般蜜意
都在這溺人的黑漩渦裡……

那一頭濃黑披肩的長髮、倩影側身而遠眺，詩人沒有描寫美人風姿，那千種柔情和蜜意表露在披肩且溺人的黑旋渦裡；讓讀者隨著詩句引起無限想像。佳人長髮波浪似水、才會「溺人」，任何男士有緣遇上這位美人、豈能不被「溺」於無限的美麗中呢？

只有七行的「希望」，配上兩枝向上招展的參差紅葉，開始兩句即誘惑著讀者眼睛了：

就算葉子全掉光了，

我的憧憬仍在、希望仍在

傳達的豈止是積極人生、還有不屈生命中的正能量、無悔無懼勇往直前，開首詩句即成詩眼，若無非凡功力，實難做到。以下這首「等待」的第二段最後三行：

愛的季節，因為有你
連車輪碾過的小草
也能領略我們馳騁風中的幸福

在愛的季節中、由於有愛，詩人跨張的將被車輪碾過的小草，擬人化的不但不知疼痛，且能領略相愛的人在風中飛馳的幸福感。

詩人與嫂夫人觀光西澳柏斯，撰下了〈夢的莊園〉，美景下詩人美好的心情是：

心情，是冉冉升起的朝陽
停泊在林中群鳥的啁秋裡
澗水靜靜流淌著秋日的逍遙
水鴨在琉璃的鏡面上

追逐　愛的詩篇

五行詩句中蘊含了陽光、森林、群鳥、流水、鴨群、追逐、秋季、鏡面等等新鮮活潑的圖畫，真個是詩中有畫、畫中藏詩了。

以畫入詩、為畫家吳怡龍的作品〈金玉滿堂〉彩畫撰作〈視覺的饗宴〉，有以下四詩句：

宛如高高掛起的
燈籠，點亮了
希望，點亮了世界
點亮，所有饑渴的眼睛

高掛起的燈籠，不但點亮了希望、點亮了世界，還點亮了「所有饑渴的眼睛」呢！四句詩接連用了三個相同的動詞「點亮」，不用火柴，詩人心中盈溢的是光明、是亮麗、是對世界充滿了「希望」。

每次去新加坡，永秀兄嫂必設盛宴款待愚夫婦，幾乎餐席上必定會有這道佳肴：「辣椒螃蟹」，詩人出神入化的描繪出螃蟹被人享用，蟹殼被鉗時竟然發出了呻吟聲：

剝開死硬派的
堅殼，用蟹鉗一夾
一連串清脆的碎裂聲
如若來自深海的呻吟

詩人若非細心觀察、斷難撰出如此妙趣的佳句；箇中尚含有詩人對有情眾生悲天憫人的愛心。

又一首用佳餚入詩的是新加坡另一道名聞遐邇的〈海南雞飯〉：

敷上麻油面膜之後
就成了餐桌上
一道亮眼的　風景

佳餚美味，品嚐前竟然讓眼睛亮起，變成了美麗風景；將現代詩的意趣及意象無限伸展，是萬分高明的手法。

泰華著名詩人曾心先生，在曼谷建有一座小紅樓，永秀兄前往泰國觀光時；新、泰兩個著名詩人合影於小紅樓，配圖成詩作：〈池魚〉，其中有詩句如下：

不知憂愁的
魚兒，就在池塘邊
追食詩人們
一再吟咏之後
遺棄的
詩句

池中魚群競相追食的魚糧，居然是詩人們苦苦吟咏之後，那些已被詩人遺棄不用的「詩句」？想像力豐富到非一般人所能想到呢！真是可圈可點的絕妙好詩呢。

詩人永秀兄的耳朵、聽覺比常人靈敏百倍、詩心更是與天地萬物相通。在〈金針花〉的這首詩作品，有以下三句詩：

無聲的喇叭
張開時，每個人
都聽到春的訊息

金針花朵開花時，花形仿如喇叭，卻是吹不響的無聲的另類喇叭，可是、當花開剎

詩人郭永秀與夫人合影。

那，週遭人群竟然「都聽到春的訊息」啦！這個動詞「聽」字，是全詩最為靈動的詩眼了。

這部洋洋大觀的詩集面世後，愛詩的讀者、有緣捧讀欣賞時，必定如老朽般會愛不釋手。也會因此詩集的發行，新加坡詩人郭永秀先生的詩名、定將傳之後世。

將來要研究當代「世界華文詩壇詩人」的學者專家們，肯定會尋找郭永秀先生的詩作品，作為重點研究對象呢！老朽限於有限才學，本不該在此獻醜，承詩人厚愛，才敢「拋磚引玉」，以上是個人觀感、期待詩壇方家們指教，不當處也盼永秀詩兄包容、是為序。

二零一七年五月三十日詩人節於墨爾本。

享受營養早餐

美國前中央情報局職員斯諾登、帶著幾個手提電腦、藏著大量美國政府竊聽人民及各國的機密證據逃離國境，前往香港後又轉去莫斯科。引起舉世嘩然、各國紛紛指責美國的「惡行」？

美國奧巴馬總統辯稱那是為了「反恐」獵取情報之用，同時調侃說、世人對他每天享用什麼早餐並不想知悉，但對他與內閣官員或內閣要員的談話，卻充滿了濃厚興趣，道理相同云云？

由於這個世界超級霸權大國的總統這番似是而非的辯解；讓我想起向讀者公開、有關我每天享用的營養早餐的調弄。也算是野人獻曝，或能改善今後身體健康，不妨耐心讀讀。

自退休後的近十年，為了公平分擔家務，早餐由我負責；晚餐由內子婉冰烹飪，午餐則各自烹調、互不相干。反正婉冰比我晚醒、如此分工她正中下懷。

剛開始也真有點忙不過來，久而久之，也就駕輕就熟了；主要的是經已知道要用的早餐材料放置地方，調弄起來便得心應手。先岳母生前曾多次蒞臨墨爾本探親，晨起享用早餐時，還真是樂滋滋的對我這個半子贊不絕口呢。

兩年前大作家陳若曦教授到寒舍作客、早起必在廚房邊食水果邊「欣賞」我快速移動腳步烹調早餐的過程。笑著說她的眼都看花了？那六天每晨我預備的餐點皆相同，可是陳大姐卻喜歡極了，還說以後回臺灣也要學做如此早餐享受。

閒話表過，言歸正傳。每天六時起床、十五鐘後就進入廚房、開始烹煮早餐了。總共約花三十分鐘、早點便弄好了。對於趕著上班或上學的人，要等半小時才能有早餐享用，我想誰也不希罕這頓早餐啦。

關子賣過，容我詳細介紹這三十分鐘的工作程序。以下調弄的是兩個人的份量，也就是每人一湯碗，接近兩個普通飯碗的量。

首先燒半壺開水、再將一湯匙的枸杞子放入空碗。接著拿出美國老人牌的麥片、掏四湯匙放入小鍋裡、再加半湯匙紅葡萄子乾、一湯匙的蔓越橘乾（Cranberries），再加上一湯匙的無糖黑芝麻粉、半湯匙的杏仁粉。

開水剛剛燒滾了，用咖啡杯倒兩杯熱水放入鍋內加上鍋蓋，同時倒半杯熱水到先前準備好的枸杞子碗內、拿一個碟子蓋上。

取出兩個大空碗、分別加上兩顆李子乾（Plums）、從冰箱取出急凍的美國入口藍莓、（Blueberries），每碗放入一湯匙半。（新鮮的藍莓很貴，急凍的美國藍莓每包一公斤即1000 gms）；然後再加上半湯匙的核桃、幾顆新鮮的沒子紅葡萄。

拿出茶葉罐、用匙掏出後放入茶壺。同時移步到電水壺處，加上清水再按好電源燒水。

將兩個杯子擺放好，每杯加上兩顆代糖或者是一咖啡匙的蜂蜜、再掏出意大利入口的Lavazza Torino牌子的純「阿拉美加」（Arabica）品種的咖啡粉，放入咖啡壺。不喜歡這類口味的讀者，推薦新產品的即溶咖啡粉Moccona Hazelnut，可放入一咖啡匙或兩咖啡匙，隨個人喜好喝濃郁度高的或較輕淡而定份量。別忘了每杯放上一咖啡匙的Coffee-Mate，也叫做：Coffee Whitener，白奶精增加入口滑潤感。喜歡喝純黑咖啡的讀者，就不必加上。

這類即溶品種每罐95 gms（即九十五公克，一千公克等於一公斤、也就是one kilogram），售價將近十澳元，因為調配上榛實（Hazelnut）的成份，價格變得相當高檔。咖啡香混合了榛實濃香，極為可口芬芳。

水滾後先泡茶、再沖咖啡，然後將香噴噴的咖啡捧到餐桌上。

接著將浸泡的枸杞、倒掉碗中的水，再用清水洗過後，才將碗中的枸杞全倒入鍋內，鍋內的燕麥經已將先前的水吸乾了。打開冰箱拿出豆漿或鮮奶倒出一杯加入鍋內，扭開爐火煮沸，記得要用湯匙攪動鍋內的燕麥，以免沾鍋底。

鍋中燕麥沸騰後，再等半分鐘，才熄去爐火。不要即時倒出、再等兩分鐘才將鍋內煮熟的麥片分別倒進碗內，捧去餐桌前。若怕太熱難入口、可再拿出冰箱的鮮奶或豆漿倒入碗內，用湯匙攪拌，即可立刻享用了。

就在等待倒鍋中麥片前的那兩分鐘裡，轉身將牛油、植物油、花生醬、蜂蜜或藍莓醬、乳酪以及麵包通通搬到餐桌上。十年如一日的動作，經已想也不必多想的自然完成，難怪陳若曦大姐笑我彷彿如行軍打仗一樣的快速。

以上全部配料包括燕麥、咖啡等，都可在Costco大批發超市購買、或在Coles超市都有。精明的讀者，從以上烹調的早餐，可以算出這頓早餐包含了多少不同食品嗎？

我因為每天用眼睛的時間最多，除了睡覺外，幾乎醒著的十六、七個小時、都在用眼睛；因此特別重視對眼睛的保養，枸杞與藍莓都是明眼的食品，除了老花外，老朽至今並無白內障、近視等眼疾。

其餘配料也都是身體極佳的補養品，百利而無一害也。

要擁有健康的身體、除了每天做點運動、散步或早操，生活起居有規劃、充足的營養實屬重要。

對自己每天所烹調的早餐、食用時色香味皆全，可口誘惑，真是津津有味呢！一日之始在於晨，晨起有如此美味營養食品，可算是極佳享受啊。

二零一三年七月五日於墨爾本。

東京花季驚艷

三月十八日黃昏、飛機降落成田機場，順利過關，三兒明哲已在外招手，母子父子又是摟抱又是握手，歡喜無限。

啤酒、拉麵祭過五臟，乘巴士前往東京；票價每人三千圓，一個半小時後到終站Shibuya-Ku（涉谷區），再轉的士去Daikanyama（代官山）上車底價就是七二零圓。（本文幣值用日本圓，一美元約對一百日圓。）

有地震陰影、故電梯比香港的慢，爬三十樓要一分鐘；媳婦迎門，鞠躬行禮，正統的日本禮節；弄到我有點手足無措。婉冰見到新媳婦，摟摟抱抱，好不親熱。

客廳大玻璃窗外美艷的夜東京映眼，閃爍星光如散布鑽石，又似夜明珠一串串的點綴四周，真個目不暇給，捨不得進睡房。殊不知房內也有窗口，竟別有洞天，是另一畫面，璀璨亮麗，同樣迷人。

翌日、乘地鐵前往橫濱華埠，兒子早已買了火車卡，類似香港的「八達通」；四十分鐘車程，十餘節車箱，竟只聞廣播報告站名，乘客們仿若啞巴，人人埋首書報、看手機查短訊。公共地方不喧囂的德行，實在令我起敬。

到了華埠，對兒子講起國父當年來此籌款奔走革命的事蹟，久仰的橫濱（Yokohama），令我心情開朗。華埠比墨爾本、雪梨大得多，滿街燈籠高掛，中日文店名或豎或橫，商鋪裝潢色彩繽紛，艷麗無比。宛若過節，盈溢洋洋喜氣。

參觀了建立百餘年的關帝廟與天后廟，兩廟前後街之隔，皆遊人如鯽。華埠各類餐廳酒樓多不勝數，中華文化獨特的飲食，看來比五千年濃郁書香更為引人。飲茶自助餐每人二七零零圓，經濟抵食也。

二十日、在風雨飄搖中前往Asakusa（淺草區），是日為金龍山淺草寺春祭；各地善信、觀光遊客湧至。進入山門長長的石路、但見大小雨傘互相踫撞，蔚為奇觀。兩旁攤販各展奇招叫買，東洋小食飲料應有盡有，並無香燭之類參神用品。卻有不少吉祥符咒、求福壽保平安等飾物售賣。

大雄寶殿距離頗遙，見不到是何方神聖？參拜前皆要用清泉洗手嗽口，以示恭敬。寺外四方架上掛滿了遊客留下的許願木牌，每塊五零零圓，生財有道。

最大的魚市場在附近，去著名壽司店享用地道日本餐，款色眾多色香味全；其中蟹漿及星魚壽司，極為可口。餐後漫步漁港，陰風細雨遊人少，海鮮批發清晨四時營業，過午人潮已散。

回程所乘火車，掛有「女性專用車」？原來上下班時，若亮出燈號，就是女性專用了。日本鹹豬手特別多，「專車」是為了保障女士們不被侵犯。

第三天行程，去Harajuku（原宿區）的明治神宮，是帝皇參拜的廟宇，建築宏偉，氣勢攝人；入廟通道寬闊、濃蔭蔽天。日本信眾極為虔敬，恭拜後都奉獻香油錢，扔入鐵箱。Shinjuku（新宿區）有不少華人、韓人聚居，也是紅燈區所在；市面熱鬧繁華，五光十色；商店物資豐盛。地鐵共三層，如蛛網分布，經多次地震皆可承受，可見其科技發達，國力強盛。

二十二日前往東京鐵塔，東施效顰之作，無法與巴黎鐵塔相比。轉去皇宮公園，廣場面積極大，綠草青翠無際，觀光客一團又一團，人人爭著拍照。每年國慶與天皇壽誕，皇宮才開放讓人民參觀。

銀座是東京心臟商業區，舉世聞名；果然不同凡響，中心大街禁止車輛流通，處處擠湧著人流。世界名牌店鋪競相映輝，日式午餐每份八千圓，實在高消費。

翌日早、乘火車去旅遊勝地Hakone（箱根），因為是週日，特快火車已滿，唯有搭慢車，來回票五千圓，還包括乘覽車、巴士及海盜船遊湖。終於到達海拔近千尺的景點，都是人潮，市區全是各式餐飲及特產零食店，日本遊客都會買回去當手信，兒子也買了一盒糕餅給太太。

乘兩次覽車觀望富士山，山頂終年皓皓白雪，當日天晴，因而讓我們清晰見到整座山的真面目。這座活火山一旦爆發，東京將成死城；科學家已考證恐龍滅絕，就是火山噴發所致。

溫泉煮蛋，蛋皮黑色，說食了多七年壽？六個售五百圓，果真靈驗，五千萬一個也會有人買呢。嗅到烤番薯香味，大喜、二百圓一小條，寧棄七年壽也買香薯享用。

到處人聲沸騰，入耳多是國、粵、閩南語的大陸、港臺遊客。入鄉不能隨俗，無法有東洋人教養，人民素質是百年時光才能樹立。回程每人加八七零圓改乘快車，省下了四十分鐘，誰說錢不能買光陰？到家也已七時半，享用魚生、和牛、河豚及高級清酒，父子對飲直到深宵、醺醺醉意中各自就寢。（和牛：日本國產牛肉，分四級，甲級每公斤二七，零零零圓，即二百七十美元。）

最後一天，還無櫻花蹤影；去填海新城江東區附近的「臺場一丁目商店街」，大商場二、三兩層竟是「小香港」，為舊香港縮影，倒也引來了不少觀光團。

無意發現通過天橋竟是豐田公司的大展覽館，兩層建築，擺滿各類新車，任觀者隨意進入車內，所展之車，在澳洲還未出售。小型車只售一百一十萬圓（約一萬一千美元），較澳洲便宜得多。最高檔的也只售五萬餘美元。

有車道供試車，是否買車也可排隊，免費試駕。最妙的是四部仿似電動遊戲車，服務生是來自上海的留學生葉青、以為是日本女孩。婉冰爭先排隊，上了車開動後，不懂駕駛的她，嚇得臉青口白，後悔不已。東踫西撞後，下得車來已滿頭大汗。兒子在日本，久不駕車，試後勉強滿分，我則拿到B等，寶刀未老，真個開心。

排隊進入展場影院，要先觀看條例，婉冰主動退出。和明哲一起入內，扣上安全帶，全院幾十人。開動後，大銀幕竟是賽車，我們座位升起，仿若正在駕駛跑車比賽，時速數百公里，與其他跑車踫撞閃避，緊張刺激，驚呼聲四起。難怪要先讓來賓讀過規定，以免發生意外。觀畢大呼過癮之至，也幸虧婉冰有自知之明，不敢參加。遊東京的朋友，不要錯過豐田公司的車展場所觀訪。

二十五日搭乘黃昏的班機往舊金山；早上散步到Naka Meguro（中目黑），排水大渠畔（初始還以為是河流呢？）兩邊的櫻樹，竟已花顏綽約，映眼盡是粉紅及雪白的花朵，重疊纏繞，纍纍開顏、笑意招展、艷色無邊。技椏橫豎穿插、將兩邊小路的屋宇露臺也含蓋了。高掛水渠上的櫻花，密密麻麻，交叉依偎，競相吐香。

我家門前也有顆櫻樹，每年九月花開，一顆樹的花與成千上萬顆樹齊齊怒放的花海，觀感全然不同了。那份美，真非文字所能形容。花道綿延幾公里，路人莫不拿手機拍照。櫻花品種過百，我非植物學家，無法分析；只感受那奔放的艷麗及幽香，陶醉在千姿百媚的花容上。徘徊躑躅，一步一回首，從不同角度觀賞櫻花的至美，實在大飽眼福。我們真幸運，在離日本的當天終能待到櫻花盛開，了卻賞花心願，高興萬分，可說不虛此行。

二零零八年四月二日於舊金山旅次。

東京近效櫻花盛放。三兒明哲拍攝於二零零八年三月。

食熊掌過重陽

兩年前遊黃石公園、路過愛達荷州Pocatello市一家中式自助餐，由於導遊的介紹；知悉店主是業餘獵人，到達時在大餐廳內、果然見到一隻栩栩如生的大黑熊標本。

匆匆用過午點、即找經理說要見店主人，經理致電給店東後，未幾出現眼前的粗獷漢子操著四邑口音與我寒暄。天性好奇又好問的敝人與他一見如故，在短短半小時內、詳問了這位獵人生平及有關狩獵種種事情。熱情好客的店東打開手提電腦，將無數拍攝下的戰利品展示。對著螢幕顯現的各類被獵獲動物，確信眼前人真是一名成功的狩獵者啊！

互換名片後、告別時沒想到他依依不捨，並衝口而出的說：「你留下、我請你食熊掌。」剎那間我訝異到彷彿靈魂出竅，幾乎不敢相信耳朵傳入的聲音？為怕我不信，還強調數年前中國某省長曾被他招待享用過熊掌佳餚呢。

大巴團友都已在車上等待、內子及長女、外孫三人也早早上了車；生平首次面臨了「魚與熊掌」的取捨？回返大巴向團友們說明遲到因由後，再　躬道歉，終於捨「熊掌」而繼續旅程。

與這位外表粗獷的業餘獵戶透過了電郵續緣，意外於他的中文修養頗佳，正應了「人不可以貌相」這句名言。當年他許諾兩年後會到墨爾本見我？萍水相逢、匆匆一別，相隔萬里遙，對初識者的言談、並無放在心上。

年中接電郵，驚訝於那位獵人竟是極重承諾者，果真攜眷光臨墨爾本；茶聚時談起我們將於十月再赴舊金山、參加姪女于歸之喜。沒想到他說到時又將外遊了，要預先將熊掌送到小女家中。

遠嫁美國的孝順女兒美詩、電郵中知道了這位熱情長輩許普群先生，要親送熊掌到她家中寄存。隨即與他通了電話，約好時日等待。在某一天黃昏，迎接到駕車十多小時才抵達舊金山的許氏伉儷，除了熊掌外尚留下一隻天鵝、一瓶珍貴的熊膽酒。

未久、我就接到了這位古道熱腸者的電郵，附件打開後、始知是烹飪熊掌的方法：

「首先，先把熊掌清理乾淨，在每个手指之間切開一條條。

將乾鮑魚，海參，花膠，用清水浸泡一个晚上。把熊掌和乾鮑魚兩樣及少量的薑片放在鍋裡慢慢用中火煮，大約四小時以後，以這兩樣咬得開為準。

然後把海參及花膠一齊放下，再煮一至二小時後，應該全部都能吃了。

再放入海參花膠後，要掌握火候，切不可把海參與花膠煮爛。然後再調味，以蠔油味為主，須略加一點糖為佳，打上薄薄的薑汁，試試看。」

看了那些名貴配料，可真令我感慨良多呢；這道天下名菜，實非一般平民百姓隨便可品嚐的啊。內子婉冰的弟弟伯誠是美食家、即將烹飪熊掌方法轉去，他高興萬分的回函說除了乾鮑魚沒有外，餘者全由他供應。他食遍各式佳餚，但至今仍無機會品嘗熊掌這道「滿漢全席」上的名菜。我們並相約在他千金婚禮過後的下一個週日共享用。

到了美國後，方知婉冰為了讓我與她弟弟能盡享佳餚，竟暗中托義妹、赴香港時，花費了三百澳元購回十隻乾鮑魚。她自己卻對這道名菜敬而遠之，真令我感動。

忙完了婚禮婚宴的內弟，開始準備依法烹調熊掌了；我只知伯誠是美食家，並不確知他是否能掌廚？多次赴美獲他邀宴，滿桌的美味菜餚、知道是他那位賢能的臺灣太太林美齡主廚。而這次為了萬無一失，我鄭重其事的拜託了美齡，相見時我愛用閩南鄉音與她傾談，一可解鄉愁、二也份外親切。

與伯誠訂下品嚐熊掌的日子，我們都不知道當天是重陽節？婉冰事親至孝，前來參加姪女大婚，蹤巧遇上重陽，自然要兒女們陪同為其先父母掃墓，掃完墓、當日黃昏前我們便趕到了Hayward區內弟的府上了。

小兒子明仁專程去買了兩瓶法國XO美酒，是夕主菜當然就是我們期待已久的熊掌；全席十四人，只有我與伯誠、其公子東輝、我的小兒子明仁、長媳婦及其夫君等六人分享熊掌。大家爭相拍照，然後由我開始先嘗試。

辛苦了整天的美齡及包括婉冰在內的八人都說怕怕？婉冰勇敢的品嚐了鍋內的濃汁，說又香又甜。我當初還真擔心那一對小小的熊掌，僧多粥少不夠分配呢？最令我意外的是小兒子明仁和侄子東輝這兩個幾近洋化的晚輩、以及臺灣長媳婦曉娟都敢食用。

烹煮後的熊掌、外皮色澤深黑，模樣真難看？皮下是一層厚厚的白脂肪、入口潤滑、感覺仿如豆腐，又不全像，滑而不膩。指節的肉不多，肉味像豬肉。細細品嚐，心想若無那幾類名貴配料相佐，就不會又香又甜了。內弟存放了幾十年的越南上等花膠、昂貴的東北刺參以及那十隻乾鮑魚的總價值已超過一千美元。無價的熊掌是美食家們夢寐以求，但若無那一千多美元的配料，只不過好像蒸煮的鴨掌而已。物以稀為貴，金錢買不到的熊掌，入口後也不外是舌尖味覺的剎時享受，與健康長壽毫無關係。

伯誠告知，準備功夫實在辛苦了，尤其是去毛的工作極麻煩，總共清洗及烹調時間是十餘小時之久。有幸品嘗到熊掌這道被形容為「天下極品」佳餚？實在要感恩許普群及內弟葉伯誠伉儷。終能如願，是遠赴舊金山參加姪女婚禮的意外收穫，食熊掌過重陽，可算不虛此行啦。

二零一三年十月十五日於舊金山旅次。

顛覆幸運數字

對於並無生命也無靈魂的數字，其實和人類存在的各種書寫文字一樣，是一組符號。無非用來表達號碼、數目、計算、標示日期及時間等用途。亦是範圍極廣的一門科學，代數、幾何、微積分等等方程式，都雖要有數字才能演算。

歷來各民族都會存在著對某一數字的喜惡，如西方人因為宗教理由而討厭十三這個雙位數，認為不吉祥。所以有些升降機就沒有十三這一層樓了。門牌也如此，買了十三房屋的業主，將來出售是會少了一部分洋人買家。甚至有些建築商乾脆在物業承建後、將門牌跳過了十三號，可免被顧客挑剔。當然、更有人在這一天是不敢乘火車乘飛機，以免發生意外？若十三日再遇上星期五，說是大凶之日，名為「黑色星期五」。

中國人大概過往太窮了，因而想錢想到幾近瘋狂；無時無刻不在想著「發達」，故此、與「發」字諧音的八號，就身價百倍般，變成人們追求喜愛的一個數字了。

駕車時每見到我前邊汽車車牌數目是：八八八、一六八、三三八、二二八、八一八等等含有八字者，車主大多數是華人；若在香港這些與八有關的車牌，更要高價競投始能擁有呢！有時、不免想著這些人應該是愚夫愚婦之流，始會迷信數字吧？可是、迷信數字者，原來與學識、職業、智慧無關；因為這些人中也有醫生、專業人士。

當然、商業社會有利可圖時，就會有懂得迎合人們心理的宣傳、炒作；至令人們在「寧可信其有」的心態下，情願花錢買回所謂「幸運號碼」。至於是真是假，也就如人飲水冷暖自知了。

如果八字果真是幸運數字，那麼不久前、「模拉克颱風」橫掃臺灣南部造成慘重災害，就不該是在八月八日那一天呀？對於臺灣幾百位因風災喪失生命者及其家人，以及被颱風害到無家可歸的災民、無數農產品被摧毀的農民，八八這一天是凶日啊！八號那來的吉祥和幸運呢？

記得離奧運開幕還有八十八日，即五月十二日（五一二相加是八）、下午二時廿八分，四川汶川發生了八級大地震。這場大浩劫的年、月、日、時、分甚至地震級別都與這個被看成「幸運」的「八」號有關。」

再證之這次「摸拉克颱風」災難蒞臨臺灣的八月八日，這個所謂幸運數字是多麼的凶惡啊！對兩岸所有不幸的災民來說，這個八字簡直就是窮凶極惡、最不吉利的數字呢！

命運裡的吉凶禍福因人而異，若其人吉星高照、無論車號、門牌是那一組數字；都不影響鴻運當頭，凡事必逢凶化吉，諸事如意順利。相反、命理帶煞者，並非購買一個有「八」字車牌，就能催吉避凶，就能發達發跡了？

洋化的兒子，花錢買了個有八號的車牌，問故、答曰為了將來售車時易出手也，說是保值，因為太多人迷信這個「八」字了。見證過擁有八號車牌的友人，不但不發達，反而家道中落，生活困難要靠福利津貼度日。每見到他那部二三八車號時，總感到諷刺。

活的人要靠沒有生命的數字改運，如果真靈的話，天下富豪們必然世世代代都富甲天下啦？也不至出現二世祖敗家子了。因為有錢就可高價競投到八八八、一六八等等「幸運」號碼，豈非成了永恆的「富豪」家族？

想錢想到幾近瘋狂者，才沒有想到八字除了是「發」諧音外，而發字更非只有「發達」「發跡」「發運」「發財」這幾個詞啊？其餘八成寓意不吉利的「發瘋」「發痳」「發癲」「發狂」等等負面之詞竟多達五十餘個呢。

無論是十三號、是八號，或與「死」諧音的「四」號，其實都無關重要，都是沒有生命的數碼符號吧了；也無靈性更無神通，沒有必要造成心理的負擔。命好命壞，吉祥與凶險，都與數字沒關係，那全是個人修養個人果報也。

當然、迷信「八」號者，花錢買心安，與人無關；給炒作者多賺點意外之財，然後背後被智者作為笑話對象而已。但可怕的是花錢買回來的「八」字，非但不會「發達」，而變成噩運，成了「發傻」、「發呆」、「發痴」「發癲」就太不值得了。

禍福、成敗、吉凶、貧富，在人生途上都是相倚相成，熟輕熟重就要看當事人的造化了。相信命運之人，實該多積陰德多行善事；還要多讀書，書讀到通透時，凡事明理，生大智慧，自然一切都會逢凶化吉啦！

二零零九年九月十日於墨爾本。

閒談電子郵件

隨著互聯網普及、現代人只要不是生活在落後地方的文盲、或者對新科技懷著恐懼心理的高齡人士，鮮有不上網者。古早因為交通不便、又還沒有發明電話；分離兩地的親朋都要靠書函通訊，魚雁往返少是三、五月，多則一年半載，才會興嘆：家書抵萬金！

如今只要拿起電話、或打開電腦的視頻，相距再遠的親友不但可以傾談，且能在螢光幕中相見，因而形成了地球村。這類新產品是前人無法想像的「神通」啊！

除了電話或電腦視頻外，最方便而且最廣泛應用的要算電子郵件了（Email）。

現代人每天早晚空閒時、或乘巴士、在火車上、候機室、甚至茶樓餐廳，幾乎都專心在注視著手提電腦、手機、平版電腦（iPad），更可怕的是行人道匆匆趕路者，仍然低頭看手機，因而各地此類低頭族已有不幸者被車撞傷或喪命。

甚至在餐館飲宴、或當汽車停在交通燈前，也有人迫不及待的查看手機或手指飛快按鍵。在中國當某大企業董事長的親人來澳時相告，他主持業務會議時，有幾次悄悄離開主席位、行到那些高級職員身後，出其不意搶過他們手機，並警告今後若辦公時間或開會時看手機回短訊者，一律開除。

總難明白這類低頭族，為何那麼心急？若是墮入情網的年輕男女，還能理解；如是一般通訊、不論電子郵件或短訊，不是十萬火急等著救命的內容，稍微延遲幾小時或翌日再回覆有何不可呢？

回到主題、電子郵件可以單獨回覆對方一人，也可以將內容和多人分享，那就是〈群發〉，相信大家每天打開電腦，查看信箱時，都會發現無數傳到的郵件，其中泰半是群發含有圖文附件的分享性質電郵。

給友好們分享的圖文，傳出者理應先欣賞，認為合適公開或有分享價值時再轉達；那是基本原則與禮貌。最不該的是那些過於熱心或過於熱情或不懂禮節的人，自己沒時間先看便不管三七二十一的趕著轉傳了。

如此不但讓收電子郵件的親友們困擾，也造成對方電腦太多垃圾郵件；更荒謬的是老朽偶然會接到「冒失鬼」將色情裸照或淫穢內容的電郵。幸而所有我接到而再轉發給親友們分享的電郵附件，都是先欣賞再按友好們的喜好群發。

諸如關心兩岸政治及世界時事者，有類似內容自會轉去；對政治冷感者，就只轉去其他類別的圖文，如此可免收件者生氣或生厭。當然、是得多花點時間與心思。

單獨給特定的某位親友時，不論是回電郵或者去函，應將對方電郵放在電郵回函最上方的**To：**欄，即收件人之處。若給兩位或兩位以上，並確知這些收郵件者彼此間都是親友，可以全部將他們的郵址放在收件人欄，也可按照收件人是特定要回函的對方，那麼這人的郵址就該放在收件人欄，餘者放在CC欄，即副本。

最下方一欄就是Bcc、便是「密件副本」，所有群發分享的電子郵件，禮貌上都該將對方郵址放在這一欄上。不論群發親人是幾位到幾十位，這班人彼此間未必都認識，為親友保私隱是理所當然之事。

再者、是為親友嚴防他們的電郵址，一旦公開，往往會成為駭客們或推銷員的目標。後者頂多是莫明其妙在郵箱中出現了不少垃圾郵件、銷售電郵。前者就會讓親友的電腦不知那天被駭客破壞了。

這些年來、每天都會收到群發分享郵件，也偶然有網友或親友在群發郵件時，將大家的電郵址放在「收件人」欄。等於公開了全部收件人的電子郵址，每發現這類不尊重對方私隱的群發郵件或，老朽都要花點時間，好言婉轉提醒這位朋友或網友，並指明那處是「密件副本」欄。

大部分親友或網友當接到老朽如此「苦口婆心」的電郵，明理者莫不回函致謝，也從此改正，當群發郵件時再不會犯錯，終於懂得為親友們保私隱了。

所謂一樣米養百類人，也遇到不講理且自以為是的無知者，不但不謙恭自省，不但不感恩存好心指正者，反而大發雌威，以為是冒犯了她的尊嚴？這位居住紐約充滿愛心養了幾隻大狗小狗的網友、其實是友好轉介，而成為在網中互相轉寄分享圖文的神交者。這位老姐群發給親友網友的一大堆電郵址，都是全部公開在「收件人」欄中；經老朽婉言相勸，非但不改正且我行我素，唯有將其電郵址刪除，斷絕再收其郵件，以免早晚被駭客投毒？

有緣成為親友或網友，理應彼此關心愛護才對，明知因自己的無知將親友們網友們的電郵私隱暴露，要檢討更正而非我行我素自以為是？再堅持愚昧做法終必令其親友網友受到駭客之侵害，如此豈能安心哉？損人而不利己，真不明白為何要堅持犯此等錯誤呢？

二零一五年七月十二日仲冬於墨爾本。

西澳柏斯觀感

多年前與定居柏斯的鄉賢陳先生（筆名老陳）結下文緣，這位汶萊移民原是富商，幼女出閣時，寄來機票與大紅喜帖邀我夫婦前往西澳。並說喜事辦完後、會相陪為我導遊柏斯。如此誠意的友情，自然滿心歡喜應邀。

世事難料，岳父大人忽然從舊金山大駕光臨，正巧幾天後是我們要赴柏斯；婉冰事親至孝，自然要陪伴老父，我也要盡女婿之責任為岳丈當司機。唯有去電陳先生致歉、述說取消因由，終於錯過了觀光柏斯的機會。

三兒明哲常年在外工作，年前又從東京被公司調到新加坡；自大學畢業後就與家人聚少離多。新加坡與墨爾本相距七個多小時飛行路程，比東京與香港都較近。為了與老三及孫女相見，每有外遊必定乘新航班機，可停留新加坡幾天與兒孫共聚天倫。

數月前電談中，老三告知十一月有十天假期，內子興沖沖即要他帶同孫女回墨爾本；可他去年底已回來探親，這次想帶妻女到別處渡假，並邀父母同行。想了想不願乘坐太久的飛機，靈思閃現便想到了柏斯。

經常到處奔波的兒子、居然仍沒有去過柏斯市，真是一拍即合。最妙的是不論從新加坡或墨爾本飛往柏斯，彼此都省下了幾小時的飛行時間。

十一月九日下午到達柏斯，隨指示標誌找到機場大堂，即見到老三。父子握手母子相擁，尤其婉冰更是眉開眼笑；兩歲大的孫女英子再見祖父母已不陌生，全賴每週末都在電腦螢光幕上顯影傾談，拜科技之賜，真個是天涯若比鄰啊。

半時車程就到了面向印度洋Scarborough海灘的Seashells酒店，孝順的老三為了接機，特提前一天到，因而早已辦了入住手續。兩房一大廳兼廚房的公寓式酒店，打開大玻璃門潮聲頓湧入耳，露臺還擺設了桌椅好讓住客觀賞海景。酒店右方是購物中心商場及Coles超市，沿街都是餐廳酒吧及咖啡廳，看來遊客不少呢。最令我們意外的是，老三居然燒得幾味拿手佳餚，尤其煮粥，色香味全，讓婉冰贊嘆不已。舊金山的「靚粥一世」粥店也比不上呢！他的太太真是有福氣啊。原來不上班時，都是他掌廚；好讓太太休息，這也是「為夫之道」。

翌晨、與婉冰沿海灘散步，沙灘沙細雪白，遙望浩瀚印度洋，水天一色，波浪澎湃潮聲如歌，清風拂面，令人神清氣爽。沙灘上建有兒童遊樂園，公廁及浴室設備，讓滑浪健兒及嬉水者應用。

不遠處竟有露天健身設備，七種不同類的運動器材免費供市民鍛鍊。西澳得天獨厚，礦產豐富，稅收充裕，實施德政、取之於民用於民。沿海沙灘更設有行人道及腳踏車專用道，大早見清道夫在打掃，難怪那麼乾淨呢。

到天鵝湖竟找不到天鵝芳蹤？英文名稱謂是天鵝河，不知為何華文旅遊廣告硬改成「天鵝湖」？不巧遇上河畔鐘樓上的古鍾鳴響，鍾聲長鳴一小時，真讓耳朵受罪呢？匆匆逃避擾耳鍾聲，轉去華埠。柏斯華埠不單是中餐館集中處，且有越南餐、日本餐及西餐館，韓國雜貨店也有，想必韓國人不少吧？

港式飲茶竟要排隊，試過果然不差；要買份中文日報，才知柏斯市每週只有幾份免費報，如澳洲《環球商報》、《澳大利亞時報》、《大紀元》和《東方報》等，竟沒有出售《星島日報》、《澳洲新報》、《澳洲日報》，還真不敢相信呢？

陪孫女去動物園，主要動物都賴洋洋或站式躺，只有天鵝在水上漫遊。偶見幾隻頑皮猿猴躍高跳低玩耍，人流不少，多是當地人陪著子女參觀。一如我們四個大人陪著小公主般的孫女英子、西方國家的兒童真是太幸福了。

到市區內的黃金博物館參觀，外型古色古香的建築，走盡館外廣場，推門入內，左右兩邊居然是售賣金飾、金幣、紀念品以及珍珠、玉器的店鋪。樓上與內盾皆禁止觀訪，老三向大門旁詢問處了解詳情，始知「博物館」並非天天開放。

轉去漁港本想購買海鮮回住處烹飪，到達後發現魚店海鮮價格頗高，生蠔每打竟售三十元，有點敲遊客竹槓似的？見到幾家規模不小的海鮮餐廳，排隊點餐，不同魚肉配以薯條，我們改變主意就入店嘗試。

真沒想到、魚與薯條這道快餐，在此享用竟然魚肉新鮮、美味撲鼻。難怪聞風而至的食客絡繹於途，之所以特別，皆因魚肉是剛從活魚身上刮下入鍋煎炸。回程時讓我們津津樂道，齒頗留香令人回味，可說不虛此行。

專程拜訪神交十餘年的劉華先生，老先生竟已高齡近九十，仍精神奕奕，讓我始料不到；劉夫人及千金一起熱情接待，深受感動。去柏斯豈能不抽空見見多年來郵電往返的神交老友？相見始知是忘年交的前輩呢。

Hillarys Boat Harbour熱鬧非凡，先參觀水族館，沿梯往內下去，竟然深入了印度洋。站在輸送帶上，剎那目不暇給、前後左右上下都是各類魚群，如魔鬼魚、大白鯊、老烏龜、獅子魚、石頭魚、海龍、海馬、神仙魚、獨眼魚甚至其貌不揚的老妻魚都有，真讓我這老朽大開眼界啊。幾個小時飛快流走，小孫女最是開心。

水族館外不遠處，不少男女在海灘嬉水玩耍；沿岸有各式餐館任人選擇，食客最多的是海鮮餐廳，專售魚與薯條、這道美味百食不厭呢；在墨爾本就從來沒嚐過如此佳餚，品嚐後、再也不敢小睹澳洲人最愛的快餐「魚與薯條」了。

七天轉瞬即過，整星期沒上網、不看電視不聽新聞，也無中文報紙可讀；彷彿與世界斷絕了關係？與兒孫歡聚共樂，輕鬆愉快，真正享受到了度假之樂呢！

二零一二年十二月十三日於墨爾本。

柏斯街道極清潔。婉冰於酒店門外。

婉冰於柏斯市沿海公園。

小冰河期蒞臨

生活在東南亞各國及熱帶地區的華裔們、慣常會聽到這樣的一句話：「熱死人了」；極少聆聞：「冷死人啦？」如此相反的講法。

地球的另一面，也就是西方各國與北半球的人民，常年卻大都是在寒冷的氣溫裡生活，很難想像暖和天地會「熱死人？」

這些年來我們都被政客們、傳媒界以及科學家等專業人士，不斷輸送、教育、洗腦，強調著一個天大的謊言：「由於人類破壞環境，致令地球氣候日漸升溫；南北極融冰後，海水上漲，無數島嶼沿海城市諸如曼谷等將被淹沒？」

西方式民主社會養著一班「說客」，專為工、商界向國會議壇施壓，以達到其商品大量流通的目的，讓某些行業得利。反正羊毛出在羊身上，宣傳費、支持國會議員競選經費等，結果都由消費者承擔。

上述「地球升溫」言論被宣染了多年，幾乎已深入人心？澳洲甚至率先徵收「碳稅」，以減少大企業對能源的消耗。加強環保意識及教育是好事，這也許是唯一能在上述謊言中獲益之事吧？天下絕對沒有永存的祕密，謊言雖然講了千百次，萬億次；結果老天爺卻不合作，主動拆穿它。

地球非但沒有日漸加溫、慢慢暖化？而是開始了「小冰河期」的來臨啦！

這個拆穿代價就是，幾天前歐洲、美、加、俄羅斯、東歐、日、韓及中國北部新疆、蒙古、哈爾賓等等城市；被極寒天氣侵襲，已凍死了近四百人。航班因跑道結厚冰而停飛，天地一片白茫茫，樹木花草、住宅建築、道路鐵軌、河川山林，全變成了冰雪封蓋的白色世界。

身歷其境的人，全身包裹如大粽子，抖擻冷震不在話下，內心必然驚慌恐怖，城市已如鬼域，萬音俱寂。

烏克蘭損失頗大，已有一百二十二人凍死，低溫錄得零下三十八度；農年初一，我打電話給在新疆的作家楊菊清賀年，他說人在伊寧市，講話聲音震抖，說是零下三十度。報載蒙古冷到零下四十三度呢，真難想像那兒的人民如何度過如此酷寒之冬呢？

我生平試過最冷的氣溫，是二十餘年前聖誕節前到德國探親，那天弟弟載去「杜鵑花城」市中心附近美麗的墓園，為先母掃墓。從屋內到乘汽車，因為有暖氣設備，除了窗外那片茫茫白雪飄逸外，沒半點冷的感覺。

到達墓園下車後，全身即被一股冷空氣侵襲，趕緊披上大衣；走在石路上，迎面冷風刺骨，說話聲抖。問二弟、他笑著說是零下二十七度。我已穿了四件禦寒毛衣及大褸，仍然覺得冷氣從四面八方向我吹拂，猶如要將我凍僵才肯作罷似的？

弟弟與侄兒卻談笑自若，他們年年過冬，都在與極冷天氣打交道，比較適應了。而我這位從墨爾本遠道而至者，在人間淨土的樂園生活，幾曾有如斯極寒的經驗呢？

一些國際權威的專家們再次發表宏論了，說全球氣候變暖經已停止了？並開始「冷化」，這次北半球酷寒只是全球天氣變冷的開端，這樣的冷天可能會持續二十年至三十年。（見二月六日《星島日報》國際新聞M二四版。）也就是說，今年的寒冬顯示「小冰河期來臨」了。

過去多年已被廣為接受的「地球暖化」理論，經已被完全推翻了。生活在北方及東西歐等廣大地區的人民，在未來二、三十年內，將面臨酷寒的考驗了。與之相比，能在澳大利亞定居，真是天大的福份啊。

現代人由於資訊普及，好處是方便及對世事的了然；壞處卻是，許多事事物物，不知不覺中，我們都被「耍弄」了而不自知？「氣候暖化、溫室效應」的這類訊息如此深入人心，足見「宣傳」的機器一發動，是何等威力呢？

因此、不要太相信一些所謂「專家」之言，也不要太信任「政客」的說詞。所有網上分享的知識、資訊，我們都要小心處理，凡事存疑、再慢慢求證。

有句古話：「盡信書不如無書」，前賢也早已發現，世間的事物，千萬不要盡信；什麼事都往往存在著正反兩面，所謂「世事無絕對」，其理正是如此。

發現真理，不但是要耐心，也要讓時間掏洗，最後真理才能浮現。人類的社會，經已充斥著虛假；尤其是網絡，更是散布各式各樣真真假假資訊的地方，謊言、詆詐、誹謗、造假等千奇百怪的傳聞都有。

我們只要保持一顆平常心，泰然處之，凡事都要先存疑，再慢慢查證。若定力高者，是會做到「處變不驚」、一笑置之。泰山崩於前而不懼，熱也好冷也罷，若是老天爺的旨意，我們就不必「杞人憂天」啦！

二零一二年二月九日於墨爾本。

滿城詩雨淋漓

——序李智明詩集〈空城〉

詩人長蒿與我神交多年，早已忘記了緣起始於何年月；這位才氣橫溢的湖南年輕詩人，不但是「風笛詩社」零疆界詩網上經常張貼詩作品的眾多詩人之一，並且是「世界華文作家交流協會」第八十八位會友。這兩個文學團體皆與我有關，前者是五十餘年前與荷野、籃斯、異軍等幾位詩友聯合創辦；後者於五年前由我創會。

詩人日前傳來準備出版的《長篙自選詩集》——〈空城〉，囑咐老朽撰序，因有上述詩緣，豈能推辭？唯有濫竽充數、不揣淺陋按鍵絞腦汁，貽笑方家在所難免。

當今是華文詩人多過詩讀者的年代，還能不怕虧損將心血結集，這份對詩的執著就令人敬佩。難怪長蒿詩作品竟多達兩千多首，這位多產詩人天生是繆斯信徒，才能說：「**我眼裡所見的世界都是詩歌**」。

捧讀完這冊詩集後，不但滿身心皆被灑落詩雨濺濕，彷彿那座空靈的城鎮、滿城淋漓詩雨鋪天蓋地飄灑而至……。

〈空城〉其實不空、全集七十七頁收錄了一百零三首作品，含蓋了詩人近年來所撰詩作精華。短詩為多，最短四行，最長的詩是那首「皇后」四十四行。短詩易寫難精，在幾行詩句內要表達詩情及意象，若非高手豈能見功？主張：「詩無定法隨性自然，力求深刻、優雅與簡潔」的長篇，在這部詩集中的作品，呈現給讀者的是詩情真摯流露，視野極其廣闊，尤令老朽驚喜的是尚有諷刺性之詩篇。

且看作於二零零六年、只有八行的〈牛皮〉最後一行：「**展廳內　一幅藝術畫**」。藝術畫讓人欣賞，有誰追究作畫素材是〈**塞滿了血淋淋的刀跡**〉呢？（頁十二）

詩人定必有涉獵佛經，才會創作〈飄帶〉這首六行詩（頁十五），從飄帶想到風，風想起幡，再因幡聯想到靈魂。風動、幡動或是靈魂在動？讓讀者有無限想像空間。

形象突出構思奇特，詩作〈燈籠花〉，寫此類植物，四字分四行的排列如下：

不會在　風中
飄
忽
不
定
（頁十八）

讀者品味詩作時、不但這類花姿生動靈現，猶若看到無數花朵在搖擺飄忽呢。

另一首：〈我的舞臺〉全詩十一行（頁二十三），只有四十一個字，第二段六行排成九十度垂直，前五行每行一個字；這是個沒有觀眾、也找不到舞臺的詩人特殊舞臺，在最行一段兩行詩，悽愴詩意中強烈震撼的劃上句點：

風是伴奏
雨是掌聲

清明節是慎終追遠的節日，詩人極理性的在撰作這首〈清明節〉六行小詩時，全無半點哀傷。人的生與死相隨，摯愛者最後注定要分開，清明節時，來到親人墓前，不過是來：〈**再一次向你道別**〉（頁二十五）

人生可長可短，能活百歲者稱做天年；而詩人對人生的詮釋，不管能存活或長或短的一生，只有了廿八個字、分成兩段的五行詩句。這首詩題：〈人生就那麼幾年〉，第二段兩行六個字：

其餘的
都忘了

（頁三十六）

只有明白真實人生者，無論再精彩再繽紛，在無情歲月軌跡上，有緣相聚者，至親如父母、子女、夫妻，緣盡時必定分開；或陰陽相隔或兩地分居，到最後必定煙消雲散，或相忘於江湖或患上老人痴呆症。前塵往事如烟似霧，相愛也好，怨恨也罷，必然會「都忘了」。

詩人喪父之痛，撰悼詩：〈離別〉（頁三十六），沒有號啕大哭的激情詩句，淡淡然的六行小詩中；告別父親，詩人所有哀思看似輕淡描述，卻蘊藏對亡父無盡的懷念，第二段兩行：

我在夢裡尋覓
在灰燼中恢復您的原型

夢裡尋覓父子相見是沒問題，可是、詩人深深懷念老父而執著妄想，竟然希望：〈在灰燼中恢復您的原型〉？讀來為之心酸。淡然中蘊含無比思親傷痛之情。

從小到老過生日、是每個人都會期待的好日子，詩人獨特的詩作〈生日〉（頁四零），詩中幾句詢問：

誰記得樹的生日呢

地球的生日呢螞蟻的生日呢

真妙啊，老朽三十年前在門前花園，親自種植的幾棵玫瑰樹、一棵櫻樹、兩棵柏樹，倒還真是記不得這些樹的生日呢？更何況其他的樹木、地球甚至任何一隻小螞蟻的生日？有誰記得呢？忘了或者不記得都無關要緊，因為生命離去後，詩人最後一行充滿希望寄望的詩句，為所有被緬懷之生命圓滿落幕：

或許就會在另一個世界誕生

「輪迴」之說，是佛經對人生存在的要義，詩人喪親後除了希望夢中能尋覓老父外，還在這首十四行詩作中、表達了強烈緬懷之情。

在頁四十五那首〈悼〉詩，全詩十五行，悼這個單詞，竟然如一珠串在每行首字顯現，總共是用了十三個悼字。悼念誰呢？

首段就是全詩詩眼了：

悼逝世的人
悼活著而失去靈魂的人

悼死亡的時間

存活者若經已喪失了靈魂，這類行屍走肉也就是活死人，是應該被「悼」的啊。

寒冬展讀詩人李智明的這冊「空城」，真是回味無窮啊；老朽若再喋喋不休的將讀此詩集的感想塗抹，必定減低了讀者的無限想像，那真是罪過呢。

還是就此打住，讓喜歡讀詩的廣大讀者們，慢慢咀嚼、好好欣賞吧，是為序。

二零一五年六月十四日於墨爾本。

老饕與美食家

少年時便聽過「食在廣東」這句話，初始不明其意，及長才知道廣東人是炎黃後裔中最懂得享用美食的群體。傳說只要能入口的東西，無論是蛇蟲鼠蟻、飛禽走獸、各類海產都能變成珍饈。

內子祖籍廣東南海西樵人、當年外公在南越富甲一方，她從小被外公婆視如明珠般的寵愛，自然早已嚐盡各種佳餚美味。卻嫁給我這個在她心中、算是未見過世面的閩南鄉巴佬？本該是夫唱婦隨，但在飲食上卻變成婦唱夫隨，初次到西餐館時、還是賢妻指導我如何用刀叉呢。

先岳父在南越商海中酬酢、早已享用了各色各樣美食；難能可貴的是後來心血來潮，竟從美食家變成了烹調高手，最有福氣的自然是先岳母，移居美國後、再無佣人與廚師使用，每日皆能品嚐到夫婿的拿手好菜。

要成為美食家的條件、首先是家境富裕；我這個窮書生雖然因機緣巧恰也享有了不少口福，最多也只可算是老饕而已。雖非美食家，因為早年經營生熟咖啡豆買賣，為了說服顧客，師從先父而學會了品試各種不同咖啡味道。結婚後商店擴張兼營茶葉，便向培烘師傅討教如何分析茶葉好壞？終於學懂了品茶這門功夫。再後來開分店售賣法國入口的洋酒與紅酒；由於舌尖味覺已因咖啡與茶道、練就了分析能力，對歐洲洋酒也略懂優劣。直至移居澳洲，迷上紅酒後，假以時日也領會了種類繁多的紅酒，幾乎是無牌品酒師呢。

童年家境寒微，雖不至於饔飧不繼，猶憶晚餐時先母往往留下飯菜給遲歸的先父。我三兄弟添飯後已無剩菜，唯有佐以香蕉加醬油餵飽肚子。對於食的認知，無非是填飽饑腸吧了。美食之道若對非洲那班饑民們，或如我們當年淪落印尼荒島時、期待救援的難民們來說根本就是「天荒夜譚」啊。

也不知是因為娶了廣東太太或者窮困童年影響？在日常生活三餐中，原先並不計較飲食？家境漸佳後，舌尖竟也挑剔了，居然對不合口味的菜餚拒絕舉筷？但對於從來沒有享用過的食物，卻充滿了好奇心。因這份對食物的好奇、不知不覺中我的胃口竟被廣東人同化了，甚且比內子更像粵人呢。

越戰期間愚夫婦到了山城大叻市，在三十餘里外從義鎮新村一所天主教小學教師；晚上辦補習班教導成年村民們，和那些純樸農民學生亦師亦友。某日他們向我借用教室後側廚房，反正「君子遠庖廚」，何況神父不在由我說了算。那個週末來了七、八位學生，在廚房忙到不亦樂乎。晚餐前給老師送來了一大碗熱騰騰香味四溢的佳餚，說是三六肉？

生平初嚐野味，尚未入口已聞肉香、芬芳繞室，沒想到食用後當晚四肢發熱，睡時不用蓋棉被，全身溫暖，難怪說狗肉至寶，身虛與哮喘者食之勝過藥劑。翌年回返堤岸，店舖的小狗挾著尾巴獨對我狂吠不已？再也不敢靠近我了。想來牠竟已知悉我已吃過牠的同胞？

多年前去東京看三兒明哲夫妻、孝順的兒子每晚都帶我們品嚐各類美食。我想起了久聞大名的河豚、又叫雞泡魚，俗語說「拼死食河豚」，故日本每年都有數十人食此毒魚而喪生，明知有毒，卻夠膽以身試險，可見河豚的引誘有多大。

這種毒魚食了會致死，皆因殺魚解剖時割破其膽囊，膽汁濺到魚肉，魚肉沾上膽汁即變成劇毒無比的毒肉。吃後往往來不及救治而返魂無術了。

如此劇毒之食物，東京竟有餐廳經營，那天經過一家這類獨特的餐館；門前大水缸內養著十來條游動的河豚招徠，即時拍下照片。毒魚不算大，魚皮有斑斕花紋，頗為美觀。

問兒子是否食過，他說已品嚐好幾次了；經他解答，始知這類餐館的廚師，都擁有剖殺河豚專業證書。那些喪命者多是在農村或漁村，殺魚時不慎而致命。

我聽後竟也動心，何況兒子也已試過多次，人在東京，有此機緣，那能錯過呢？於是對兒子說，也想試試這道極品佳餚。

沒想到內子婉冰聽後花容失色，堅決反對；本可以在餐館大快朵頤，竟因而失之交臂，心裡始終難於釋懷。那天兒子大展身手，要親自下廚，往超市購海鮮時，我發現有河豚出售。魚肉及魚皮經已切成細片，每公斤約一百五十澳元，心中大喜、即拿起精致包裝的一盒放入手推車，與兒子相視微笑。

晚餐時、那碟河豚放在我面前，婉冰知道後，已成定局；白色的肉片，與其他魚類並無多大分別。魚皮較厚，入口爽脆且硬，咀嚼良久還是無法吞嚥；兒子卻說送酒最妙，要的就是那難嚼的能耐。

我撿起一塊傳說中的人間美味河豚肉，放入熱湯中滾動即挾出，慢慢細品。和我期待中的至高享受大有出入，清新細嫩的魚肉，和鮭魚鱈魚甚至越南盛產的生魚（用來煮越南傳統酸湯）並無太大分別。接下來蘸點芥末生食，只是味道頗鮮，也絕無令人齒頰留香回味無窮的口感。

兒子對河豚魚皮情有獨鍾，那些我嚼咀不化的魚皮幾乎全由他包辦，津津吞嚥。問他河豚美味如何？回說人們之愛此毒魚，皆因是刺激和挑戰，敢以身試者，過後自是拿來誇耀一番啦。

在東京嚐到另類美味是「和牛」，這種牛是經過特別方法使之成長，給喝啤酒又要為牛按摩。目的是將牛脂肪融入肉內，而不像澳洲及美國牛肉，油脂與瘦肉分開。

超市出售的和牛共分四等，最高級每公斤是二七零零圓（二七零美元），第四等是一一八零零圓（一一八美元）。和牛肉入口柔軟、鬆化可口，滿嘴油膩，感覺極佳，但實不宜多食，有礙健康。進口的澳洲上等牛肉，每公斤售四五零零圓（四十八澳元）。

日本捕鯨船到處被綠色環保份子包圍抗議，他們卻宣稱是為了科研之用？可鯨魚肉竟然在超市公開發售，完全是商業目的而無視世人反對。終於說服極重視環保的兒子，同意購買最少份量的一百公克鯨魚，售價十五美元（每公斤一五零零零日圓）。

令我大感意外的是，鯨魚肉像極了牛肉，若非包裝注明，真不敢相信拿在手上的竟是鯨魚肉。回家當成「牛排」油煎，也試著放入上湯滾熟；烹後入口細品、很像食豬肝；鯨排全不像魚，沒什麼特別味道，連牛肉也不如。

二零一一年五月、由長女美詩陪同、參加從舊金山到黃石公園七日旅遊團，路過愛達荷州Pocatello市一家中式自助餐館竹林園，停車用午餐而與東主許普群先生認識，這位好客的老闆竟是業餘獵人，與我一見如故、竟要我留下，為了挽留竟脫口說：「我請你食熊掌」？大巴在等我、全車幾十位團友在等我，雖然心動不已，幾經掙扎、真正啟會到了「魚與熊掌」不可兼得，還是互換名片後繼續行程。

沒想到許先生兩年後到墨爾本與我相見歡，回去後竟長途駕車將一隻冰凍熊掌送到長女家中。同時電郵將烹飪配料告知，內弟伯誠是美食家、定居加州後也成了烹飪好手，他卻也沒機會品嚐熊掌，知道後大喜。

不久與婉冰赴美參加內姪女婚禮，將購買的貴重配料五隻乾鮑魚、干貝、東菇等帶去；由剛喜獲乘龍快婿的內弟夫婦、在大廚房花了頗長時間，共同烹煮了熊掌這道名菜。那晚圍在餐桌有十餘人、內弟高興的打開XO法國名酒共同享用美食。

熊掌膠質多，口感極好，全靠配料的美味，掌肉軟若烹煮後的魚膘，食時當然極之可口。當晚終於明白了一個道理，世間再好的食物，無非是口感強弱優劣的分別。也就是滿足舌尖味蕾入口剎那的感覺，進入腸胃，再無好壞上下等之別了。

食河豚不小心會喪命，和牛肉多是脂肪，鯨魚水銀含量極多，熊掌含膠質，若無配料根本如食魚膘。這些貴重的食品，說穿了一無好處。還比不上在家中電爐內烤蕃薯，享受到燙熱薯香的好味道、食後更對身體有益。

今生沒有大福份成為美食家，我這個老饕卻有極好的機緣與際遇，可說享用了不少世間難得的美味；甚至連澳洲原住民們日常所食的白色樹蟲、那年在中部烏魯魯大岩石附件，也曾與原住民一起分享呢！

二零一七年二月四日於墨爾本。

風骨錚錚仁者壽

——何與懷博士印象

已經忘了是何時開始、知道澳華文壇有一個響當當的何與懷；然後、就結下文緣，從神交然後知道這個人。他不但是《澳洲新報》副刊「澳華新文宛」版主編，還是學者、作家兼僑領等多種身分的文化界名人。

一位活躍於雪梨文化圈的人物，不難在報上見到其照片；總算從報刊「見」到了這位神交的文友。由於投稿，又變成了編輯與作者的關係；因為我住的小鎮買不到《澳洲新報》，拙作見報時，若非像何博士這樣盡責的主編、每每在幾週前通知投稿作者，到時駕車去十餘公里外的史賓威市買報，就會錯過了該期刊有拙稿的「新文宛」。

「易妙」成了神交最好工具，幾年來不同地區舉辦的文學會議，本來都以為可以見面了？可是我都錯過了出席的機會。令我感動是，何博士將代我領的幾百澳元稿費，隨身帶著，總無法交給我。興許我們的緣份未到吧？

去年三月底，意外收到了何博士寄贈的大作《北望長天》這一部報導文學巨著，真是喜出望外。我拜讀全書後，傳電郵給何博士：

剛捧讀完賜贈的大作《**北望長天**》，先生才華橫溢，感情豐富，對各篇傳記收集的資料極詳盡，為文革這段恐怖史實多留點印記。其中人物，我都略知一二，對他們生前遭遇，從大作中知之更詳。讀時經常難忍悲憤，哽咽淚湧。張志新、遇羅克、林昭、王申酉等烈士的英魂有知，定當感激先生仗義。您這份勇氣與道德，是華夏文人應有的風骨，向您敬禮。

翌日收到何博士來郵後，我回函說：

大作《北望長天》一書，是另類史實，如將來中國真能成立「**文革博物館**」或「**紀念館**」，此巨著也該被收藏。雖然所撰只是苛政受害者冰山一角，但也是典型。烈士的英魂應該長存，劊子手則該被世世代代的炎黃子孫詛咒。

一位有良知尤其身在海外的作家，對是非黑白對錯善惡，不必再隨統治者的魔捧起舞。在大是大非的問題上，能不受左右，敢發出正義的聲音，那才無愧是中華民族真正的成員。一如巴金老人晚年的公開懺悔，和極力提倡中國應該成立「文革博物館」；何博士撰作這部追思文集的目的很明確。

何博士在電郵中說：「我的初衷就是想一點點還原統治者極力閹割歪曲抹殺了的歷史。當然，如給我寫序的我從未謀面的北京評論家陳行之所說，這需要許多人的努力才能奏效。」（以上引文是錄自去年七月初拙作《震撼心靈的安魂曲》、《北望長天》讀後感。）

讀完何博士贈書，對這位來自廣東的學者從此刮目相看，心想可惜不是定居雪梨，不然就能常向心儀的大學者、大作家請益。

二零一零年八月底舉行的墨爾本華文作家節，不巧是我執教的電腦班舉行測驗及結業禮謝師宴，無法全程參加。從應邀的作家名單上知何博士大駕蒞臨，為了與這位我敬仰的名學者見面，我與內子婉冰一早趕去舉辦場地。在會場門邊恭候，左等右盼，心中焦急，時間如蝸牛。十時半貴賓來了，中國來的凌鼎年兄是老友，兩位陌生者，其中一位是何與懷，迎上招呼、彼此就似多年老友般熱情握手。

寒暄幾句，何博士急不及待的從衣袋掏出信封，說是我的稿酬。這幾百澳元不知周遊了幾國家，終於回到墨爾本。我早已忘了這事，當今像如此熱心盡責的好編輯，已不多見啦。我的感動真不是一句謝謝所能包括啊？深覺遺憾的是我沒法盡地主之誼，實在太失禮了。（作家節翌日我要起程前往上海參觀世博會。）

去年十一月初「世界華文作家交流協會」順利創會，這個文學交流會成員是作家、詩人與學者。身兼學者與作家身分的何博士自是首選者，發出邀請時，深怕唐突，不安的是如此知名的人物要在我服務的團體內，真怕被見笑呢。

沒想到何博士即刻回函參加，並聲明由於太忙無法擔當任何職守，做會員就好了，完全是為了支持我。如此隆情厚意令我萬分感激，越有學問者越謙虛，在何博士身上，自然流露大學者風範，沒有半分虛假。

認真做學問、認真創作，熱心當主編，不求名利，不懼權貴。在澳大利亞這片淨土下，何與懷博士是位擁有錚錚風骨的書生，閃亮了澳華文壇及世華文壇。

欣聞何與懷博士七十大壽，我這位在海外誕生、只讀完初中課程的後學，應該尊何博士為「老師」；撰下這篇與何與懷主編結緣的文字，作為衷心恭賀何老師萬壽萬福，仁者壽無疆！

二零一一年元月二十日於墨爾本。

楊菊清尊師重道

我與婉冰在越南結婚的那年十月、在遙遠的中國湖南寧鄉縣某地有個呱呱墮地的男嬰誕生了。這兩個地方真個是風馬牛不相及，沒想到的是當這個小嬰兒長到八歲時、隨家人移居更遙遠的北方新疆，並在三十餘年後與我結緣，成為我的學生。

他從此定居在中國邊陲的新疆伊犁特克斯縣，十八歲時畢業於伊犁畜牧獸醫學校畜牧專業，繼續進修而考取了農學博士學位，從二零一一年開始應聘為「伊犁職業技術學院」教授至今。

這位祖籍湖南省寧鄉縣龍鳳山公社石黃大隊石子塘的博士，在一九九七年十二月剛過完生日未久，便隨「新疆畜牧業考察團」蒞臨澳洲訪問。

在酒店閱中文報紙、讀到了一則「世界華文文學」雜誌徵文的訊息，竟然心血來潮撰作了生平的首篇投稿散文：〈烏孫古墓悠思錄〉投寄到徵文的地址。

當年我受託為「世界華文文學」雜誌發佈文訊暨收受徵稿文章，我收到署名楊菊清的文稿後、即回函給這位投稿人。沒想到拙信投郵後就去如黃鶴了。

忘了多久之後的某天忽接到一封從中國投遞的信，展閱函件始知是從老遠的新疆寄來；信末署名是一位稱我為「老師」的「楊菊清」，這個帶有鄉土味芳芬的姓名自此深印我心了。

做雜誌與報社主編時，我養成了一個習慣，有讀者來信必讀也必回函；展讀完信件與文章，驚訝於這位年輕作者的文字水準竟有頗深的造詣，趕緊覆函。從此本來毫不關聯的兩個陌生地方、因為以文會友的因緣就開始了年復一年的魚雁往返了。

拙著出版後就郵寄去給菊清，每收到他的作品時，定代轉去合適的副刊；有了電郵後更方便，幾乎能同時將佳作分投不同國家不同地區的文學園地。當收到報社寄來的剪報或整本雜誌，見到菊清的作品，高興得如同是拙作見報般的盈溢喜悅，趕緊將油印的文章或剪下或摺疊放入信封，連同給他的信函一齊郵寄新疆。

書信聯繫多年，我們成了神交文友兼筆友；鼓舞以及協助後起之秀的文學青年，也是我從臺灣林煥彰恩師處學到。為了回報林老師經常發表我在原居地越南及新鄉墨爾本的作品，以及代收稿費並寄剪報等等繁雜工作。曾問林老師、弟子該當如何報答他提攜之恩，得到回覆是：學他的方法力所能及的協助文學青年們、就是對他最大的回報。

師恩不敢忘，從此也就聽從林煥彰老師教導，與有緣的文學青年們切磋、彼此共同在交往中一齊進步。我竟變成了他們的師友，正式接納成為老朽的學生，楊菊清便是首位。接下來尚有在湖南農村的張玉平、香港的飄雪、同在墨爾本的吳溢源與青青。

前年，我率領海內外十六位作家到廈門采風，難得菊清也專程從新疆到廈門，師生終於有緣首次會面啦！心情激動不在話下，采風期間、沒想到這位已是新疆學府聞名的楊教授，始終陪伴在老朽左右，上石級或下樓梯，必定伸手扶持，那份尊師重道的真誠表現讓愚夫婦深受感動。

如果不認識楊菊清的人，看到那張純樸善良的五官，外貌和中國農村廣大的群眾極為相似，怎樣也估不出竟然是一位教授級的人物呢！有高深學問的學者、性格內斂內向，不事張揚；與世無爭的只專心做學問、在學府內極之敬業的傳道良師。

楊菊清參加工作後，長期從事細毛羊的科研、育種、生產與教學工作。曾在中國細毛羊的發祥地、新疆毛肉兼用細毛羊和中國美利奴羊（新疆型）的故鄉、國家級原種場╌新疆鞏乃斯種羊場工作近二十年，歷任技術員、牧一隊副隊長、育種室副主任、畜牧獸醫總站副站長、副場長、黨委副書記、書記、總畜牧師等職。先後參加了國家重大科研專項、國家星火計畫、自治區重點科技計畫等多個項目與課題的研究，發表各類畜牧科技文章八十篇，並多次榮獲得國家、自治區、自治州的表彰和獎勵。

工作之餘喜歡文學創作，作品包括散文、古典詩詞、隨筆和雜文等多類。二零零四年四月，散文《父情．母信》獲得全國「孟郊杯．慈母心遊子情」散文大賽徵文優秀獎。首部文集《黃金草原漫想錄》受到廣大讀者的喜愛。為了紀念我們師生的文字緣，菊清特將首篇文稿〈烏孫古墓悠思錄〉定為即將出版的第二本文集的書名。

喜聞楊菊清的千金上月在伊寧市誕生女兒，菊清伉儷已普升祖父母，實在可喜可賀呢！本來今年八月「世界華文作家交流協會」在楊菊清教授的協助下，已組團將前往伊犁采風一週。

可惜與新疆的緣份未到，因疆獨鬧事而取消了行程。希望有緣萬裡來相會，墨爾本的文友們也隨時歡迎楊菊清教授再度蒞臨觀光或講學。

二零一七年十一月廿五日於墨爾本。

黃添福董事長（左）與楊菊清（右）暨心水伉儷、艾禺（右二）合影。

楊菊清教授攝於廈門。二零一五年五月心水攝影。

吳溢源勤奮進修

越戰時我與婉冰到大叻城從義市外、約五公里處的新村聖文山小學教書、學生都是廣西欽廉子弟，我的儂族話就是那年學會。翌歲轉去芽莊寧和市平和學校當訓導主任、是該校教務主任洪輔國兄（筆名幼苗）相邀而前往，那幾百個學生早已無法記憶。

移居新鄉、沒想到十餘年前偶然機緣，竟在史賓威市中華公校圖書館，傳授電腦大新倉頡中文輸入法，逢週六下午上課、共達八年之久。首屆學生多為「華青體育會」的友好們，他們後來都成了電腦班助教。每屆開課首日，我都呼籲同學們學會了敲電腦鍵盤後，有空再學創作文章，如有興趣者不必再覓老師，我自荐義務傳授。

學生能銘記老師，身為人師卻絕無法記得所有弟子們了；這輯「我的學生」系列文稿，只撰寫追隨老朽學習文學創作、發表文章的幾位門生。

四年前電腦班結業的學生吳溢源成績優良，他在南越時是《論壇晚報》的排字職員，難怪中文根基頗佳。想要再追隨老朽學習文學創作，得悉後也真高興，難得有對文學感興趣者，也就樂於再成為他的老師了。他從此在發表的文章上署筆名「新枝」，偶而也用真實姓名與讀者結文緣。除了在墨爾本《同路人雜誌》發表外，近年來也由我推薦到「風笛詩社」網上，與五湖四海的文朋詩友們交流。

溢源的父親終身為華文新聞從業員，要養育六名兒女，家境又貧困，身為長子的他為了減輕雙親的重擔，理所當然比其同齡人、更早投身社會工作以幫補家計。思想早熟的家中老大讀完小學後，便無法繼續初中的學業，因他明白要為幾位弟妹著想。所以毅然去報讀越文中學的免費公立學校。同時為了能進修中文、唯有另報名就讀由中華民國政府文化事務部、對海外華僑子弟提供的函授課程。溢源當年利用業餘時間選修了歷史、地理以及國文等科目。直至一九七五年四月卅日南越淪亡，連同報社的工作與函授自修班同時被迫中斷了。

在越共統治下過了七、八年之久，溢源親歷了「無產階級」專政的生活，見證了社會動盪、民不聊生的殘酷現實。心中一如當年南越大多數的人民，有機會就想逃出「苛政」所在地，始能重拾自由。在那幾年困苦日子中他也百計千方的念著，無論如何總得投身怒海用「賭命」去換取餘生的幸福。

皇天不負有心人，溢源前後經歷了多次不同方式的偷渡；失敗了一次又一次後，在第四次時幸得老天爺垂憐，始成功抵達馬來西亞海域，登陸後在「比東島」（也被譯成悲痛島）難民營暫時停留，等待聯合國難民總署的代表到來甄選，幸獲澳洲人道收容，最終於一九八三年順利移居墨爾本。

不妙的是一九八三年正值澳洲經濟大滑波，失業人數直線上升；當年在原居地越南的中文報館、他那份植字技能已再無用武之地啦！為了養妻活兒，不得不到中餐館尋工幹活。真沒想到：「一入廚門深似海！」轉瞬間歲月已開玩笑般的溜走了三十年，幾年前終因健康欠佳而被迫離開餐飲業。

溢源生性好學不倦，自從學會了由臺灣蘇清得老師研發的：「大新倉頡」這門速度極快的中文輸入法後，擔心結業後沒機會應用而忘記？要「學以致用」而開始不斷撰作文章，有篇作品首次在「世界華文作家交流協會網頁」發表：〈國富勿忘國恥恨〉，獲得各國各地區文朋詩友們留言讚許，對吳溢源無疑是極大的鼓舞。

他竟和遠在新疆伊寧市、尚未謀面的那位學兄楊菊清教授一樣，彼此都極之「尊師重道」。每次為他作品修飾後傳回去，必來函致謝。有時專程來探望我們，年節前更會送來紅酒或應節月餅等禮品，物輕情意重，也頗令老朽感動。見到婉冰時，必定稱呼「師母」，內子也頗為高興呢！

溢源有兩位公子，都是藥劑師的專業人士，夫人賢慧端莊，相夫教子外，亦從事雜貨業務，家庭美滿幸福。難能可貴的是他極孝順父母，奉養高齡雙親毫無怨言。

吳溢源是從散文開始投稿，近年來經已發表多篇雜文。他若來探望老師，我必在書櫃中尋找合適的書冊借他閱讀。要成為「作家」，老生常談的方法仍極實用，除了飛越千山萬水到處觀光外，且要大量閱讀各類文學著作，如撰作雜文更要關心時事及社會動態，開電腦敲鍵創作時才能文思泉湧。

二零一七年十二月一日於無相齋。

心水與吳溢源合影於二零一六年四月十七日。

何卓儀好學不倦

墨爾本首份華文免費週報《海潮報》於一九八九年創刊，敦聘知名報人張天牧老師當總編輯，對報紙編務完全陌生的我、竟膽大妄為的應聘「執行編輯」。因此有緣與張老師成為同事，我在那段晉身「傳媒界」職業中，有關報紙編輯的學問，點點滴滴都是從零開始學習，教導的良師自然是張天牧老師了。

多年前張老師往生後、以為師生緣盡了？世事難料，去歲承游啟慶書法家邀往博士山議會大堂，參觀「常青學校」師生作業聯展，聆聽茶道、品茶、觀賞書畫與盆栽。游兄演講後唯恐冷落了老友，熱情為我講解展出作品。

並介紹他傳授「文化班」中的學生、在《同路人雜誌》發表文章的〈青青〉、告知是張天牧老師的兒媳婦。要她向我多多請教，忽而建議我收她為弟子？好為人師似乎是文人的老毛病？老朽卻極之慎重，但念及當年張老師教導之恩回報無從，她又是至友所荐的新秀，前賢有教無類的夫子精神，老朽又豈能拒絕呢？

青青原名何卓儀、自一九九八年時從廣州移民來此、在廣州時主修外貿英語。精通英語的年輕人至新鄉後、仍然力求上進，繼續求學、四年後即二零零二年修讀完商業會計大專課程，夫唱婦隨的共同經商。由於她的專業，自然成為丈夫業務上的得力助手。

一般師奶們嫁到有本領的老公，往往會享清福、約了閨中友好們飲茶、購物或打麻將。鮮有如青青者，經已是會計專業人士，卻在相夫教子的日子裡，抽出時間、在二零一三年始又去報讀「皇家墨爾本理工大學」，翌歲便取得「社會科學碩士學位」。

青青正式成為老朽學生前，我根本不知她有如此高學歷？這位好學不倦的「師奶」，竟又在去年參加游啟慶老師每週五下午開講的文化班，補習中國國學。今年年初心血來潮開始撰文投稿了，這麼忙碌的家庭主婦、專業會計師，經營商務者，真不清楚她的時間如何挪出來呢？

文學創作之途，她算是新秀，稿齡不到一年，在接受她成為學生後，每有新作都要先傳來給我過目，我在電郵中老生常談的要她有疑必問，「學問」是學習與發問結合的詞語，只會學不肯問的學生，得益也就打了折扣。

讀了多篇她撰作的遊記、已知她的中文基礎頗佳，為了鼓舞這位好學不倦的文壇新丁，破例將她推薦到名聞遐邇的純文學網站：「風笛零疆界詩社」的園地發表作品。由於不少靈感都來自夢幻中般，青青成為風笛詩社園地的「笛妹」時，更改了新筆名「夢柔」，她開玩笑的說這個筆名諧音就是「夢遊」。

讀讀她告訴我有關撰稿的理念與心得：「每次寫一個新題材，會在腦內醞釀發酵一些日子，在想題材的意義和價值？敏感問題怎樣處理？如何達到客觀，積極正面？怎樣避免受到攻擊指責？想到差不多就開始落筆，有些時候是寫著寫著，主意自己跳出來了。

例如我覺得軍團日的題材很好，但是下筆之前，一直猶豫該怎樣寫，才避免別人會罵我拜洋鬼子的兵。（因為當時周圍全無華人，內心擔憂我到底對不對？）當寫到兒子參加儀式時，靈感給我一個堅強的意志力，作為人性最自然的一面，誰不想下一代過上和平的生活？！誰敢再拿以前歷史的傷疤來攻擊我？！

結果這篇作品被「新文苑」主編何與懷博士與「風笛」榮總都接受了，讓我如釋重負。寫的過程中，不忘老師的訣竅，要真情實感、通順。我會繼續加油！」

引述這位華文文壇新秀在另一篇給老朽的電郵最後一段，供讀者們參考：

當今社會競爭激烈、飛速發展。物質生活得到滿足的同時，精神生活也必須得以提升才能達到身心健康。經歷不同社會的生活轉變，如何在新鄉尋找到快樂，安居樂業是我的方向。

我願意從我人生旅途上所見所聞，發掘出人性的真善美，與讀者一起分享，努力以客觀、積極的態度來判斷事物，希望為建立一個自由、平等、友愛的社會環境，出一點微薄之力。

我告訴她、要成為華文作家，起步先學撰作散文、遊記、生活小品等，將來散文的基礎扎實後，再學習撰作小說、評論或詩歌等不同文類。同時、除了留心生活的見聞外，更要博覽群書。相信好學的「夢柔」，必定會與時俱進，將來成為擁有無數讀者群的墨爾本華文作家之一。

二零一七年十二月十三日於墨爾本。

雨到黃昏花易落

旱情持續多年的維多利亞州，入冬後甘露不停灑落，有時連綿四、五天。初時不忘感恩老天爺慈悲，讓廣袤龜裂的黃土地得到清甜的雨水滋潤；電視新聞報導、螢光幕上看到那班農民們笑逐顏開，著實也為這些純樸的澳洲農夫們高興。

州政府因應旱災而頒下極嚴峻的三級制水法令，也因天公造美而降級，從每週兩次可以澆花草改為隔日一次。最近已因日夜不斷的連綿細雨，使得家家戶戶的前後園及公園草坡濕淋淋，那還用澆水呢？

也不知深秋時節過於忙碌，忘了每年要將庭前多顆玫瑰花修剪枝椏，以待春季才會花容盛開。或因為制水土壤內不夠吸收養份，使那些往昔欣欣向榮的玫瑰猶若被摧殘過般；枝瘦花萎，也像垂垂老矣的遲暮美人，給人蒼涼的感覺。

風和日麗的時節，書齋裡忙過後，為了減輕眼睛及手肌的過度疲憊；通常是到庭前蒔花弄草，修修剪剪，讓滿園青翠及流動的暗香滋養身心。可這陣子戶外每天都是一片陰霾，氣溫總徘徊在攝氏五至十一度間，要命的還是那陣陣刮面刺寒的冷風，縱然全身已如裹粽般臃腫，仍無法避去冰凍的侵襲。好幾次、已裝備妥當，想如往日般到花園活動，卻被迎面吹拂的寒風阻擋了熱情。

天性樂觀的我，凡事都往好處想，每次卻步未能如願時，都泰然的再進屋內、找些雜七雜八的事兒做。或躲進溫暖如春的客廳讀書報，如此、總可以將冷冬多餘的光陰打發。

可最近居然心不能安，在書齋望向陰霾滿佈的室外，靈魂宛若被一隻無形的素手勾走了般；再無創作慾念，腦子變得遲鈍，那些飛揚馳騁的靈感竟悄悄的隱遁無蹤。黯然放棄鍵盤敲打，轉而按開網頁隨意觀賞。

收斂心神一意創作本來是我多年訓練有素的道行，不知是否惱人的陰雨影響，或是著了魔般再難隨意隨緣？一顆奔騰的心亂烘烘，怎樣也無法將其收拾安頓。

那些有意或無心做過的荒唐事，如針似的在挑釁；除非被傷害過的人肯原諒，不然、我將背著仿似原罪般的孽障不得安寧。想起金庸先生小說中一燈大師那位改邪歸正的徒弟，隨師前往雪地苦苦要求英姑的原諒，才肯安心圓寂，這並非作家隨意胡編的故事。人可欺天騙地，做過的錯事，最終是過不了自己的關卡，那就是良心。

得不到諒解，人如飄浮在水上，隨時隨刻會沉淪；心中有事，精神自然難於集中，如何能再從事創作呢？不論是繪畫或敲撰文章，藝術容不得半分虛情假意啊。

天涯路遠，那些人與事，雖說已如過眼雲煙。但午夜夢迴，仍然歷歷在目；有如螢光幕的影片，一幕幕映現。在出其不意時，尤其是滿園凋零的花葉前，忽而劃過心中，痕跡明顯如在白紙上留下的印記。洗也洗不掉，擦也擦不去，除非那錯誤的、荒謬的事情被寬恕？這一刻無論要等多久，也必須期待，一如英姑不點頭，那位改邪出家的和尚垂死掙扎而不敢冒然斷氣。

活著變成行屍走肉，是比死更痛苦；人之不能犯錯，就是還有一顆無法欺騙的「良心」存在。要不然、社會必然大亂，這顆各自的心，只要還會跳動，就無法欺瞞它。

黃昏庭前，淅瀝細雨如泣似訴，斷斷續續，像有講不完的悲哀世情，一陣陣一滴滴的要控訴。那些悽冷的雨水時而橫掃時而直落，無心的將玫瑰花瓣摧殘，落英繽紛映眼。

未到五時，竟已降下了黑幕，街燈來不急亮起，天色竟像我心境，黯淡沉默。已渺的芳蹤，那抹寬容的笑意經常在眼前浮起，嘲諷著我孤寂的身影……。

（註：拙文題目「**雨到黃昏花易落**」、借用陸游前妻唐婉的**釵頭鳳**之詞句。）

二零一零年六月三十日寒冬於墨爾本。

新鄉悠悠三十載

陪永良玩耍，彷彿間四歲稚齡的孫兒和當年的幼子明仁竟混而為一，他父子像一個模型影印般。時光倒流似的看到他抱著床被吵吵攘攘的跑近船舷，作勢要跳下海；只嚇得長輩們驚慌失措，強摟回來又哄又騙的說盡好話，才讓明仁乖乖不再鬧。

這已是三十年前在南中國海面那艘舊貨輪「南極星座」上的陳年往事，在七級風浪作祟顛簸下，擠擁如沙丁魚的老幼難民嘔吐和呻吟，融入無情拍擊船身的怒濤吼叫聲。宛若海龍王狂怒發火誓要將這艘小貨輪吞噬般，讓千餘位拋家棄國逃奔汪洋的苦命人備受煎熬。

十三天與海浪搏鬥幸得餘生，午夜魅影憹憹中船艙撞上礁石，海水絕不猶豫的大量湧入。半傾斜的船、在芬蘭船長命令下，微曦中大家涉水登岸，苦難終於過去了啊，至少不必再害怕被怒海耍弄。

晨光初現後，才知陸地是個荒島，航海圖上有個美麗的名字：「平芝寶島」。是印尼海域赤道上的小島嶼，人獸絕跡、無水沒糧的荒蕪之絕地。

苦難如夢魘、又再纏繞，每天中午烈陽似火，高溫接近攝氏五十度；無處可躲藏、無樹蔭可遮蔽，從午後的幾小時裡都浸泡在海水中。一連十六日，我必抱著幼兒浸泡避暑。生性樂觀的我，想像是在海灘度假，苦中作樂，幾小時火熱也就匆匆飛逝，也以此為愁眉苦臉的難友們打氣。

老天爺仁慈，三不五時降下甘霖；午夜驚醒、人人歡呼仰臉吞飲冰涼雨水，還將所有容器物盡其用，裝滿活命甘泉。若非如此、整船一千二百零四人不被烈陽烤乾也必渴死無疑。[2]

第十七天晨曦中，驟見水平線上的艟影，難民們莫不喜極而泣，情不自禁的人紛紛跪下叩謝天公和菩薩保佑。極目遠眺，天大亮後，映現眼簾的竟是巨大無比的七千噸印尼軍艦。

被救往鄰近新加坡的丹容比娜島，在聯合國難民總署安排下，暫居該島橡林內的難民營達五個月之久；我一家連同百餘位難友通過移民官測試，幸運的被澳洲人道收留。移去雅加達收容中心，再過半月便乘澳航班機，來到了新鄉墨爾本了。

面對西方文明社會，我們真似劉姥姥，樣樣好奇，可都心存感激不已。若無澳洲人道主義政策、施予援手，我們這些海外孤兒，真不知還要面對多少折磨和再受多少悽苦呢？

身邊從五歲到十三歲的四個兒女，半句英文都不會；未到一年，也都趕上了就讀的課程。成人被送去學習六週基本英語，就各自覓職新生，無非在各種工廠當流水線操作工。但對怒海餘生者來說，已是廁身天堂樂園呢。知足常樂，並非一句口頭禪而已，心中時刻存著感恩，再

2 這段經歷、我於一九九一年撰寫長篇小說《怒海驚魂》，在泰國《世界日報》副刊連載，一九九四年由美國加州新大陸詩社出版；二零一一年獲臺灣秀威資訊公司再版發行。

苦的人生，也感甘甜和芬芳。

在原居地原本是少奶奶的內子，無怨無悔的在一所猶太人私營的養老院服務；她竟是該院創院近百年首位被聘用的華裔，由於愛心盈溢，而備受住院高齡長者歡迎。我本是經營家族咖啡生意的經理，搖身一變成為汽車廠的藍領工人；全家大難不死，重生在自由民主的人間淨土新鄉。老天對我的厚待、新鄉對我的恩澤，時刻未敢忘記；身分職業變更，那又算得上是什麼苦呢？無非是勞其筋骨的磨練吧了。

生活安定後，偶然機會讓我重新創作，利用業餘時間，忍受手肌工傷，終於寫下了不少篇章，交出包括兩部長篇小說在內的七部著作的小成績。也終於完成了我在原居地越南、十七歲時立志要當作家的心願。

澳洲人都樂於當義工，利用工餘或週末，為社會作點無私貢獻；為了回饋新鄉的恩惠，我夫婦也義不容辭的參與華社各種義工行列。轉瞬二十餘年的為社會略盡棉力，毋負澳洲政府及人民收容我們的大恩大德。

如能有緣再見到當年審核決定接納我一家的那位移民官，真想邀他來舍下用餐，以表謝意。再拿出市長、州長、維州總督及聯邦總理等政要頒發給我夫婦的各類服務獎章、獎狀、獎座；向那位移民官證明他沒有失責，讓他開心，見到由他批審而收留的難民，盡了作為澳洲公民的本份。

歲月飛馳，定居新鄉已悠悠三十載，兒女們都早已成家立業；享受弄孫樂時，彷彿時光回流，四歲孫兒與當年的幼子樣貌太像，使我惚然間竟難分別身在何地？

上週墨爾本一連五天受到百年不遇的四十五度高溫折騰，比起我們在印尼荒島上十七天的熱焰，真個是小巫與大巫之分。如今、我們真正的苦難早已過去了，除了自已經常感恩，還教導兒孫們要永遠的感恩啊。

二零零九年二月六日於墨爾本。

雨花臺下大詩翁

——序張曉陽詩集《西風秋月》

今年七月中旬才通過「世界華文作家交流協會」秘書處七位秘書同仁審核，接納成為永久會員的詩人張曉陽先生，是「南京市雨花臺區作家協會會長」，還是著名的「風笛詩社」笛兄呢！早在風笛專輯中拜讀了這位素未謀面、卻神交多年的笛兄不少佳作，留下極深印象。

八月上旬意外接到笛兄傳來準備出版的新詩集《西風秋月》全部詩稿，並請我作序。這讓我受寵若驚！無論年歲與詩齡、學問與資歷與這位詩人相比，我真不夠格為這冊新詩集撰序呢！同時，不巧雙眼正好排期動小手術，唯有實情相告，私心祈盼也許笛兄已趕著出版而另請高明學者代序？殊不知意與願違、笛兄竟回函：要我多休息保重，暫時不必為序文操心，任何時候能再敲鍵再作不遲？

當時告知笛兄，要到九月初我的視力始能恢復。轉瞬幾周飛逝，為人必要信守承諾；視力經已正常，再不堪再粗淺也要完成笛兄所托，勉為其難獻醜。

詩人張曉陽筆名江南秋，是江蘇省沭陽縣人，現定居南京。早歲曾在空軍部隊服役十三年，退役後又到工廠做事十三年，最後轉去南京某機構工作至六十歲退休，退休後專心文學創作至今。先後出版了包括傳記、小說、散文、詩論及詩集等十三部著作。

打開詩集，嚇了一跳，絕沒想到這冊詩集收錄的作品如此多。共分三輯、首輯題名：鍵盤上敲擊著昨夜的夢，共收詩作五十七首；第二輯定名：春風又綠江南，共有一零九首作品；最後一輯輯名：年年芳草、悠悠歲月，收錄六十七首。全書竟然還有七言雜詩、四字詩以及為數不少的九行詩，曉陽笛兄的國學根基極佳，不然就不能創作傳統詩詞了。

首輯首篇是〈七七自敘〉的四言詩，如：

吃糠咽菜，挑糞拾草。
衣不遮體，風寒如刀。
書香世家，無即可讀。
饑苦童年，不知溫飽。

全詩二四段，每段四行八句，皆有押韻，將其生平娓娓述說，讀後感動慨歎不已。接著的「七言雜詩」、隨手引四行如下：

驚聞菜價漲漲漲，挎上菜籃愁愁愁
可憐腰包憋憋憋，超市歸來憂憂憂

抒發了感時憂國的詩人情懷，令人唏嘘不已。

〈秋夜雜吟〉由二一首九行詩輯成，每首九行卻變化多端呢！如三－二－四／三－四－二／七－二／三－三－三－／一－二－三－一－二／二－一－三－一－二／四－一－四／二－二－三／二－三－四　等等分段排，並非這二十一首作品都是死死板板、通篇一律的「九行」，足見詩人對詩的執著與專心用心。

請看〈鐵心橋上聽雨〉九行中的兩行：

一棵草
在橋下的雨水裡不肯彎曲

普通人誰會去注意橋下的一棵草？詩人積極的人生觀、用小草不肯彎曲象徵了人在逆境時也不應低頭啊。九行詩輯中描寫勞苦大眾的有：腳手架上的泥瓦匠／擦皮鞋的女人／路邊的修鞋匠／送煤氣包的小夥子／夜半吟詩的小公務員。反映了詩人對社會對眾生的廣泛注視以及關愛。

翻到了〈都市里的漂浮〉組詩，其中詩句：

一粒轉基因的種子，在迷離的
夜色裡悄悄膨脹。一隻
懷孕的蚊子，飛過這個都市的上空

除了詩人的智能與詩心，誰能知道「種子」會膨脹？又有誰會見到飛過的「懷孕的蚊子」呢？

請讀這兩句詩：

為購買一米陽光，去拜訪
一位銀行行長。

我們去銀行不是支錢就存款或貸款，除了詩人豐富的想像力外，才會找銀行行長竟是為「購買陽光」？

〈烈日下的快遞小哥〉有以下三句詩：

一句詩，被一束陽光釘在地上
一滴汗澆滅了

他獨在異鄉的寂寞

張曉陽笛兄的詩除了洋溢對事對物的感情外，尚有對普羅大眾凡夫俗子的關懷，因此他才能明白在異鄉謀生的快遞小哥的辛苦與寂寞。

讀到〈**夢之藍，海之藍**——岱山島之戀〉，以下這兩段：

帶上一滴海水回家
傾聽大海的心跳

澳洲在十二月開始就是夏季了，到時有去海灘，記得掏一滴海水帶回家，試試是否能傾聽到「大海的心跳」？同時也別忘了將貝殼拾回去，試試是否有如詩人的「奇遇」：

拾貝的人群裡，我撿拾著
茫茫大海的昨夜星辰

天亮了，昨夜茫茫大海的星辰，原來都是被詩人「撿拾」了回家啦！

展讀一氣呵成的廿八段史詩：〈在昨夜夢境中的沉吟〉，如以下詩句：

神州血雨腥風
一個古老的帝國
在陣陣陰風裡哭泣、哭泣……

讀來心情極為沉重，如：

庚子賠償、門戶開放
喪心病狂的強盜
肆無忌憚地
撕裂著東方巨龍的肢體

接著讀到總共十二段的〈煉獄中的悲吟〉，其中有「鐵窗下的林昭」引用了林昭烈士獄中的血詩：

自由無價，生命有涯／寧為玉碎，以殉中華

海外讀者對**文革**所發生無法無天的民族災難知道不多，如林昭烈士為國家民族犧牲者，在詩中除了為烈士鳴不平外，尚有深深的歎息與控訴：

人血不是水／滔滔流成河
以血為墨
為靈魂築一座詩意的棲息地

今年三月底發表於「風笛詩社」南加州專頁的詩輯《春風又綠江南》，多達廿一首，抄幾句如下：

雨花人用詩歌書寫人生
我們活著，就永遠有詩
雨花詩人，永遠不會消沉……

是多麼積極的詩觀喲、也反映了這位著名詩人張曉陽笛兄對詩的熱愛與執著，自然也是對人生的熱愛與執著啦！

翻到了〈茉莉花香中的行走〉這五首六合詩情，再次盡顯詩人豐富的想像力、如以下五行：

鳥聲，瘦成一條
曲曲彎彎的小路
躍出水面的青魚
此刻忽然踩痛了
鄉思的弦

鳥聲與青魚都成了動詞，唯有靈思巧妙、詩藝高超與學識豐富的詩人始能如此出神入化的造句。

再引〈太子山之戀〉以下四句：

並蒂蓮那一點枯萎的心事
被歲月碾成一束淡淡的月光
風掠過荒野，破土而出的夢
瞬間長成一片森林

多麼精美的詩句呵，「心事」如何被「歲月」碾成淡淡「月光」？「夢」又為何能在瞬間長成「森林」？所謂詩情畫意，好詩是不能用邏輯去分折或說理的。讀者若能隨著詩人想像力起舞，走入其詩中，將如置身畫境，眼中所見都是情是美是回味無窮的詩意。

〈讀司馬遷《史記》〉中，以下三句是：

暮色
從那遙遠的故事裡跌落
一切倒影都在晃動

〈讀《易經》〉的三句：

在金、水、木、火、土的
風水流轉中，搖曳著
一節節見證歷史的斷壁殘技……

還有〈讀《黃帝內經》〉的這句詩：

夕陽中，一匹馬馳著蒼茫與落日……

〈讀《詩經》〉：

一不小心，她的一滴
淚，滑進了我的眼中

隨手拈來抄下與讀者分享，這句句詩都飽含了無盡的想像力，詩趣盈溢。

展閱《文星璀璨耀金陵》的九行詩體，共廿四首，這輯是歷代文學界著名人物描寫，足證詩人飽讀詩書，涉及內容極廣泛。

再來是〈那些民國大先生的風采〉也是廿四首詩作，為近代大人物的描繪，篇篇內容皆是擲地聲響。其中有熟悉的梁實秋、林語堂、朱自清、聞一多、錢穆、陳寅恪、傅斯年、劉半農、梁漱溟、錢鍾書等等文學界大師們。

令我驚訝的是如廿四首組詩：〈一輪圓月耀天心〉，是專為弘一法師而撰作。

〈我的紅樓，我的夢〉是用十八首組詩撰成。

詩說蘇曼殊的組詩〈花和尚的風流與憂鬱〉竟然多達卅六篇，單單閱讀這輯組詩，經已對這位尚無緣相見的笛兒佩服到五體投地啦！

這幾天終於在網上拜讀完張曉陽笛兄的這部電子詩集，彷彿他就是天生的詩人，無論人物、動物、花草、魚鳥、歷史、經典、社會眾生，隨手敲鍵都變成了篇篇意象鮮明、盈溢詩情畫意的上佳篇章。

詩人謙虛自喻為「雨花臺下一詩翁」，任何有緣讀者將來捧讀到出版後的這部題材包羅廣泛的專著後，必定會同意我的判斷，張曉陽笛兄實在是如假包換的「雨花臺下大詩翁」喲！是為序！

二零一七年九月七日初春於墨爾本無相齋

未有聖賢不讀書

中文書市低迷，文學著作幾乎無人問津；尤其是遠離兩岸三地的海外西方國家，華裔新生代大多被同化而成為「黃皮香蕉」，還能講華語已算不錯了，更枉論要他們捧閱方塊字書報？

兩月前由主辦「慶祝孫中山先生領導辛亥革命成功一百週年」、系列活動的中華青年會劉彪總教練，特為我將臺灣出版的長篇小說《怒海驚魂三十日》，假「博士山社團聯合服務中心」，舉辦了一場隆重的新書發佈會。成為連串系列慶典活動中，瀰漫著濃郁文化氣氛盛會，也讓拙書能在當天銷售了兩百餘本。

在為讀者簽名時，有位經商的老闆笑吟吟拿著拙書說：「黃先生，我買你兩本『贏』回去，這本請你簽名。」

書市之沒落，啊！真要怪當年造字的倉頡先生了，這種由文字印刷而成的一本本讀物，造出了「書」這個字，發音為何不叫「贏」呢？千不該萬不該的卻用了一個與「輸」諧音的這個「書」字？以至不少賭徒、商家們見「輸」就遠遠避開了，那還會買「輸」讀「輸」呢？

假設這個「書」字仍然沒變，而「書」的發音卻是「贏」音，哈、窮酸秀才如我豈非「袋袋平安」，作品出版後就被搶購，日進斗金自不在話下。當然、那些根本不愛閱讀的人買回去、目的圖個吉利，買「贏」回家，誰不願意啊！

忌諱諧音而不敢買書讀書，那是怕「輸」心理作祟；這類人多的是賭徒，再來是迷信，胸中腦內墨水不多，人云亦云，以訛傳訛。其實這類人家中的兒女、孫兒輩若仍在求學，還不天天背著「輸包」去學校，天天在家打開「輸」本抄寫作功課。

幾年前舍弟從瑞士來，恰巧先岳母也由舊金山到了墨爾本；那天做導遊，一起帶去皇冠賭場用餐，也讓老人家開開心，去打打老虎機。我從來不賭錢，前往大賭場一定是陪伴遠來的親友觀光。為怕無聊，隨手拿了一本散文集；心想去賭場的人，坐在賭場內大沙發椅閱讀，大概除了我這書呆子外，再難有同類了？

拿著書站在弟弟的老虎機旁、想看看他的戰績，他用十澳元放入機器內，每次只賭正中一條線，每回一仙，十元可以玩一千次也。我笑著說，皇冠賭場老闆如見到你如此每回一仙投注，必定心酸酸，燈油人工雜費那兒收取呢？那有人像你？弟弟說無非陪陪姻伯母。話剛講完老虎機竟呵呵大叫，引來四週賭客羨慕萬分的眼光，原來竟贏了一千餘澳元。我的書始終拿在手上，照講他身旁沾滿了「輸」氣，可卻讓他用一仙的代價贏了千多元。證明「書」並非「輸」啊。

有次、在史賓威中華學校圖書館開講的易經風水班，舉辦師生們聯歡會，我應邀參加並向同學們致詞。我說：「風水學只是易經這部巨著內的一項，相信風水最重要的是應該知道：「一命、二運、三風水、四積陰德、五讀書。」若單靠「風水」就能改變命運，就能風生水起？那是迷信。命與運、非人力所可更改；但積德與讀書就是我們能身體力行的事。讀書可以改變人的命運，因而家居中若完全擺放那些風水吉祥物，而少了「書香味」，再好的風水師，也無法讓這等家居順風順水啊。

閩南語保存了不少古字古音，讀書是說成「讀冊」、「看冊」，買書就是「買冊」、書包叫做「冊包」。因而我的鄉音和臺灣同胞們，就不存在讀冊買冊會「輸」的這種無知迷信了。古早人也不稱做「書」，因為紙張還沒發明；而是用竹片寫字著作，再串成一卷卷，才會有「讀書破萬卷」的說法。

不論稱做「書籍」、「讀書」、「看冊」、「買冊」或「買書」，所指的就是記載文字、飽藏學識、蘊含智慧的著作。那些不讀書的人，不但本身會成為粗野之輩，還嚴重影響了後代兒孫呢。

「世代書香」之被人稱頌，就是此等家族中、代代都是讀書人；或做官或是博學之士，受人尊敬那是自然之事。要想兒孫出人頭地，家居要多擺放書冊，能有書房藏書更好，讓小小年紀的子女、孫兒輩、自幼耳濡目染，好讀書者將來必成大器。

曾看過如此精妙的對聯：「從來富貴都是夢、未有聖賢不讀書。」借用此聯語打題，與讀者們共勉。

二零一一年九月廿二日初春於墨爾本。

拳拳赤子愛國心

——代序《還是重歸中華》

二零一一年九月中、收到定居紐西蘭的作家林慧曾先生寄贈其新書：《重歸中華》，這部由香港明鏡出版社發行的專著厚達四百五十七頁，於十月初捧讀完，在扉頁塗下的讀後評語：「作者收集資料極豐富，論點客觀中肯，對時事尤其近代中國歷史人物撰述頗多，字裡行間蘊藏了對神州未來的希望。」

與林先生雖素昧平生、因文字結緣，我們成了神交文友，從此電郵往來頗多，猶若早已相知相識幾十年的老朋友了。去年聖誕節前、竟然接到他要求為其新著作序的來函；頓時頗感猶豫，撰代序務必先讀其著作。因向來不喜閱讀網上文字，恐老眼過累；但念及神交之誼，若拒絕則於理於情有虧，唯有硬著頭皮答應。

翌日即收到電郵附件、打開就是其新書，洋洋灑灑長達十五萬字；全書包括了五大輯、共收二十九篇文章。依次是：壹、政改之夢與重歸中華。貳、中國周邊。叄、寶島述評。肆、漢字與粵語的危機。伍、毛澤東及他的黨。

書中除了〈圓夢黑瞎子島〉這篇遊記去年拜讀過，其餘廿八篇鴻文因沒有在澳洲發表，故無緣過目。為了代撰序文，只好每次上網後，在電腦螢光幕上閱讀。

終於在新年初，斷續捧讀中看完全書；作者在篇章中所引的大量資訊，簡接成了對其論點有力的說服。因此、不得不對林先生的毅力及所花時間深感佩服。書中不少論點，與愚見亦不謀而合，如：

四、〈學習唐德剛的「歷史三峽」論〉：「民治」就不同了，治理社會是眾人的事，眾人都有權利參加管理，社會由眾人來治理。結果「強凌弱，大吃小，尊御卑」逐漸減少，人類享受儘量的公平與富裕。

作者移居紐西蘭、多年來生活在自由民主政制下，深明開明政執的重要性。

在第五篇、「反腐惡戰」一文中：

二、腐敗起因於手中握有缺乏有效監督的特權者。

三、不要忘記「文革」曾對基本道德觀造成毀壞，貧窮了千年的許多民眾片面地以為改革開放就是「唯金錢論」。

將大陸當今國情歸咎於「文革」，官吏腐敗是專政形成；作者與世界各地華人、希望中國新當政者能反腐成功挽救國家的心態完全相同。

在第七篇〈略論中國週邊〉：

今天中國面對的「即時爭執」絕對不止南海和東海！很可能是海、陸同時發生。不過無論如何，今後中國周邊問題一定是長期、複雜而兇險，這是不可迴避的。

可見作者對故國的關心與了解，躍然書上。在同一篇章中，又說「中國要保衛國土尤其在解決海疆問題上立於有利地位，就必須成為強大的海洋型國家」。與湫人的一篇雜文中的論點亦相同，該篇文章內我建議中國當局要緊急建造七、八艘航空母艦，擴充海軍力量，才足以保衛神州。

近月來中國與倭寇鬧到沸沸騰騰的釣魚島問題，在第十一篇〈釣魚島爭端的評估〉，其中一段如下：

日本右翼永遠不會放棄滅華之心，一定要準備小日本「發癲」往前衝的可能，居時中國就要雷聲大雨點也大了。

可說是作家的「真知灼見」了，對安倍晉三這位狂妄者領導下，那班充滿右翼思想的倭寇們，中國應如雄獅怒吼般的給予鬼子狠狠教訓，才可制止倭寇「滅華」之心。

第十八篇〈公正評價歷史的重大意義〉：

筆者一向認為環視全球，中國面對的周邊態勢是最嚴峻複雜的。兩岸問題雖然屬一個民族、一個國家的問題，也可看作一個特殊的周邊問題，而且是極為重要的周邊問題。這一問題解決好了無論從那方面說，對中華民族、對中國今後的發展，對化解日本等外敵之壓都有極為重要的意義。

作者將海峽兩岸問題，納入了「特殊的周邊問題」，關心中國未來以及兩岸的和統問題，顯現了一位海外華裔書生對故國的拳拳赤子愛國心。

除了對國家大事的多篇論述外，作者也關心年前大陸人有意發動「消滅」地方方語，尤其是想將已被聯合國列為正式人類語言的粵語。第二十三篇〈老廣與鳥語〉：

已有三千年歷史的粵語無疑是中華文化絢麗多彩的重要而充分體現！鄙視地方語言對國家和民族都是淺薄無知而負面的。

這段話擲地有聲，盼望大陸內那批「淺薄無知」者好好反省。

第二十四篇作品〈關於評毛〉：

越來越多思想被長期禁錮的人們，體會到毛式痞子運動治國的可笑和他那獨裁的破壞性、殘酷性和危害性。

作者文中這段文字，可說對毛皇帝的「痞子運動治國」有深刻理解。

而在最後一篇〈中共華誕之另類有感〉：

筆者認為，什麼時候毛得到澈底清算，國家真正民主化，真正輕裝前進的時刻就會到來。

有良知良心的海內外愛中國人士，以及敢於盡言責的華夏書生們，必定會為林慧曾先生敢於如此「評毛」而喝采。偉哉斯言，壯哉斯言！

是的，只要天安門上那張殺人魔王相片被撕毀，以及天安門外的毛屍被憤怒的中國人民鞭笞；那麼、美麗的、快樂幸福的中國夢，才會真正的實現；富庶又偉大的崛起新中國，才會真正誕生。

讀完這冊《還是重歸中華》，對林先生那份海外遊子的愛國心，深感敬佩；希望讀者們捧讀完這部洋洋灑灑的專著後，也能引起深思，那將無負作者的拳拳赤子心啊，是為序。

二零一四年元月五日於墨爾本。

林帶好以德報怨

——記孤女的悲慘童年

十年前應邀參加林女士為其母親八十誕辰舉辦的壽宴，她更捐出五百元給剛成立的「國父孫中山先生銅像籌建委會」。是「籌建銅像」第一筆捐款，令全體籌委們深為感動。

當年發夢都沒想到這位壽星婆居然並非她的生母？近日接到阿好寄來的一盒錄音帶，聆聽她娓娓述說被收養的悽慘故事，她經常語帶哽咽的難忍回憶的傷痛。

她說向我夫妻公開這段個人隱私，目的只有一個，希望將其不堪回首的真實過去化為文字，讓天下領養孤兒的養父母們，都能真正付出愛心，使不幸的孤兒能過上正常生活，那才是領養者要負出的應有盡任。

半個多世紀前、南越華埠堤岸某留產院有個呱呱墮地、無姓無名的小女嬰被父母遺棄；七天後有一對婚後八年尚無所出的夫婦，來到留產院辦理了領養手續後，興高采烈的將棄嬰抱回家。

因為祈望這個女嬰可以給林家帶來好運，便給她起了「帶好」這個名字；約兩年後，帶好果然為林家帶來了弟弟，林家自然喜難自禁。沒想到的是、這對狠心的夫婦有了親骨肉後，竟對養女視如眼中釘；在有記憶開始的稚齡四、五歲時，帶好童稚心靈已濛上了自卑陰影，經常被打罵外，小小年紀要擔負大量家務。

沒想到那位養父包養了二奶並離家私奔，養母將她託給其弟弟、帶好就如貨物似的轉移到「舅父」家。舅母以搓香為業，家中來了個小不點的女娃，可不能讓她白吃白住。於是、只有五歲的帶好一邊搓神香，一邊還要分心用腳去搖動睡在搖床上的小表妹。

戶外那大班同齡的小朋友們嬉笑聲不時傳入，反正舅母不在，帶好將還沒搓完的香枝悄悄扔掉，可以早點完成工作；希望也能到屋外玩耍。天真的小女娃，不知大人世界的狡猾，舅母回家、發現搓好的神香與實際數量有別。查核後、帶好就被狠罵毒打，有時也讓她飢餓一頓作為懲罰。

在舅父母家過了將近一年的非人生活，六歲的帶好有一天無意經過一家雨傘工廠；張望多時，每有成人出來，便主動求職，說要當學徒或做雜工。

終於驚動了該廠的老闆，問明因由，覺其乖巧可憐，有意協助；但礙於勞工法，要她回去找一位大人前來，始能接受她當童工。

帶好回去找養母，苦苦哀求下，也許她的養母心生愧疚？或也早知養女常被她的弟婦凌辱；最後居然同意陪帶好去見雨傘工廠的老闆。從此、帶好成為這家傘廠最小的童工。

老闆的小女兒八、九歲，極為喜歡帶好，見她不能上課，就經常教她學識字。年假時全廠工人都回家過年節，獨她一人無家可歸，苦苦求老闆，始讓她不必離廠。因見帶好與他的女兒投緣，將之視為親人，還一起讓她同去大叻遊玩。

養母每月定期到工廠，並非是專程來深望她，而是向她要回該月工錢；只留下兩、三元給她。經已有住有食有工作，不必再受皮肉鞭打之苦，帶好對於金錢不會計較，她已極為滿足身為童工的日子。

有老闆的千金對她的友誼，是悲慘童年中最為幸福之事；小姐也成為她的啟蒙老師，教字外、也將些小說借她閱讀。晚間報名在南海學校讀夜學，總算能讀了三年的小學夜學課程。

後來她的車工技巧日益進步，小小年紀每月已能賺到二千餘元工資，自然也全都被養母強行取走。無情歲月將遭遇極大不幸的帶好，變成了婷婷玉立的少女。已不乏追逐的蜂蝶常圍繞裙邊，可為了遠遠逃離養父母及舅父母，她對身邊的追求者不為所動。

嫁給葉先生時，並無愛情基礎，完全是因為夫家是遠在下六省的芹苴市；幾近盲婚啞嫁，幸運之神終於前來眷顧這位受盡苦楚的孤女。丈夫始終如一的憐愛，讓她擺脫了過去陰影，開始了美滿生活。育下了五位子女，南越易幟後，為覓自由而夫妻離散，最終都到墨爾本大團圓。

心地善良的帶好，在新鄉立足後，不念舊惡、為南越的養父母辦了移民，也到了墨市，並讓兩老共住。及至十餘年前，才遷入安老之家。至今仍每週前去探視，並每月要為兩老支付近四百元的藥物開支。

聆完兩面錄音帶，思緒翻騰，為帶好童年的遭遇唏噓不平；難能可貴的情操是她夫婦寬宏大量，以德報怨。十年前為她養母所辦的壽宴，真是記憶猶新。當年受邀的賓客親友，又有何人能料到，壽星婆非其生母呢？本來養育之恩也大過於天，但這對絕不負盡任的養父母，自私

林帶好（左）與作家婉冰合影於二零一四年元月十二日。

自利心腸狠，極嚴重傷害了一位幼小孤女的心靈，使其童年留下恐懼的夢魘。

如今滿堂兒孫的林帶好女士，享受著幸福的退休生活；當年惡夢早除，由於慈悲心，將其悲慘遭遇公開。是祈望所有養父母，能將領養的孤兒、孤女視如己出，至少也不應將養兒養女當成虐待對象或出氣筒啊。

二零一一年十月卅一日於無相齋。

佐叔的傳奇人生

稚齡三歲即隨雙親從出生地廣東新會移居越南南方，十二歲始每日晨操運動、兼學會游泳；八十年來除了逃難期間、以及旅遊觀光時因住宿酒店沒有泳池設備外，一直堅持游泳到今天。九十二歲的佐叔、仍然每日清晨駕車到住家附近的泳池在水中運動。成為墨爾本東區花費近六千萬澳元、新建築的游泳池最高齡泳友，被該泳池職員拍出滿臉笑容的游泳半身照、印於泳池刊物當封面人物。

更沒想到的是他在三十歲時、竟迷上柔道；師從日本世界柔道最高學府「講道館」專家學藝，終於晉升到**黑帶**四段的高手。最後成了在南越熱心弘揚柔道、傳授這門強身健體的武術教練；並當上了「越南國家柔道總會」副主席多年，由於喜愛體育及熱心公益，曾獲選擔任一屆堤岸「精武體育會」會長。

佐叔是先岳父生前至交好友、在尚未認識這位當年南越僑界鼎鼎大名的陳佐會長前，早已從先岳口中得悉其人其事。有緣相識後隨著內子對這位談鋒甚健的長輩稱為：「佐叔」。令我深感意外的是佐叔除了每晨定時游泳外、閒時喜歡閱讀書報，關心天下事。

每有世界重要新聞、佐叔總會來電話和我傾談，彼此交流對時事的觀點。每週與一班退休朋友茶聚時、佐叔大多數只聆聽友輩高談闊論而鮮少發言。絕不會為了政論和宗教話題而爭執，總是笑吟吟的當一位最佳觀眾，他那班老友們大都是在新鄉認識，真是有眼不識泰山呢！

越戰時在西貢郊區由越籍華僑與美籍華僑合資的某紡織漂染廠、佐叔被聘為該大紗廠公關與人事部主任，每日處理數千男女織工調配等廠務，實在夠他分身乏術了。每有嚴重犯規的員工，被警告或開除時幾乎都涉及「人事部」。而該大工廠的織布工人、有少部分竟然是潛伏的敵對份子，多半是華裔年輕人，因被宣傳美麗的糖衣所誘惑，甘心被利用成為「傀儡」，即所謂「進步人士」。

為了擾亂南越大後方的社會安寧，西貢堤岸華埠不少知名僑領或文教界精英，或因是國民黨成份、或因是大工廠主管、著名報人、主筆與校長等身分、先後皆被「殺手」無情暗殺。由於佐叔的公關職守以及紗廠的管理層身分，竟然成為被針對的目標之一。

佐叔終於接到了對他的嚴重警告信、生性樂觀又處變不驚的這位武林高手，即將警告信呈交給有關部門調查。他自此每日上班或應酬，都駕著不同種類的汽車代步；因為在紗廠任職前、已成功經營汽車維修廠、織機零件廠、投資、保險及地產等多年，故有能力自置多部車輛及泳池會所與幾處居所。也幸得如此、那幾年間成了「居無定所、出入無定時」者，才能倖免於難。

其時有兩位機要秘書協助佐叔日常公務、其中一位秘書不幸也被殺手處決了；至到一九七五年四月底南越淪陷後，另位秘書才坦誠了其真正身分，是被派到該紗廠人事部工作者，並告訴佐叔、終於證明他並非「敵人幫凶」，經已向上級報告，要佐叔安心生活。成為被處決黑名單上的人物、竟能逃過大難者為數不多。佐叔之外據我所知，尚有當年堤岸某中學的校長因為晚餐時遲下樓，而令殺手槍擊錯人，讓校長空座位旁的那位不幸老師成了替死者。

身為虔誠的基督徒，佐叔大難不死、視之為上帝對他的恩典。由於早歲在基督教會的嶺南學校就讀，從小即對弘揚博愛的主耶穌崇敬，卻因為種種事故延到澳洲定居後始受洗成為基督徒。佐叔先後也曾在堤岸的知用中學和福建中學就讀，因此墨爾本的知用校友，如他有參加必是最老的前輩校友了。我是福中校友，直至昨天到佐叔府上探訪時、才得悉這位長輩也是我的校友呢。

四十年前逃奔怒海、翌歲被澳洲人道收容而定居墨爾本後；為了生計這位樂天派的人、屈就成為「**無產階級**」職工，在一家生產度量衡的工廠及汽車廠當了六年機器操作工人。一九八六年後改行、變成露天市場擺賣手錶及電子玩具的小商販；每週四、五天載滿整車的商品前往不同的地點擺檔，直至退休。

佐叔共育有三男四女、已有十多位內外孫兒女、更有五位曾孫，四代同堂的耄耋長者佐叔仍然目明聲亮，九十二歲的老年人居然還能駕汽車代步。昨午與佐叔茶聚全靠他帶路到他家居附近酒樓，我才不必點按座駕內的導航螢光幕指示地址呢。

為了尊重這位長輩、拙稿撰作後將影印寄去給佐叔先過目；飽讀詩書的佐叔在與我握別時，還許諾會將當年南越僑界一些掌故告訴我，令愚夫婦都喜出望外呢！

一九二六年在家鄉廣東新會降生的佐叔，三歲去國、成長後一生跌宕起伏；幾經思考，敲下了〈**佐叔的傳奇人生**〉為題，向讀者們介紹曾榮獲「華人社區服務中心」舉辦的二零一七年「人生錦標獎」、定居於墨爾本郊外老當益壯的華裔傳奇人物。

二零一八年三月十五日於墨爾本。

佐叔與婉冰攝於二零一八年三月十五日Ringwood。

灰飛魂離亦瀟灑

忌諱死亡的人，往往不敢面對事實，避免觸及終止生命一切有關話題及想法。在國外住久了，入鄉隨俗者也會預立「平安囑」，對子孫交代身後事，包括遺產分配、安葬儀式，好讓親人照辦。

當代文學大師錢鍾書去世，享壽八十九，遺言火化不留骨灰、葬儀要簡單，希望三、五人參加便行；以他在文壇的地位，若無遺書必定舉行備極哀榮的喪禮公祭。可是他卻灑脫的要低調安息，連墓塋也不設，多高尚的風範。

三十幾年前周恩來也要以火化將其骨灰撒入江河，據傳是唯恐土葬被後死的毛皇帝或政敵將來鞭屍？若傳言屬實，可見老周早知共黨鬥爭之恐怖。

聖雄甘地先生和尼克魯總理功在印度，他們不存墳墓，火葬撒骨灰於國土上，名垂千古，是極瀟灑的透悟生死啊！

莊子病危時，學生們紛紛議論厚葬恩師之法，莊子頗不以為然的說：「在上為烏鳶食、在下為螻蟻食，何厚此而薄彼？」食古不化的學生們無法學到老師逍遙思想，難怪莊子會生氣。

海軍與船員及漁夫，若於海上途中亡故，採取海葬，將屍身扔進大海，這是莊子沒提及的「在水為魚蝦食」了。

西藏人流行天葬，將亡者抬上山作法事；禿鷹群飛繞衝下爭食死者，似乎和他們的宗教信仰有關！

埋在神州大地數不清的皇陵古墳，現正一個個被發掘出土，帝王尚且逃不過被起墳，何況一般貴冑王公？盜墓賊光臨偷掉珠寶古物，屍骨未能入土為安，是始料未及吧？

曾經到博物館參觀一具木乃伊，這具埃及女乾屍生前是貴族仕女，絕沒想到逝世兩千多年真的「復活」供後人研究觀看。金字塔內的木乃伊復活無望，中國皇陵遺物曝光，秦俑兵馬成為國寶，歷史無情，時間嘲笑著這些被它吞噬的人物。

先曾祖父在南洋發跡成巨富，逝世後以十層棺柩運回閩南家鄉、埋骨故園；數年後卻被盜墓賊偷走骷髏頭勒索，陪葬物自也被偷光。顯赫家勢禍延子孫，先父因屬地主富農之後，迫得逃亡海外避過紅朝清算鬥爭的酷刑。

地球上存活過的人類多達八百餘億，這麼多的臭皮囊於今何在存？帝王將相公卿凡夫百姓莫不在時間巨浪裡灰飛煙滅，有多少人還能找到其曾祖、高祖之墓塋弔祭呢？

先父母埋葬德國北部杜鵑花城，小鎮寧靜幽美、鳥語花香處處的私人墓園，墳地購買契約一百年。定居德國的二弟告知、那些到期的古塋根本再無後人納費續約，一一被掘出墓碑另埋新棺。若非如此那有土地收葬遲死者？想想也是，百年之期到時，曾孫玄孫已不知落籍何方？

怎還會想到前往歐洲祭祀祖先們呢？

內子婉冰的外婆安葬南越堤岸平泰廣肇義祠，以前清明、重陽子孫們皆前往掃墓。一九七五年改朝換代後，兒孫們飄零美國、加拿大與澳洲。後來平泰義祠開發建成住宅區，千百個墳墓皆被剷平；縱然今日能返故園觀光，又何處尋其塋墓祭拜呢？

活著有執，人死如風散，再執著如埃及人般裹成木乃伊又有何用？墓地再大也比不上皇陵或金字塔，後代子孫又有幾人能老守著先人墳地慎終追遠？笑言身後事，我告訴家人若壽終，將我火化撒骨揚灰於雅拉河或臨海處即可；萬水同源，將來散居各地兒孫若存孝心者，只要臨水追思等同掃墓登高，可免卻後代麻煩，更可避免遺骸被搬遷亂動或曝光作賤。

成、住、壞、空，臭皮囊緣起緣滅，生死無非是時間過程裡一段現象，是空也是幻。生無所執，死豈能執著些什麼呢？瀟灑走一回，能夠不枉此生，壽終也就大解脫，灰飛魂離，有何不好呢？

（本文發表於一九九九年十一月臺灣「海外學人」月刊三零五期；意外發現重修並輸入電腦存檔。）

二零一二年四月十一日重修於無相齋。

熱愛生命的詩人

——《許耀林詩選》讀後

知道雪梨華文詩人群中有位許耀林，好像還是他當了作協領導後，偶然在報上獲知其大名。可惜一直無緣捧讀這位陌生詩人的作品。

沒想到今年四月中，有幸能陪同臺灣名作家陳若曦教授訪問雪梨；那天中午在華埠邀宴的主人，到達時始知道是活躍在雪梨文學圈內的詩人許耀林。這位成功人士背後的偉大女人王福榮女士也陪同夫婿齊來盡地主之誼。

意外收穫是在雪梨幾天，除了與文朋詩友會面外，更帶回不少贈書；我多年來養成一個習慣，任何書冊只要是作者簽名贈送，都會依收到次序拜讀。

七月初忽然開始試作由臺灣名詩人林煥彰老師、在七年前提倡的六行以內小詩；這將是繼我的漢俳、短歌及武俠詩體的另類新嘗試了。近日捧讀《許耀林詩選》，驚訝的發現這部精美詩集中選錄的一百三十五首詩作品，其中竟有二十餘首小詩，包括了一行的詩。

今天終於讀完這部詩選，因其詩作而對詩人有較深的了解，他之事業有成，是幾家「榮寶堂」的東主，與其賢慧夫人有關外，主要還是他積極向上、熱愛生命的樂觀性格促成。

詩言志、言為心聲；一個悲觀者絕不可能在其灰色生活中描述快樂歡喜？好詩必定是洋溢感情真情友情愛情，謂之「詩情」；無情的詩是口號、是廣告、是教條、是順口溜、也可能是文字遊戲？讀擺詩選，有感撰文，我非學者，對評論文字向來不敢賣弄，純是讀詩心得，不當處請讀者一笑置之。

詩人對生活的態度，在〈生活〉為題的詩句中：**比如一棵古藤／它只知往上爬／永遠窺視著前方**。詩人明知不同人有個自的解答，他自己呢？結尾三行：

> **向前　向前　向前／希望／就在不遠處閃光。**

這位當年唐山大地震逃過災殃，不但大難不死，同時還一口氣救了二十餘人的英雄，有今天的成就，除了所積功德回報外，他對生活總是充滿希望。

另一首〈孤燈〉、看題目會想到凄涼孤寂？可其詩句：**呵　我多熱愛這生命的孤燈／孤燈裡／淌出多少黎明／多少晨鐘的渴盼**。在詩人心中，縱然是孤燈，由於他熱愛生命，竟從孤燈裡看到「黎明」及渴盼晨鐘。

詩人要有豐富的想像，才能經營詩中的無數意象。〈一種現象〉（五十二頁）的始句：**亂雲一口一口地吞食樓房／樓頂用刀砍斷彩雲的長帶**。雲飄過樓房在詩人眼中是在「一口一口吞食」？斷雲是因樓房阻檔而成，但詩人想像成「用刀砍斷彩雲的長帶」；美化了自然現象，詩筆一轉：**我一高興／用眼光切開雲和樓的干戈**。短短六行小詩，將眼中見到的現象發揮到淋漓盡致，實在精彩。

小詩易學難精，幾行詩中幾乎要字字珠璣，精煉就要看功力了。〈斷想〉（五十六頁），四行詩句包括想起女兒、波斯貓、情人、翠鳥。好像風馬牛，可都是美夢呢。後兩句：**柳絲深處飄來情人的秀髮／綠波裡的翠鳥是我的小嬌**。聯想力也就是想像的伸延，柳絲對秀髮、翠鳥變小嬌，詩人自我陶醉，讀者也分享他的美夢。

〈希望〉（五十九頁）在詩人心中：**遠方希望的原野一片灰茫／灰茫就代表著希望再歌唱**。連「灰茫」也都代表著希望，詩人的積極人生，躍於詩中。結尾的詩句：**希望總在一條蛇身上發光／而光芒總是遙遠的遠方／跋涉著艱辛的征程／永遠遙望遠方的太陽**。光芒與太陽，都是希望，詩人的眼中心裡，生命就是希望。

以〈悲〉為詩題（六十頁），仍然充滿積極的人生觀，最後一句詩：「**世上最寶貴的是肯定自己**」。從唐山地震、詩人大難不死並救了二十餘人時起，相信詩人經已在那大災難中奮不顧身去救人時，早已「**肯定自己**」了。

茵茵的草地／在我翠綠的手掌上。手掌上居然成了〈茵茵草地〉（七十六頁），詩人的夢在三月飛翔，意念都盈滿詩意：**悠悠柔情的腳步／送春風一程又一程**。詩人這首「夢幻三月」是江南的三月；而非拙詩「三月騷動」所撰的墨爾本初秋。

只有四行的小詩〈失皮箱〉，活龍活現的將失主的慌張描繪，若無親身經驗，是無法如此

傳神：**靈魂出竅不知飛何處／剩下軀殼如死骨一堆**。（一零五頁）

到處都閃著你的微笑／你總是那樣自然而蜜甜／你小得如此廣大。（一一三頁）

被擬人化的是〈小草〉，不看題目是無法猜到這三行詩是描繪四野八荒的小草。由於詩人熱愛生命，眼中詩心的萬物都欣欣向榮，小草「閃著微笑」還總是「蜜甜」，偉大的生命不在其小，小草是「小得如此廣大」，用字雖顯淺，用意卻深遠。

連〈遐思〉時，詩人意識裡仍然是一片光明：**因為在那裡我駕駛過無數遊船／才扎下這久遠震顫的理想光環**。（一二八頁）

隔頁結尾三行：**希望的帆船／在雷鳴電閃的襲擊下／執著地向明天靠攏**。處處樂觀，洋溢在詩句中，將對生之希望廣為散布，讀其詩而知其人，因而拙文打題時才敢為初識的詩人下定論。

但一切都不要擔心受怕／該過去的終究會過去／生活自會有它的道理。（一四二頁）對於熱愛生命的詩人，生活上的折騰都可泰然處之，給人安慰也給人力量。

〈生活〉（一四九頁）在許耀林的六行小詩，詩眼是中間兩行：**生命的任何瞬間都具有／無窮的意義**。任何悲觀或頹喪者，都無法暸解「生命任何瞬間」所蘊藏的「意義」。

最後、在〈掘金者獨白〉，也該是詩人的獨白：**人生的道理只有一個／要改變命運全靠打拼**。（想起閩南歌：愛拼才會贏。）**莫要埋怨自己生不逢時／一切機會都在自己手中／只要於去尋找去爭取／你自己就是命運之神**。（一五二頁）

以上所引多是詩選中的小詩，很佩服詩人對小詩創作的深度與巧思。詩意澎湃湧動的是為紀念唐山大地震三十週年而作的**《黑鳳凰狂想曲》**。組詩共分六樂章，包括「誕生」、「華髮」、「春情騷動」、「毀滅」到「再生」。若無對故鄉的深情、對故鄉災難的切膚之痛，以及劫後餘生的經歷，是無法撰出詩意磅礴的力作。這輯組詩希望有詩評家或學者專家撰文評論分析、解剖介紹，非我敢置啄也。

有緣認識許耀林賢伉儷，並獲贈詩集；讀後不昧膚淺，將感想撰打，純是個人讀詩心得，不當處還請詩人指正和包容。

二零一一年八月二日仲冬於墨爾本。

身心安處為吾土

身心安處為吾土，豈限長安與洛陽。

——白居易

中國的方言特別多，不但粵語與上海話難溝通，同是廣東人、講台山話的老僑遇到說客家話的同胞，一樣是各講各的；講欽廉話的廣西人遇上廣東潮州客也會雞同鴨講。偶見福建老鄉，我極高興的趕緊換回閩南鄉音，豈知對方是講省會的福州話，同是福建人、南北語系卻是兩個全然不同的世界呢。

國人地域觀念的形成，很大原因是溝通問題；近半世紀以來海峽兩岸分治，卻都一致推行國語（普通話），彼此均能用共同語言交往，對將來中國統一和團結是有重大關係，也可以打破狹隘的省籍界線。

世界各地區的華人社會，先輩們利用同鄉情誼集會結社，達到互助相濟的目的，早歲是有客觀因素和必要。時移勢易，當今海外華裔對地域同鄉以及同姓宗親之誼，應該漸漸淡化，對華族社區的大團結才有助益。

我向來是不贊成在新鄉籌組同鄉會和宗親會，因為華裔在居留國已是少數民族，我們如果閉門在自己社區內再劃分彼此，熱鬧是夠熱鬧了。滿街滿巷到處的會長們互相吹捧外、百千個姓氏組成的宗親會，幾百個同鄉會……對宗親或鄉人能做到的聯誼或服務有限，可卻成為華族大團結的無形阻力。華人被異族視為散沙群體，是值得吾們再三省思啊！

人類歷史都是從遷徙中形成，堅持原籍的人如能查閱族譜，當能發現自己的籍貫和祖先有極大的差別。正如我們不論原籍是福建或是廣東，以我為例，先祖從中原地區南遷，先父在閩南農村誕生，避赤禍遠離家鄉移居印支半島。

我三兄弟先後在南越湄公河畔巴川省省會出生；童年隨雙親逃戰亂到了堤岸華埠落戶，求學成長及娶妻養育兒女。中年攜婦將雛舉家逃避越共苛政奔向怒海，淪落印尼荒島十七日、餘生後獲澳洲人道收容而定居墨爾本。

六位男女孫中有四位在墨爾本誕生，我們的故鄉理論上是應填寫福建泉州同安；但到今天同安縣我除了前往尋根逗留過幾天外，故鄉的真容是圓是方還弄不清楚呢？年前回去探親，又被親友告知「同安」經已一分為二，我們的祖屋所在鄉鎮，已改成了「廈門市翔安區」了。

孫兒女們的原籍強要承認是福建廈門也無不對，但這班孫輩們除了講國語、粵語和英語外，一句鄉音也不入耳。何況祖母婉冰是廣東南海人士，長孫女的媽媽是浙江人，堅持說是閩南人，又非純種？追溯到遠祖，才又回到中原了。

最公平的辦法，對孫兒女們來說，這班新生代就是「澳士」或「澳洲華裔」了。因此、原籍是什麼或應該將自己定位為什麼人都不重要；那麼今天海外華社，若再執著劃分省籍地域，以同鄉會自囿，在深層意義上講可說完全沒必要啦！

一千兩百餘年前唐代大詩人白居易先生就說過：「身心安處為吾土，豈限長安與洛陽。」以今天地球村的角度講，這位名詩人的下句詩可改為是：「**豈限中國與澳洲**」了。

九百多年前的蘇東坡先生也告訴我們：「**此心安處是吾鄉**」。不愧是大詩人，其真知灼見幾乎預見到近千年後的人類地球村，只要心安，那個地方都是我們的故鄉啊！

我們選擇了澳洲這塊人間淨土安居，子孫們漸漸融入這個美麗新鄉，三、四代以後也通通變成了名副其實的「澳士」。也有可能他們又遷徙去一個未知的新地方落籍？正如我的曾祖父母及祖父母生前，怎能料到孫輩們會遠涉重洋去到澳洲、瑞士、德國定居一樣。

地域觀念在地球村已經建立起來的當代，早已不合時宜；面向居留地，新鄉能令我們安居樂業，可讓我們心安的地方，就是吾鄉，眼前當下便是，又何必太執著呢？

二零一四年六月三十日初冬於墨爾本

金婚賀詩盈佳話

半世紀前在南越華埠堤岸市，生活在該市的數十萬華裔同胞，對戰爭的槍炮聲、彷彿遠在天涯？除了偶而午夜隱約傳來B－52美軍巨無霸轟炸機投彈聲外，整個城市頗難嗅覺烽煙味。

本來辦好了到臺灣升學手續，不意一九六三年發生的那場軍人政變，將吳廷炎總統昆仲未經審訊而殺死在坦克車內；也簡接改變了我赴臺求學的美夢。因為軍政權各部門對舊政府所有發給的證件，皆一律視同廢紙。

當我重新辦理出國留學申請時，已是翌年年初，剛剛到達男青年法定不准離境的二十歲，目的是要留下能上前線作戰的青年子弟。當是婉冰也早已辦好遠赴臺灣政大升學的手續，我們一齊赴臺灣繼續未了情的約定，已無法實行了。

在我苦苦糾纏請求下，經已情根深種的女子作出極難的決擇，為愛甘願放棄去國的美夢。於是在年底十一月的黃道吉日，恰恰是我生日的同一天，黃府的迎親車隊前往五公里外森舉市，迎娶了那位葉家大小姐、被視為掌上明珠的婉冰。結婚時根本沒想到在戰爭年代裡，將來日子會有多長遠？

此次慶祝金婚之喜，回首猶若是在夢中，如真似假的感覺經常纏繞不散。終於敲定慶祝方式後，賢慧內子婉冰早已落實「夫唱婦隨」發憤自學而成為作家，於是建議每人同時一冊著作合辦發佈會，果然是別開生面呢。消息傳出，未到慶典之日，經已先後接到各地文人雅士賀詩及楹聯。

這些美好文字都盈滿著作者對愚夫婦一番隆情及厚意，可算是一篇篇美麗佳話；除了個人保存紀念外，也該公諸文壇讓讀者們分享。感謝芽莊啟明學校網站韓國忠主編，花費時間在不同時段內將我傳去賀詩或楹聯，每次貼上敝人專頁後再傳回。

首先收到的是在瑞士定居的二弟賀聯：

白頭偕老　黃玉湖　敬賀

並首五旬苦樂互持，紅顏添白髮，仍舊不離不棄。

同舟半百情深共勉，老伴呈龍鍾，依然無怨無尤。

幾天後又收到定居德國慕尼黑市老同學、知名詩人邱秀玉與她夫婿梅慶東先生聯名的七律賀詩及賀聯：

衷賀同窗摯友玉液（心水）錦鴻（婉冰）

二零一四年十一月十六日金婚大慶

琴瑟諧和五十秋，并肩携手戀詩樓。
夫妻互敬恩情重，子女承歡孝道稠。
柴米珍稀同儉樸，風雷激盪共分憂。
相濡以沫愛心結，比翼雙飛齊白頭。

賀聯

五十春秋相伴相依偕白首
一生儔侶不離不棄擁金婚
梅慶東&邱秀玉　仝賀　慕尼黑　二零一四年十月十日

意外驚喜的是接到著名「半卷書」網站站長、來自家鄉廈門，有一面之緣的茅林鶯女士賀聯、楹聯內將愚夫婦姓名嵌在聯句如下：

半輩子攜手，有**黃**發壽胥、孝兒順女、伉儷深情，趁此凝禧良辰莫辜負金波**玉**液；
五十載同**心**，曾**葉**律調聲、吟詩弄文、著述等身、於彼結縭佳夕頻來傳雲雁**錦鴻**！

遠居加州、當年在堤岸志誠中學同窗，一別幾十載，年前才在網上聯繫到的老同學蔡文雄兄傳來賀聯如下：

賀心水&婉冰　同學金婚　蔡文雄敬賀
五十年比翼雙飛長相廝守情濃如鶼鰈
天荒地老
海枯石爛
半世紀結伴同行相敬如賓愛深似鴛鴦

越戰期一九六七年初、我離家到了南越中部城市芽莊城、由知名作家鄧崇標兄（筆名村夫）介紹，結識了當時在芽莊美軍物流部門工作的沈昱明兄。他與村夫兄是同鄉，都是欽廉人士；昱明兄身為會計部副主任，由他向美國主任代我申請而成為會計部職員，他是我們幾位華裔青年的頂頭上司。赴美國定居後，竟然成為當地著名中醫師，成了名副其實之欽廉才子呢。

電郵傳來老友賀聯，也是將愚夫婦名字嵌入聯底成對：

黃玉液&葉錦鴻伉儷金婚之慶　沈昱明夫婦敬賀

玉樹臨風　才子佳人　攜手同行五十載
慶守諾言　交杯合飲真玉液
錦秀華容　女貌郎才　把臂齊驅金鑽約
敬相守望　並肩繡成妙錦鴻
美國北卡羅來納州夏洛特市二零一四年十月二十三日。

居於雪梨市的安紅文友、也傳來了以下兩首賀詩：

祝心水&婉冰伉儷金婚大喜
白駒金烏五十年
婉冰玉液證前緣
但使光陰能停駐
何妨再賦鳳凰弦
二零一四年十月賀

觀心水婉冰伉儷金婚賀卡有感
只羨鴛鴦不羨仙，

大千世界幾因緣？
雙雙妙筆生花久，
處處蓮田醉奕然！
甲午年閏九月悉尼橋絳軒

墨爾本天后廟前主委、欽廉才子葉膺焜兄傳來祝賀的詩體竟然是短歌：

祝賀　玉液，　錦鴻　伉儷　金婚之喜　葉膺焜　敬賀

短歌一首
喜訊降連綿
半百鰈鶼比天仙
妙筆繪大千
子孫賢孝儒風家
珠璧交輝梁孟眷

最後接到的是「世華作家交流協會」副秘書長、該會網站編輯、定居紐西蘭奧克蘭的林爽及其夫婿榮基宗兄的兩首漢俳賀詩：

漢俳賀心水婉冰金婚誌喜及心水散文集獲獎

黃榮基&林爽

鶼鰈情綿綿
比翼雙飛五十年
滿堂兒孫賢

文壇美鴛鴦
小說散文屢獲獎
作家好榜樣

二零一四年十一月三日於紐西蘭

以上總共十一首祝賀作品、包括了七律、楹聯、漢俳及短歌等不同詩體；愚夫婦衷心銘感外，特恭錄諸君作品、呈獻與廣大讀者群，為華文文壇留下這段佳話。

二零一四年十一月廿九日於墨爾本。

心水與婉冰儷影。

同遊雲南昆明恐龍世界留儷影。

洪門民治黨的義舉

每年農曆新年其間，華人社團幾乎連續不斷的舉行各式慶祝活動；尤其是聯歡會，更是讓人疲於奔命。對原本已三高的中老年的僑領老爺老奶們，血脂血糖血壓更會步步高升呢。也因此，幾年來淡出社團後，我幾乎已不參加這等應酬。唯一例外的是百年老店「洪門民治黨」排在最後一場的晚會，用「壓軸好戲」形容實不為過。

十年前、國父　嫡孫女孫穗芳博士受我之邀前來專訪、宏揚三民主義巡迴演說；在電談中查詢墨爾本有無致公堂？讓我一頭霧水，終於弄明白是「洪門民治黨」；她並告知國父　當年奔走革命，獲得洪門兄弟鼎力幫助。因此每次造訪新地方，都要拜會當地洪門黨部諸公，以表敬意。

孫博士訪問的一週時間中，我不但是司機也兼任響導；那次機緣才陪同遠來的貴賓、首次踏入「洪門民治黨」在市中心的宏偉黨部。受到該黨雷謙光盟長、雷得勝儲盟長、伍長然元老、許國榮財政及眾多理事們的熱烈歡迎。

從此、每逢慶祝農曆新年的聯歡宴皆接到該黨邀請；後來我創辦的「維州華文作家協會」成立典禮，雷盟長不但親臨祝賀，更蒙該黨捐贈經費。及至發起籌建國父　銅像，雷謙光盟長更當仁不讓，應允出任總策劃，領導我們這班後輩。

再沒有一個團體像「洪門民治黨」能廣邀維州所有華社領導人一齊共歡慶；不管承認與否，該黨的「江湖地位」，無形中已是「老大哥」了。試問有那一個團體真能廣邀數百嘉賓待之美酒佳餚，賓客們不花分文而能享受一個愉快的晚宴？大多數團體的晚宴莫不傾力銷售餐票，縱然受邀貴賓不必支付餐費，也要花錢刊登祝賀廣告或帶禮物或捐款支持。天下沒有白吃的午餐，但每年卻有「洪門民治黨」邀宴「免費的晚餐」啊。

能受邀者並非在乎那龍蝦佳餚，幾百元一桌的花費；任誰都可付擔；而是因為有資格被邀，是一種榮譽、是有被尊重的美好感覺。故而、除非是外遊或到國外公幹，不然、再忙也都會欣然前往。

三月廿二日的晚會、由趙捷豹先生和黃錚洪小姐兩位司儀精彩配搭下，龍舫皇宮酒樓在鑼鼓聲歌聲掌聲笑聲盈溢中充滿了洋洋喜氣；伍仲達主委致歡迎詞後，少不了有外交官及政要們講話。娛賓節目有沈幡庚的二胡演奏、這位演奏家出神入化的技巧令全場陶醉；女高音呂楓小姐的歌喉妙音繞樑，迴聲歷久不散。單聆這二位專家的表演已使知音者對主人感激不已了。

緊接著是由雷盟長代表該黨移交兩筆捐款支票，贈予墨爾本皇家醫院及墨爾本兒童醫院的代表Ms Christine Underworth；並由雷盟長及雷得勝儲盟長共同接收兩家醫院的感謝狀。最後由墨爾本皇家醫院代表David Zermen先生致謝詞，這位蒼蒼白髮的老外、居然用半生熟的普通話配以英語，感人的道出「洪民民治黨」經已連續八十八年來，從不間斷的對這兩家醫院每年定期捐獻。

全場報以熱烈掌聲，坐在我身旁、來自廈門的政協委員陳藝瑩感動的對我說，相信不但澳洲、甚至全球也難找到一個華人團體能八十八年不斷的堅持著對兩間醫院的捐款支持啊。在歡樂掌聲中，我深深的被洪門民治黨的義舉所感動。

聆聽了伍長然元老對該黨歷史的介紹，這個民間團體在墨爾本經已超過百年啦！從一九二二年開始這家百年老字號的大僑團，就默默的為主流社會的兩家醫院捐款，真正做到融入「主流社會」、為善最樂的義行。一九二二年該黨成員包括雷盟長、雷得勝、伍長然等等都還沒有出生呢。每屆領導們都繼承及堅持這優良善行傳統，此點精神難能可貴，如此的團體能不讓人感動和敬佩嗎？

能成為「龍頭大佬」，若無真正實力，單靠宣傳或搞大食會，那能讓人服膺？

「洪門」組織遍佈世界各地，該黨其他地區活動是否一如墨爾本？我不得而知。

而墨市在雷盟長、雷得勝諸盟長、伍仲達主委等領導下，仍然繼承慈善博愛的宗旨，將新年「洪門醒獅團」採青收入、全數撥出捐獻予這兩家大醫院，仁風義舉令人感動外，也希望其他華社好好向「洪門民治黨」取經學習，造福社會，也為華人增光。

二零一零年三月廿三日於墨爾本。

法鼓山開山紀念館

「世界華文作家交流協會」秘書處十七位文友，應邀於三月十六日到臺灣采風一週，廿二日作家們圓滿賦歸後；愚夫婦逗留多幾天去澎湖，回台北的最後一天即三月廿六日，再由葉永明伉儷導遊、前往了九份、野柳等景點。

下午回程汽車開往金山的方向，永明忽然對我說，法鼓山道場就在金山區，是否想去參觀？聽到「法鼓山」即想起多年前，聖嚴法師大駕蒞臨墨爾本時，有緣前往摩納士大學禮堂，恭聆大法師開示。對這位學富五車、飽讀詩書留學日本的博士法師極為敬佩。隨即開心的回應永明，將車轉到法鼓路上。

上山道路中途、設立守衛站，車停時護衛員告知轎車不能隨便上山，要觀訪請下車等小巴接載。沒想到永明微笑對著年輕的護衛員介紹，車內兩位客人是遠從澳洲來的作家呢，是否可通容？也真不敢相信，「作家」這個身分，竟然打動了那位年輕人，將一塊掛牌通行證交給永明，告知下山後務必交還。

若非他一念慈悲，老朽今生也許就錯過了到法鼓山朝聖的機會了。感恩永明這位新朋友外，也感激那位年輕守護員的通容。閒話表過，我們經已到了山上，停車後上樓，居然是直達

「開山紀念館」。門外立著巨幅書法，兩個大字「開山」耀眼，下方是聖嚴法師撰述的「開山的意義」內容。

意外前來、真想不到一進入了法鼓山道場後，身心俱寂；與原先念想的一切佛教道場有所不同，四周都杳無聲響。現代化的建築、典雅的布置，圖文說明與擺設，置身於尋根與發願區，承先啟後的了解法鼓宗的來龍去脈。

往前行是「祖堂區」，文物展出是該宗派傳承譜系表，擺設了歷代祖師大德們的牌位，飲水思源與緬懷感恩前賢之心、參訪者自會油然而生。

「人間淨土」思想的啟蒙者太虛大師、虛雲老和尚、曹洞宗法脈的東初老人、臨濟宗法脈的師承靈願老和尚；參觀了這四位大師生平、相關的文物一齊陳列展出，可了解法鼓山在佛教史上的淵源所在，這處被定名為「感恩紀念區」。

往右方穿過去，是了解法鼓山歷史以及該宗派理念的展區，圖文並茂詳盡的將該宗派的精神理念，一路前進及創新的軌跡；由開山、傳法等文物中，體會到法鼓山是以理念為核心，難能可貴處是因應新時代需要而推展環保教育的努力。

老朽觀看時、內心時時湧現了無法言說的感動。

移至前方，是聖嚴法師這位荷擔如來家業的當代大宗師生平事蹟；在這一展區內細細品讀被四眾弟子們尊稱為「師父」的聖嚴法師的文字開示，以及當年大法師於高雄美濃朝元寺閉關時關房內的實景。內心頓湧起無名的親近念想，彷似法師的眼神從雲端上，儒雅微笑的凝視著我。

大法師為了實現「提昇人的品質、建設人間淨土」的弘願，創建了「法鼓山世界佛教教育園區」，用作永久推動心靈環保，促進世界和平的根據地。聖嚴大法師淬礪發憤一生，終於讓「法鼓山」揚名世界、接引各地人士與佛結緣、親近佛法，了解佛法。

臺灣正信佛教是寶島的瑰寶，宗教的軟實力傳播海內外；是當代高僧大德如星雲大師、證嚴上人、聖嚴師父、淨空法師等的無量功德所造就。不論是在國家的近代史或宗教史上，這幾位佛教的大宗師們，必然名垂千秋，流芳百世。

到了「流芳堂」菩提祈福區，牆壁上數位化的流水字幕、映現了所有參與創建法鼓山的僧俗四眾等護持者的芳名，表達了對護持者的無私貢獻感恩心。流水式的芳名不斷流轉，讓人感受到「開山流芳、菩薩在人間」的意義。

穿過了「流芳堂」後，展出的是一個個法鼓山榮譽董事的功德，透示出那些真正護法精神的事蹟，一個又一個匯聚護法願心的感人故事；一個姓名是一段因緣，這個功德堂充滿了感念感恩。利益人間，弘揚正信佛法，這些護法者所奉獻的功德，被銘記被展示被推崇，所謂實至名歸也。

紀念館的第八大展區是「特展區」，除了常設展外，每年不定期的會舉辦各項主題展，從不同層面展示法鼓山豐富多元的各類風貌。當天居然是「觀音菩薩特展」，讓老朽對千變萬化、千姿百態的大慈大悲觀世音菩薩有更深入的了解。

聖嚴法師一生修行觀音法門，由於觀音菩薩的靈驗，使法師獲得許許多多感應；而因法鼓山在三門上懸掛著「觀音道場」四字匾額。觀音菩薩的法身，並無定相，展出各式觀音菩薩寶相，其姿影幾乎都是至美至善的化身。

匆匆觀賞了「開山紀念館」的八大展區，除了感動外還是感動，對聖嚴法師這位大師父，滿心充盈著佩服與敬仰之情。轉往大雄寶殿，高掛著大牌匾「大悲心起」書法揮毫，殿內明亮安靜宏偉幽雅，完全沒有一般廟宇的繚繞的香霧。現代正信佛教倡導環保的理念，早在法鼓山道場上貫徹。真希望澳洲及海外各地的華族廟宇、寺院道場等佛堂管理層與住持們、都能教導信眾們點燃「心香」，不再污染環境，不再讓信眾們吸入致癌的神香煙霧，那才是無量功德啊。

下山時，本想和那位護衛員拍個照，可惜他忙碌著，永明兄遞還上山通行證後，我們在黃昏將近時、朝台北的陽金公路前往士林夜市。

（注：拙文部分資料參考自法鼓山開山紀念館的圖文單張。）

二零一四年五月一日於無相齋。

楊千慧謙雅盈風采

——澳華政壇閃爍新星

澳洲維多利亞州議會的任期即將屆滿，去年底州議會便訂下今歲十一月廿九日改選，擁有近五百萬居民的這個澳洲第二大人口量之州、因其州府墨爾本多次被評選為世界最宜居城市而名聞遐邇。現任州政府是自由黨，反對黨是工黨，其餘小政黨如綠黨等猶若是點綴的花瓶，頂多只能有一、兩位精英被選成為州議員，對兩大政黨的爭奪戰起不了威脅。

由於華裔經已成為澳洲僅次於意大利裔的第二大移民族群，每次選舉不論是聯邦國會、州議會以及市政府，自由黨與工黨這兩大政黨、莫不推薦出華裔候選人作為號召，並證明這兩大黨絕無歧視華族也！

這麼多年來維多利亞州州議會，始終只有一位來自柬埔寨的華裔工黨議員林美豐先生，前屆他被任命為商務次長，如今是州議會的影子商務部長。此次改選除了林美豐再參選外，工黨同時推出兩位華裔分別競選不同選區；一位是北區的蔣天麟醫生，這位來自上海的候選人現任北區市議員，亦是熱心公益的知名僑領。

另一位就是本文的主角，來自臺灣現任墨爾本東北區萬年興市市議員（City of

Manningham）的楊千慧女士，她可是一顆閃爍在澳洲政壇的未來新星。就在兩年前，她被選為萬年興市的市長，成為維多利亞州歷史上首位華裔女市長、亦是萬年興市史上最年輕的一位市長。（萬年興市含蓋十二個城鎮、包括華裔居民眾多的Doncaster東卡士得鎮。總面積一一三平方公里，人口十一萬五千人。）

她的選區Mt Waverley包含了眾多華人聚居的著名城市Glen Waverley在內，這個選區過往大多是自由黨的議席，工黨推薦楊千慧市議員應戰，不但看重了華裔選票，還因為楊千慧當任市長及市議員的出色表揚。消息傳出後，這幾個月來墨爾本華社莫不紛紛為其打氣、並舉辦大型籌款晚會，以行動支持這位年輕的華裔精英能順利當選維州議員。老朽向來建議華族移民要融入當地主流社會，故而多年來貫徹主張的呼籲支持華裔參政，因此樂意為華裔候選人當義務文宣工作，以積極行動落實自己的主張，下文就是專為今年十一月底、維州議員候選人楊千慧女士撰作的介紹文章。

墨爾本初春在微雨寒風吹拂中，晨早七時太陽尚沉睡未醒，在維州議會選區Mt Waverley含蓋的四個火車站：Jordanville、Mount Waverley、Syndal和Glen Waverley，這些日子在月台等火車的上班族們，都會遇見一位東方女子、笑容可掬的向陌生的族群分發競選傳單；在人們訝異眼光中、她親切的向接過印著她全家福的宣傳單張者，笑盈盈的鞠躬致謝。

四年一屆的維州州議會、改選議員的日期已訂在十一月廿九日，這幾年先後在萬年興市（Manningham）擔任市議員、由於特出的成績而被選為市長的墨爾本華社精英楊千慧女士

（Jennifer Yang），像一顆光華萬丈的閃爍新星，忽然在墨爾本華社與及主流社會照耀著。

在二零零一年從臺灣前來留學的楊千慧，絕沒想到她會成為維州歷史上首位華裔女市長，初衷本想逗留墨爾本兩年，學成回去臺灣；又沒想到由於學詠春武術而與志同道合的師兄、澳洲洋青年Robert墮入愛河，締結良緣而養育了一對可愛的兒女。

這位擁有臺灣與墨爾本摩納士大學兩個碩士學位、多才多藝興趣廣泛的才女，在七年前就被墨爾本臺灣商會的僑領們賞識，強力推薦她參選市議員，性格謙虛善良溫柔的年輕女子，腼腆微笑的接受了這些長輩友好的提議，她認為盛情難卻，在沒有競選經驗的選戰中，也以第二票數落差而沒選上。

閃爍的新星光芒總會被發現、機會向她伸出了手，有才華的人絕不會被埋沒，二零一一年根據選票差額，排第二的她被推上了萬年興市議員的公職。喜歡京劇、武術與閱讀的年輕議員，上任後原對市府運作一無所知，敬業樂群的楊議員、不想辜負支持她的長輩及友好們、選民們的厚愛，趕緊邊做邊學習、努力不懈的求上進，及認真面對作為市議員所遇到的種種難題，不但很快掌握了身為市議員的職責，且與廣大市民選民建立了良好友誼的關係。

由於在市議員職守上投入大量時間，出色的工作獲得市政府同仁認同，得到市民的愛戴，翌年也就是二零一二年、才過了而立之年的楊千慧女士被選為萬年興市市長，成為該市有史以來最年輕的華裔女市長。

女性公務員最大困擾就是如何調適人妻、人母與市長的角色，楊市長的夫婿雖是澳洲土生土長的洋人，但醉心中華文化，在中華武術上是嬌妻的師兄，對師妹從政傾力支持，都說：成功的男人背後必定有位好女人支持；相反、成功的女人背後也恰恰要有位好男人支撐。楊千慧有幸覓得好夫婿，我華社因而能有這位臺灣才女挺身而出，成為主流社會出色的政壇新星。

自從被工黨賞識推舉她成為維州州議院下議員候選人，楊千慧深感責任重大，不能辜負幕後全心全力支持她的僑界領導們，和風雨無阻擔任競選團隊的義工們，更不可讓投票給她的選民們失望；因此、若當上州議員，她的主要政綱將涉及醫療，教育，交通，就業四大領域，也是與民眾生活最息息相關的議題。

這些政綱全是以民為主的理念，教育是百年大計，她定會全力以赴為學子們爭取及改進更好的教育系統；醫療關乎每位公民的設身健康問題，促成解決維州救傷車存在的危機；增進地方工作機會以支持地方的家庭，改善州的交通，讓市民出行時有更多的方便。

她說澳洲是移民的國家，維州的多元文化政策要堅定的衛護，嚴防種族歧視，當政者要傾聽「人民的聲音」，對所有種族互相包融和彼此接納。她感恩父母及丈夫兒女的支持，她始能全心全意投入澳洲政界，為華裔及選區市民服務。若她成功當選州議員，要做到一位真正為人民服務的公僕，以民眾利益為首要目標。

當年粉墨登場唱青衣角色的楊千慧議員，認為喜歡的事去做就是了，能做好當下是最重要，萬事萬物皆相通，重要是在練心也。

這幾年來、老朽創辦的「世界華文作家交流協會」主辦的就職禮、新書發佈會；都有楊市

楊千慧獲選為萬年興市市長就職日玉照。

長美麗的姿影為大會添光采，老朽夫婦對這位謙卑儒雅、年輕有為的臺灣女子極有好感，深為墨爾本華社有此才女而慶幸。老朽鄭重呼籲在她選區內的讀者們、選民們記得將神聖一票投給**Jennifer Yang**。

昨晨貴客蒞臨寒舍，真是蓬蓽生輝，近兩小時中與楊議員傾談，冷冬中一室的溫馨；她告別時、老朽衷心預祝楊千慧成功當選，下次「世界華文作家交流協會」的活動、蒞臨指導的將是楊千慧議員了。

二零一四年十月十五日於墨爾本仲春。

附錄：心水
——充滿人道精神的多產作家

莊偉傑教授

談論澳洲華文文學，心水是一個繞不過去的重要角色。如果說，澳華文學的形成和發展是凝聚著幾代華文作家的熱情和心智，那麼，有個別重要作家則對澳華文學的歷史進程起到承前啟後、推波助瀾的作用。心水應是其中之一。

心水（一九四四年——），原名黃玉液，祖籍福建廈門翔安，出生於越南南方湄公河畔的巴川省，屬於第二代華裔，他在出生地所辦的華文中小學讀了九年書，曾經過商、教過書，在工廠當過機器操作工人與行政主管。二零世紀六零年代後半期開始其文學創作生涯，青年時代在越南時就參與海韻文社及風笛詩社的創作活動。著述頗豐的心水，自一九七八年舉家乘船奔向汪洋抵達印尼、次年移居墨爾本後，重拾文學夢，秉筆寫春秋，一路耕耘一路播種一路收穫，除了出版詩集《溫柔》（一九九二年）、散文集《我用寫作驅魔》（一九九五年）、微型小說集《養螞蟻的女人》（一九九八年）和《溫柔的春風》（二零零零年）等外，曾以《沉城驚夢》（一九八八年）、《怒海驚魂》（一九九四年）這兩部長篇而驚動許多讀者的魂魄，並因此而榮獲臺灣地區海外華文著述獎小說類首獎。在澳華文壇，心水堪稱是一位十分活躍的、多產的實力派詩人作家。他寫小說、寫散文、寫現代詩，也寫隨感雜文式的評論。在一定程度上，他作為小說家的聲名超過他的詩名。然而，他對繆斯女神至死而無悔。說他的詩是「溫柔的心水」，是因為怒海餘生、大難不死的心水，靈魂不死、精神不死，加上歷史機遇和個人機緣，生活經歷曲折、離奇而豐富，一旦安居於自由而民主的澳洲，諸種因素加上他的智慧和勤勉，驅使他不斷律動出心之嚮往、心之哀怨、心之顫音、心之韻律，仿如行雲流水般顯得平靜、清柔、溫潤、活潑。

心水給人最深的印象是具有多方面的藝術修養和表現出相當優異的文學才能。一方面是他善於運用多種文體進行寫作的能力，另一方面是指他對文學組織團體活動的努力和推行。

心水以創作長篇小說為初具形態期的澳華文學帶來一片驚喜。作家依據早年的越南生活、海上漂流以及定居於澳洲後的生活經歷為背景，把異域文化與中國傳統文化熔於一爐。其小說作品，較多反映社會生活中的人性問題，故事呈示線性發展脈絡，寫實性、批判性和強烈的人道精神，使他的小說富有立體感，精煉、平實的文字具有較強的感染力，儘管其描寫不以細膩見長。心水在小說方面的成就，除了後期專注於微篇創作外，最讓人留下深刻印象的當屬其第二部長篇《怒海驚魂》，顯然的比起他初涉澳華文壇時書寫的第一部長篇《沉城驚夢》，無論在藝術技巧和視野上都更為開闊、更有力度，也更凝重。如果說「驚夢」僅是向讀者提供一場充滿災難性的人生浩劫的紀實性歷史備忘錄，在藝術上乏善可陳的話，那麼，「驚魂」所展示的應是二零世紀特定的背景下那些遭遇不幸、離鄉背井的難民在海上歷險的一波三折的故事，不僅真實地反映了人在大自然風景中顛簸漂泊的求生願望和強烈的對於自由安寧的嚮往，而且巧妙地濃縮了個人與社會關係所構成的矛盾。如是，歷史真實性、現實悲劇性和文學藝術性便構成為這部長篇小說的特色。關於微篇小說，因文體本身的限制，只能憑藉「以小見大」的方式來架構篇章，表現生活。心水善於選取日常生活中的點點滴滴，或情感片斷、或瑣事閒情、或社會現象，真實而生動地反映人間世相，百態人生。這些與其筆下曲折的故事、豐滿的人物及擅長勾勒和傳神的技巧是分不開的。如收在《溫柔的春風》中的《水燈夢》《望盡凌角》《柔情似水》《夜來幽夢》等篇目。可能與他的詩人氣質有關，他筆下的標題很少直接揭示小說的具體內容。他機智地在小說情節的進展中先設置一種懸念來謀篇佈局，力求做到故事性強，人物形象鮮明突出。而善於選材和時常採用一些富有生活氣息的口語，拉近了讀者與作品之間的距離，也吸引了許多讀者的思維。

心水的詩歌以抒情見長，他在繼承傳統文化中深受中國古典詩詞的滋養，又領略到十九世紀浪漫主義詩潮的感染，甚至在很大程度上吸取了臺灣現代主義詩歌的藝術手法和表現方式。心水的詩也有唯美傾向，這集中體現在他對詩的語言和處理上。他喜歡讓傳統（古典）的文化蹤跡與現代的生活思維、語言語境在傳承的定式中呈現在詩歌文本裡，使古老的文化語言在現代生活中繼續保持充沛的生命力，這種坐懷不亂、處事不驚且始終維繫著的那份古典詩歌情懷，使母語盡可能在描述中達到較高的藝術審美層次。他對語言的這種處理，既重視漢語特徵的內涵與外延，又能在交流中自然地走進讀者的心靈，使詩歌文本和詩人的心境與讀者的理解方位和趨勢，能夠自然地產生認領和契合。譬如，《雪梨誼園》《蟬聲》《三月騷動》《煙花》《樹之死》等詩皆然。在《如是我聞》一詩中，詩人這樣表達著——

把桂林那片靈秀的山水
小心翼翼的折疊起來
放進手袋，然後將灕江
掛在口裡誘惑我

說到臺北，凌亂令你心悸
臺灣同胞用暴發戶的嘴臉
鬧著要獨立？原本美麗之島
居然陣風陣雨

香港街頭竟已都是
一些九七的憂容

盈耳是移民話題
紅旗未升，東方之珠鉛筆漸落
從你沾滿靈氣的笑意中
我掇拾了海峽三地
零碎的點滴。唉！除了風景
甲天下，除了風景？唉！

這首詩的意象是立體的、跳躍的，口語化的敘述中讓人走進風景之中，並在辨明風景之後歎息。由於詩人對故國山河滿懷嚮往之情，然而現實中卻由仰慕、鍾情直至深感驚愕和疑慮，最後竟演繹成無盡的歎息。而詩以「如是我聞」的佛經用語做「詩題」，別具匠心，詩題與詩文的兩相配合，使詩的憂思、愛意產生一種纏綿的、連鎖的效應。結尾那一聲「唉」歎，彷彿發自心底來自靈魂深處，令人感同身受。

由於具備駕馭小說的創作功力，又具有詩人的稟賦才情，散文寫作在心水筆下就顯得從容而自如了。小說重敘事精於結構安排，傳統詩歌重感覺講究意境詞采。如能將兩者加以結合，那麼這樣的散文不僅既有詩性品質，更為散文提供了廣闊的表達空間。心水散文顯然在方面作出相當的努力，而且洋溢著生活情趣和充滿著人生感悟。他以《我用寫作驅魔》作為自己散文集的書名，「實際上強調的乃是文學創作在撫慰自我心靈、調節內心情感方面所具有的巨大功能，其意義既是審美的，也是心理的。」3他的散文如《一枝草一點露》《跌進鄉音裡》《野貓風波》等篇章，或抒寫親情愛戀，或懷念家園故國，或狀寫日常瑣事，顯得親切而自然。

由於文化、地理的等因素使然，尤其是時空的隔離，國內讀者很難讀到或掌握到海外作家創作的文本，特別是像心水這樣生於越南而後移民於澳洲的第二代華人作家。況且，海外作家個人的生命經歷、體驗、感受，如同彎曲的空間，如有南十字星空下閃爍的燈盞，其折射的關於自身生命的存在方向和價值座標，更難以為國內更多的讀者所瞭解。在特定的歷史文化語境中，由於中西文化的差異，或者經濟、文化的發展的不平衡性，儘管所處的是一個倡導多元文化的國度，但畢竟是身處邊緣，因而文學寫作就自然的呈現出另一種情狀。無論從哪個方面觀看，這些華文作家都像是時間上的移民，處於人們所熟悉的環境之外，或者說被置放於被人忽略的角落。誠然，像心水這樣多面手的作家畢竟為數不多，我們也發現其作品中尚存在著這樣那樣的不足，譬如題材重複的現象、手法缺乏靈活多變，觀念先行或思維定勢的形成等等。然而，生活在不同社會文化背景，價值取向、思維觀念和生存空間等畢竟不盡相同，由是，理解和評價作家的標準可能也難以對等。對此，許多問題有待於我們作更深入更全面更立體的

3 參見陳賢茂主編：《海外華文文學史》第三卷，第七章（第二節　心水、徐家禎），廈門：鷺江出版社一九九九年版，第四五七頁。

思考。心水作為一個在海外成長的詩人作家，其過人之處顯而易見，其不足之處同樣存在。或許，他屬於另一個世界，他不是「中國式」的作家，而是一位既有傳統格調又有現代意識的海外華人作家，一位充滿著人道精神的華語書寫者。

（本文作者莊偉傑先生、現任廈門國立華僑大學華文學院教授）

原載《台港澳暨海外華文文學教程》，華中師範大學出版社二零零七年版，第三四二至三四五頁

語言文學類　PG2198　秀文學26

雨到黃昏花易落

作　　者／心　水
責任編輯／洪仕翰
圖文排版／林宛榆
封面設計／蔡瑋筠

發 行 人／宋政坤
法律顧問／毛國樑　律師
出版發行／秀威資訊科技股份有限公司
114台北市內湖區瑞光路76巷65號1樓
電話：+886-2-2796-3638　傳真：+886-2-2796-1377
http://www.showwe.com.tw
劃撥帳號／19563868　戶名：秀威資訊科技股份有限公司
讀者服務信箱：service@showwe.com.tw
展售門市／國家書店（松江門市）
104台北市中山區松江路209號1樓
電話：+886-2-2518-0207　傳真：+886-2-2518-0778
網路訂購／秀威網路書店：https://store.showwe.tw
國家網路書店：https://www.govbooks.com.tw

2019年2月　BOD一版
定價：420元

國家圖書館出版品預行編目

雨到黃昏花易落 / 心水著. -- 一版. -- 臺北市 :
秀威資訊科技, 2019.02
面；　公分. -- (秀文學 ; 26)
BOD版
ISBN 978-986-326-650-1(平裝)

855　　107021923

讀者回函卡

感謝您購買本書，為提升服務品質，請填妥以下資料，將讀者回函卡直接寄回或傳真本公司，收到您的寶貴意見後，我們會收藏記錄及檢討，謝謝！

如您需要了解本公司最新出版書目、購書優惠或企劃活動，歡迎您上網查詢或下載相關資料：http:// www.showwe.com.tw

您購買的書名：________________________________

出生日期：________年________月________日

學歷：□高中(含)以下　□大專　□研究所(含)以上

職業：□製造業　□金融業　□資訊業　□軍警　□傳播業　□自由業

□服務業　□公務員　□教職　□學生　□家管　□其它____

購書地點：□網路書店　□實體書店　□書展　□郵購　□贈閱　□其他

您從何得知本書的消息？

□網路書店　□實體書店　□網路搜尋　□電子報　□書訊　□雜誌

□傳播媒體　□親友推薦　□網站推薦　□部落格　□其他________

您對本書的評價：(請填代號　1.非常滿意　2.滿意　3.尚可　4.再改進)

封面設計____　版面編排____　內容____　文／譯筆____　價格____

讀完書後您覺得：

□很有收穫　□有收穫　□收穫不多　□沒收穫

對我們的建議：________________________________

____

____

____

請貼
郵票

11466
台北市內湖區瑞光路 76 巷 65 號 1 樓
秀威資訊科技股份有限公司 收
BOD 數位出版事業部

(請沿線對折寄回，謝謝！)

姓　　名：＿＿＿＿＿＿＿＿＿＿　年齡：＿＿＿＿　性別：□女　□男

郵遞區號：□□□□□

地　　址：＿＿＿＿＿＿＿＿＿＿＿＿＿＿＿＿＿＿＿＿

聯絡電話：(日) ＿＿＿＿＿＿＿＿＿＿ (夜) ＿＿＿＿＿＿＿＿＿＿

E-mail：＿＿＿＿＿＿＿＿＿＿＿＿＿＿＿＿＿＿＿＿